U0585745

不够专业

孟彦弘 著

SPM

南方出版传媒

广东人民出版社

·广州·

图书在版编目（CIP）数据

不够专业 / 孟彦弘著. —广州：广东人民出版社，2018.7
ISBN 978-7-218-12390-5

Ⅰ．①不… Ⅱ．①孟… Ⅲ．①散文集—中国—当代
Ⅳ．① I267

中国版本图书馆 CIP 数据核字（2017）第 302043 号

BUGOU ZHUANYE
不够专业

孟彦弘 著

出 版 人：肖风华

策　　　划：肖风华　向继东
责任编辑：胡扬文　季　东
封面设计：西门媚　梁淑怡
责任技编：周　杰　吴彦斌

出版发行：广东人民出版社
地　　址：广州市大沙头四马路10号（邮政编码：510102）
电　　话：（020）83798714（总编室）
传　　真：（020）83780199
网　　址：http://www.gdpph.com
印　　刷：广州市一丰印刷有限公司
开　　本：787毫米×1092毫米　　1/32
印　　张：10　　字　　数：184千
版　　次：2018年7月第1版　2018年7月第1次印刷
定　　价：39.00元

如发现印装质量问题，影响阅读，请与出版社（020-83795749）联系调换。

自序

从1984年入大学算起，转瞬已三十多年；从1994年入职开始，也已过了二十多年；往后看，不到十年，就要退休。粗粗翻了一下我的所谓论著简目，写东西较多的，是最近这十年。我从入大学到博士毕业，规规矩矩，中间不曾中断，整整念了十年。回过头来看，这十年，也就是打下了一个学术入门的基础。又过了十年，才渐渐有了些东西，陆续发表，也才渐渐感到在自己多年收集材料、反复思考的一些极小的领域，方能有一些还算左右逢源的心得和认识；稍稍越出这个范围，便顿感茫然。对文史专业（也许还包括一些社会科学）来说，这个积累、摸索的过程，大概是必要的，是难以逾越的。

据说，在西方，五十岁上下拿到终身教职，当上教授，加上有了此前的问学积累，可以开始心无旁骛、专心致志从事研究了。但在中国，教授似乎只是开始混的一个"起步价"，各种职衔、各种好处，才刚刚有资格去谋、去争乃至去抢。任何一点好处，都会成为下一个可能的更大的好处的一个台阶或前提，都不能放弃。看着眼前晃动着的萝卜缨，要不断跟着往前走，才行。不过，对已过知命之年的人来说，穷达已定，似可静下心来，在未来的十年、最多二十年的有效工作期，认真读书、思考，出一些稍微成熟、稍有价值的东西，也许可免"恨不十年读书"之憾。

小书中的大多数文字，写作时都不曾想到要正式刊发。这要感谢网络时代，先是各种论坛，后又有了博客、QQ、人人、豆瓣等等，现又有了微信，这为胡言乱语提供了一个寄存之处。同时，也很感谢女儿。孩子是老人窥视这个不断变动着的世界的一扇窗。电子时代的这些平台，都是我"追随"着她去玩；转眼，她研究生要毕业了，忙着自己的"正经事儿"，不大玩这些东西了，我却玩得越来越起劲儿。如果没有微博这样的公共平台，我们去哪里发出一点点个体微弱的声音呢？

沈从文在1969年致徐城北的信中，谈到写短篇，"其中最容易过的'文字关'，事实上不写个百十篇，长期从实践中明白甘苦，求掌握文字到'随心所欲'去使用，见出风格，是并不容易作到的"。我当然不会也无力去用写短篇的文学家的文字来作要求，即以简单的语文来说，我的文字也并不过关。中学的议论文，完全是八股的练习，不讲逻辑、不讲论证，只是举几个例子来说明自己的所谓观点（世界这么大，什么例子没有呢。我对大中学生的所谓辩论，向无好感，除了表演，实在没有多大意义）；即以小学生的记叙文，我也没真正过关。事尚能称实，文字、表达，则实在谈不上也。希望将来能如沈先生所论，多写多练，以期有所提高。

小集所收，多是专业研究之外或虽近乎专业却属普及的文字，主题则不外忆与议。忆则无文无质，议又多胡言乱语；在行家看来，也都不够专业。故以名集。收入的文章，除个别略加润色或循例作些删削外，基本未作改动，特别是致人信函说明之类，明知措辞不当，也不便再改。曾正式发表于报刊者，标明了原刊出处（非常感谢当初惠予刊发小文的报刊以及对我多有关照的诸友好）。文前的所谓"题记"是当时写的；文末的"附记"，有的是从前原有的，有的是后来贴于博客等处时所加，还有的则是此次编集时所附（署有时间，一望即知）。

承小磊兄的关照和出版社的垂青，始有机缘编集小书。编辑出版过程中，分类编排、文字错讹等，皆蒙向继东先生及责编细心审阅和校正。谨致谢意！

孟彦弘

2017年5月24日于京郊新都槐荫室

目　录

问学

忆旧

杂感

问　学

历史研究基础知识指要

一

我们在谈论历史研究工作时，经常能听到一句话，就是一个人的学术基础怎么样。那么，一个从事历史研究的人，究竟应该具备什么样的基础，才算是登堂入室，可以进一步做研究工作呢？我想，这个基础就是要懂得和掌握做学问的一些常识。在上世纪五六十年代，北京大学研究宋史的前辈学者邓广铭先生曾经说，做历史研究需要掌握四把钥匙，即职官、地理、年代和目录。没有这四把钥匙，你就进不了门。

研究中国古代史，要能读懂古书；所谓读懂，首先是能够句读。句读，简单地说，就是能对古书加以断句。这并不容易。吕思勉先生在上世纪二十年代曾写过一部《章句论》，现在收入他的《文字学四种》，八十年代由上海教育出版社印行，大家可以认真读一下。对学习唐代以前历史的学生而言，这个问题似乎并不严重，因为唐以前的主要材料都已经经过了标点，不少还作了校勘，我们使用起来十分方便。但宋以后的材料很多，不少是没有经过今人整理的，这一问题就显得比较突出了。在句读时会遇到很多问题，无法断句，这里遇到的一只主要拦路虎就是职官。不清楚官衔的名称、意义，句子就很难点开。五十年代，曾经由顾颉刚先生（他是古史辨派的著名学者）牵头标点《资治通鉴》。参与标点工作的都是一流的历史学者，像周一良、聂崇岐、何兹全等先生。但是标点本《资治通鉴》出版后，中科院研究语言的吕叔湘先生就给他们挑了很多错，其中相当大一部分就是职官的问题，把衔名官称点断了，点错了。吕先生的这篇文章，收在《吕叔湘语文论集》（商务印书馆，1983）里，大家可以很容易地找到。这样一批大学者，不少当时是二级教授，都是研究历史的有名专家，包括专门研究职官方面的专家，但在这个问题上都会遇到困难，大家就可想见在古书标点方面，这个问题的重要性。

　　无论研究哪个方面的题目，第一个要做的工作就是编年。首先要搞清楚你研究的这个问题所涉及的各种事件、材料相互之间的时间关系，这样才能知道它们的前后变化和相互影响。所以历史研究没有年代、没有编年，就无从谈起。我们都知道中国古史上有确切纪年，是始于公元前

841年，即西周共和元年。现在李学勤先生主持"夏商周断代工程"，就是试图给共和元年以前的历史确定一个大致的年代序列。所以你看这个工程的报告简本，即《夏商周断代工程1996—2000年阶段成果报告（简本）》（世界图书出版公司，2000），最核心的就是表，时间表；文字是为说明这些表的。

有了确切或相对确切的年代，我们才可以研究历史的变化和事件之间的相互影响。另外，年代方面还有一个换算的问题。我们现在可以使用一些工具书来换算，比如陈垣先生编的《二十史朔闰表》。《中西回史日历》更详细一些，不过此书在1962年印过后，再没有印过，不容易见到。现在一般可以使用方诗铭先生编的《中国史历日和中西历日对照表》（上海辞书出版社，1987）。用这些书时，要自己编一个六十甲子表，夹在书里，方便查对。专门一些的，比如张培瑜编的《中国先秦史历表》（齐鲁书社，1987）、《三千五百历日天象》（大象出版社，1997）。这些书，我们将来讲工具书的使用时再详细谈。不过，这只是简单的中西历日换算。实际上，古代的历法问题是一个很复杂的问题，我们根据这些年表来换算，其实是将复杂问题简单化了。

在地理方面，历史上任何一个事件、任何一个人物，都有一个发生或活动的空间，这个空间就是地理。地名的变化有时非常大，特别是到了后代，文人的文集里出现的地名往往是古地名，这就成了一个很大的问题。明清文人喜欢用古地名，放着当时的名字不用，却要用历史上某个时候的名字。至于是用历史上哪个时代的名字，又与他的个人喜好有关，他用的可能是这个地方的汉代的名字，也可能是隋唐时的名字，也可能是宋代的名字。所以，地名搞不清楚，你就难以确定这个材料所说明的地理位置究竟在何处。这样，他所谈的整个问题就都搞不清楚，让人一头雾水。

再一个就是目录的问题。目录学，最简单的，就是要告诉你应该读什么书。我们今天有标点本的古籍，版本问题不再是一个大问题了，或者说不再是一个特别大的问题了。但在以前，在没有标点整理以前，版本问题非常重要。一部书流传了若干年，其间不断地抄、刻，在抄、刻的过程当中就出现一个版本好坏的问题。比如说，我们研究辽金元史，在用材料的时候，一个基本原则就是尽量不用《四库全书》的本子。我们知道《四库全书》最初共抄了七部，我们现在使用的一般是文渊阁的本子，是台湾影印的。现在出版的各种所谓《四库全书》的材料，包括电子版的，都是这个本子。而这七套《四库全书》之间，有很大的差别。大陆在国图藏有一套文津阁的本子，杨讷先生曾把其中的集部，与文渊阁本核对了一下，发现二者差别很大，出版了《文渊阁四库全书补遗·集部》（北京图书馆出版社，1997）。就文渊阁本来说，它在碰到辽金元时代少数民族人物名字的时候，往往乱改一气。用这个改过的本子，你有时候就不知道它讲的到底是历史上的什么人。所以研究这段历史的人，千万要小心，一般不要用四库本。宋人，特别是金人、元人的文集，最好要用《四部丛刊》本。《四部丛刊》是1949年以前张元济主持出版的一部大型的古籍丛刊。他选的本子比较好，比较早，比较原始。这部丛刊中收入的金元人的文集，大多没有经过清人的改动。假如你用四库本，问题就非常之多。现在因为文渊阁四库全书有了电子版，可以检索，所以大家纷纷直接引用四库本，连标点古籍都用作底本，这是个很麻烦的事情。《四库全书》只能作为一个重要的参照本。在整理古籍或引用材料的时候，它是一个非常重要的参考。即使用它作检索，在引用时也一定要尽量与其他的版本核对一下。

这样讲，并不是说四库本一无是处。魏晋南北朝时有一部书叫《博物志》，我们文学所的一位老先生范宁把它整理出来了，就是《博物志校证》（中华书局，1980）。他在整理的时候参考了很多版本，包括一些很早的版本，但没有拿四库本作参照。结果他认为一些地方讲不通，讲不清楚，他认为是错了的，他估计应该是什么字的，你去对一下四库本，会发现往往就是那个字，跟他推测的差不多，可以读得文通字顺。在编《四库全书》时，那些馆臣编了一部《四库全书考证》，书目文献出版社在1991年影印出版了。这是他们在编《四库全书》时所做的一些文字校勘、考证工作的汇编。这部书中有关《博物志》的考证，只有三五条。这说明《四库全书》编纂时所用的《博物志》的底本是比较好的。而新校本的整理者没有见到这个较好的原始底本，又没有参照四库本，结果有些问题就没有能够用版本校勘的方法加以纠正。所以，在用材料的时候，一般我们不主张直接用四库本，但它是一个很重要的参照本。如果把它当作十分可靠的版本来引用，是不太严肃的。这种情况以前很少，因为《四库全书》比较少见。现在有了电子版，很多著作都引四库本，这是很不好的。大家在做论文的时候一定要注意，查材料时可以用电子版的《四库全书》来检索，但检索之后一定要用比较好的本子核对一下，千万不要不经覆核而直接引四库本。

目录就是要告诉你，需要读什么书，该书什么版本比较好。前人要掌握读书门径，主要是通过《四库全书总目提要》。《四库提要》是研究中国文史学问的入门书，是一个津梁。《四库全书》收录的文献是相当全面的，特别是元以前的书，基本上都收了。而那些没有收的书，又以各种方式收入到了其他丛书中。如果一本书，你在《四库全书》里查不到，你就要去查另一本书，叫《丛书综录》，是上海图书馆编的一个丛书目录。现在，阳海清先生又在这个基础之上做了一部《丛书广录》（湖北人民出版社，1999），补充了后来的一些丛书目录。所以现在你要查什么书，通过这几个目录书基本上可以查到。可以先查《丛书综录》，因为它也收了《四库全书》的目录，查不到的话再查《丛书广录》，如果都没有的话，那就是比较罕见的书了，可以再去查各个图书馆编的善本书目或古籍书目。另外，上海图书馆还编过一部《中国近代现代丛书目录》，不包括线装古籍，也很有用。上海图书馆编过不少非常有用的目录，给我们研究工作带来了很大的方便。这也许跟长期主持图书馆工作的顾廷龙先生有关吧。

通过目录书我们就可以知道都有些什么书，需要读什么书，这是读书的门径。《四库全书总目提要》的分量很大，于是又编了《四库全书简明目录》，就是不收提要，有的话也只一两句，主要是目录，这样就比较便于携带和使用。当时的学者要研究一本书有多少个不同的版本，就随身携带这个《简明目录》，见到不同的版本就标到上面去。这样就在《四库简明目录》基础上形成了一种标注版本的目录书，比如朱学勤、莫友芝、邵懿辰，都作过这样的标注。朱学勤的标注较少，也较简单，近年北京图书馆出版社影印了朱氏批本的钞本，这是陕西师大黄永年先生的藏物。邵懿辰的《四库全书简明目录标注》，最为常用，这个书上海古籍出版社有排印本。在相当长时间内，邵氏的这部《四库简明目录标注》都是我们了解、研究版本最为重要的一个目录。莫友芝的标注，即所谓《邵亭知见传本书目》，标注的书也很多，但是流传得不如邵氏的广。后来在民国时期有一个很著名的藏书家叫傅增湘，号藏园。他经眼的书非常之多，也极富收藏。他就以莫友芝的《郘亭知见传本书目》为底本，把自己知道的版本往上过录，形成《藏园增订郘亭知见书目》，前些年中华书局把它出版了。到目前为止，这部目录在所收版本数量和质量上基本上是最佳的一部。我们要查一本书的版本，首先就可以查这部书。

因为《四库全书》收的书籍数量太多，对于一般学者来说也不需要这么庞大的书目，所以清末名臣张之洞在四川督学的时候，就编了一本《书目答问》，后来在民国时期由范希曾做了补正。六十年代中华书局曾经影印过，现在最常见的是上海古籍出版社的排印本，但没有作者、书名索引。后来三联书店又出过，似乎加了索引。我没有用过这本。

张之洞编这本书，就是要解决"应读何书，书以何本为善"（《书本答问略例》中语）的问题。也就是说，要告诉你，有那么多的古籍，不是每一本书都要下同样的工夫，有的书要详读、细读、反复读，有的则只需浏览。所以，要知道最基本的是什么书，在这些书中，什么版本比较好。这本书非常非常重要，影响也很大。不少大学者都是通过这本书，按图索骥，找书来读的。陈垣先生讲他自己的学习经历时说，他就是按照《书目答问》来读书的。所以在相当长一段时间里，对于学文史的人来说，入门的书就是《书目答问补正》。这本书，我们上学的时候老师就要求必须人手一册，放在手边随时查考。做学生的总要有个开始买书的过程，买书的时候先买什么，什么书重要，基本也是以这本书作为一个线索。这里面所列的书，都是极重要的书。

到了上世纪八十年代以后，历史所的陈高华先生（曾任历史所所长）组织人编过一本《中国古代史史料学》，是北京出版社出的，但很多年没有重印了。这本书，研究古代史的人需要人手一本，买不到也要复印一本，这书非常非常重要。有了这本书之后，《书目答问》的重要性就大大降低了。即使如此，我还是建议大家要多翻《书目答问》和《四库全书总目提要》。通过它们你才能知道原始资料是个什么样子。特别是宋以后还有大量典籍没有点校整理，还是不能脱离它们所提供的基本的书目。

现在影印书的时候会对版本进行鉴别，因为要选择好的本子来印。但是这个工作有时做得并不好。举个例子，研究经学现在一般都要用到阮元主持编刻的《十三经注疏》，研究先秦史，这部书非常重要。阮元在组织人做的时候，对了很多本子，对他们感到有疑问的地方都做了标注和校勘。所以《十三经注疏》一直都是我们研究经学和先秦史的基本文献。现在我们最常用的是中华书局缩印的本子，精装两大册，很方便，但这个本子的底本却并不好。最好的本子是嘉庆年间刻的一个本子，而中华书局影印的却是1949年以前世界书局的石印本。这个石印本虽然也是源自嘉庆本，但是有很多妄改的地方。后来中州古籍出版社、中央党校出版社等，都影印过《十三经注疏》，都是用世界书局的本子缩印的。其实，我看他们是直接用中华书局的本子来再影印，连世界书局的原本，他们也未必找来用。我们现在做研究一定要用嘉庆本，这并不难找，很好见。现在北京大学出了一个《十三经注疏》的标点本，有简体横排和繁体竖排两种。当然用繁体字出版要更好一些，因为繁体字转换成简体字会有很多问题。这是我们研究时遇到的一个很麻烦的事情。比如简体字里的"余"，对应于繁体字里的两个字：表示"我"的"余"和表示"多余"的"餘"。再比如"系"来自三个字："系"、"係"和"繫"。所以用简体字出版古籍带来的问题非常多。但不管是简体字本还是繁体字本，李学勤先生组织点校的这套《十三经注疏》，都是以中华书局的影印本为底本，这就很成问题。后来日本学者就写文章批评这个整理本，说里面问题很多。所以我们在读书的时候一定要注意版本问题，到底挑一个什么样的本子来读，引用时用什么本子。脑子里有这样一个概念，不能拿到这个书就读就用。

我们在读论文时，往往会先看文章的注或参考书目，通过注和参考书目就可以大体知道一个人作学问入门了没有，规矩不规矩。因此许多老先生都说看文章先看注，这是判断你文章好坏的一个基本依据。当然，注不好不等于文章一定不好，但注不好而文章能好的概率非常小。比如你研究辽金元史，结果引用当时的人的文集，用的多是四库本，这就说明你没有入门，不大可能写出好文章来。我们曾经对《中国移民史》写过一个书评，里面就存在这个问题。他们引的元代资料很多都是四库本。在引清代资料时把一本书当成两本不同的书：有一本书叫《石渠馀记》，这是学习清史，特别是清代典章制度方面的一本入门书，分量很小，很薄，但却是一本提纲挈领的书。这本书还有一个名字叫《熙朝纪政》，结果他们把这当成了两本书，在同一页上引用了两次。可见我们在读书时，版本目录方面的知识是非常重要的。

二

以上就是邓广铭先生讲的四把钥匙，非常非常重要。从今天来说，学术又发展了这么多年，我们常讲一个学者或一个学生基础好还是不好，那么这个基础究竟是什么呢？我想可以大致有如下几个方面：

第一就是目录学、史料学。你要知道你这个专题都有哪些材料，它们各自的史料价值怎么样。比如墓志，这批材料在确定一个人的基本履历和基本的世代方面非常可靠。这里所说的基本的世代关系，是指五代以内，追溯到五代以上就不可信了。所以周绍良先生编的《唐代墓志汇编》，在做人名索引的时候，有个很重要的原则，就是只收墓主五代以内的人名。也就是说，我死了，我五代以内的人可能知道我这个祖先——其实我现在连自己五代以内的也讲不清楚，五代以外的就更不行了。这是墓志材料的一个特点，即离墓主关系越近的越靠得住。它的另外一个特点就是有谀墓的倾向，就像我们现在的悼词一样，都是好话。所以你要是通过墓志去判断一个人的好坏，这是不行的。有些人专门给人写墓志，他有大致固定的范本或套路，略加修改即可。这就像现在的春节对联，内容都差不多。我们在读墓志这类史料时，一定要注意这一点。越是小人物，我们对墓志里所讲的内容，就越需要小心，越需要判断。所以每种材料都有它的局限，你在用材料的时候一定要清楚。

再比如，正史与笔记。鲁迅就说官方史书都靠不住，私家所著笔记等少有忌讳，反而可靠。谢国桢先生在编集《明代社会经济史料选编》时，在《前言》中也申明了这样的认识。王世贞在《史乘考误》（《弇山堂别集》卷二十）中就说到这个问题。邓之诚编《中华二千年史》，说自己在选材时是先正史后野史，"正史据官书，其出入微，野史据所闻，其出入大。正史讳尊亲，野史挟恩怨；讳尊亲不过有书有不书，挟恩怨则无所不至矣"（该书《叙录》）。当然，我们作研究，凡与我们所研究的课题有关的史料，都要尽可能收集，不分官书还是私著。讲政治史，讲朝廷治乱，讲典章制度，当然官书正史最可靠。但是关于社会经济，笔记野乘就可以提供许多真实而详细的细节。从史料学上，我们要对这两种不同的史料所具有的各自不同的特点有所了解。所以，史料学不仅仅是开出书单，告诉你这本书是讲什么的，而且还要告诉你，不同类型的史料，它的史料价值和史料特点是什么。

我们讲基础，第一点就是目录学、史料学，就是要知道有些什么书，什么材料价值高，什么材料价值低，它们各自的优缺点是什么。

第二点就是要对你所研究的那个时期的政治、法律制度有个非常清楚的了解。就像我们今天，要了解中国的现实，你要知道国家主席、国务院总理这些职位在整个国家组织中意味着什么、处于政治生活中的什么位置，要知道中共中央、国务院之间是什么关系，要知道中央委员、政治局委员、政治局常委是什么含义。要知道党中央、团中央是什么关系，等等。你看到史料中一个人的头衔，就要知道他在当时社会政治生活中的地位和作用。在做历史研究的时候，如果不对一个时代的政治、法律制度先有一个基本的了解，一上来就找一个很细小的题目钻进去做论文，毕业可能是没有问题，但对将来的学术发展会很不利。我们说研究生期间要打基础，就是要对这些基本的方面加以掌握。

第三点就是社会经济制度。具体到中国古代史，就是要以赋役制度为中心，了解社会经济的情况。我们要了解整个中国古代赋役制度的变迁情况，要了解你所研究的那个时代的具体情况。在1949年以后相当长一段时间里，史学界对经济史非常重视，但近十来年似乎不那么重视了，肯拿出很大精力来研究这个问题的人少了，学生更不愿意去关注，因为材料很零乱，很细碎。但是不好掌握也要努力去掌握，因为这个东西非常非常重要。我们研究历史的人需要对一个时代的社会经济情况有个切实的了解。赋役制度主要涉及一个人对国家承担什么样的赋税和劳役义务。国家的财政状况怎么样，都跟这个有关。比如十年"文革"之后要搞改革开放，一方面是我们对社会主义的认识发生了变化，另一方面就是国家在经济上难以维持，所以非改革不可。这类问题，就是要通过对基层社会，对赋役制度的考察来了解当时的人民生活状况如何，政府的财政状况如何。有了这些东西，我们才能对一个时代的社会状况作一个综合把握，或者说，在作综合把握时它是一个基础。你可以不研究赋役史、经济史，但这些情况必须要了解。

第四点就是一个时代的思想学术文化。要知道当时的人有什么观念，是怎么想的。比如妇女守寡的问题。在宋代的时候还有很多人不认为寡妇改嫁是多么大不了的事，到明以后才强调"饿死事小，失节事大"，这跟道学的传播有很大的关系。同时，实际情况与社会观念又有相当的差别。底层的一般老百姓，与上层社会对守寡的看法、实行，都存在较大的差别。关于这一点，历史所的郭松义先生有研究，大家可以留意。再比如佛教的地位。在魏晋南北朝，一直到隋唐的时候，人们对佛教的尊崇是很厉害的。唐朝的情况，我们看韩愈的《谏佛骨疏》就可以知道。不仅是平民信奉，而且从士大夫的文集里也可以看出他们对佛教的热情和信仰。可是到了明清，在小说里面，僧人是被看作和三姑六婆同类的人，体面人家是很不愿跟僧人道士接触的，认为他们没几个好东西。明清小说里有大量讲"花和尚"的故事，讲寺院里如何藏污纳垢，这在唐以前的材料里是很少见的。这都反映了思想界和民间观念的变化。当然思想界和民间观念之间的关系，还可以再研究，但是思想、文化、学术是我们研究历史必须要掌握的东西。顺便说一句，现在不少研究者都在讲"佛教的世俗化"，这是个假问题，不存在。这是将"佛教"与"佛学"混为一谈了。佛教本来就是世俗的，是努力要在民间传播的。大家对教义的理解可能有所不同，教团在传教时可能也要考虑民众的接受能力和接受方式，但从民众信仰的角度来说，哪有什么世俗化的问题？如果佛学吸收了民众信仰的内容，并有所改变，那是佛学的变化问题。这两者要分开。

第五点是历史地理。历史地理给我们以一个历史的空间。在这方面，至少对人口、交通路线和环境等问题，要有一个大体的了解。我们现在用的历史地图主要是谭其骧先生主编的《中国历史地图集》。可惜现在大本的那种不太常见，它上面标示了地形，而我们一般用的这个十六开本是没有标示地形的。地形对我们研究历史是非常重要的。在交通路线方面，"文革"以前出的一些带地形的地图集是很有用的，因为那个时候的公路线路跟古代的线路相差不大，不像现在技术发达了，可以大规模开山架桥，现在的高速公路跟古代的交通线路已经非常不一样了。我们要对一个时代的人口、交通、地形、环境这些方面有所了解，才能形成一个较为立体的认识。

第六点是大事编年。你研究一个时代，必须对这个时代里面发生的大事，对于年代序列，有一个清楚的了解。否则，研究就无从谈起。我们在学习秦汉魏晋南北朝史时，许多老师非常重视《资治通鉴》。《通鉴》对这一时期的记载，绝大部分取材于这一时期的正史。之所以如此看重《通鉴》，就是因为它对这一时期的史事进行了编年。唐长孺先生在整理吐鲁番文书时，自己编过《高昌郡编年》，就是为方便整理文书。宋代史料很多，但《续资治通鉴长编》尤其为学者所重视。邓广铭先生就说过，资料总得有个归处。若是北宋，总还是得归至《长编》（《仰止集》所收梁太济文）。编年就像是一棵树的树干，有了树干，你才能看清楚这棵树。我们不仅要重视编年类的书，而且在自己做研究时，也要像唐先孺先生一样，做一个自己所研究的专题的大致的编年。有了这个编年，你可能就会发现许多以前未曾留意的问题。

这六个方面就是我们一般所说的历史研究的基础。将来你们再选什么题目，研究哪个断代，都要以它们为基础，否则就没有后劲。当然，这个基础不是一年两年能够打下的，而且这个基础总是相对的，它跟整个学术界的研究状况是有关系的。思想文化也好、经济制度也好，相关研究的程度越深，你对这个基础的把握也就越准确。如果你不是专门研究这个方面，而只是把它作为研究其他问题的背景知识，当然主要就是看现有的研究成果。所以学术界在这几个方面的研究越深入，对我们把握基础就越有利。我们一辈子做研究，其实也是一辈子在打基础。这个工作也使你的研究不至于老是局限在一个点上。历史是个人文学科，如果你一辈子研究的题目都很琐碎，思路很狭窄，那对你将来所可能做出的学术贡献是有很大影响的。评价一个学者的贡献，首先是深度，其次是达到同样深度的广度。如果一个人一辈子就只做过一个题目，即使再深再透，也很难与做过许多题目且同样具有相当深度的学者相比。历史研究，一方面是研究纵向的发展变化，另一方面也要研究横向的关系与影响，如果你的知识和视野很狭窄，就难以进行这种工作。就好比看黄河，如果坐在飞机上观察，你就知道黄河是由西东流的；如果你一辈子住在

"几"字形的两边，也许你会觉得黄河是由南向北，或者由北往南在流。这就是眼界。你的基础越好，方方面面掌握的越多，你的眼界就可能越高，你就越有可能想到各方面之间可能存在的联系。有了这种联系的猜想，你才能去找材料，通过进一步读书来检验你的观点，证是或证非。无论你最初的想法是被肯定了还是否定了，这对你的认识都是一个促进。如果没有宽广的基础，你就根本想不到这些问题。所以基础要不断地进行充实和加强。

三

历史研究，就是通过史料来认识和理解历史。史料在历史研究中占有重要的地位。无论你如何认识、如何理解，都必须以史料为基础。关于史料学，要特别注意以下几个方面：

第一是要以简驭繁，要读基本书。这一点非常重要，特别是对于学生来说，写文章、学习，都要读基本书。唐以前书比较少，总共也就那么多，但宋以后，书越来越多，特别是明清两代，书多得不得了。那么多的书，从什么地方开始读，这就是一门学问，这里关键就是要读基本书。以前，中央民族大学的王钟翰先生曾经开过一个有关学习清史的书单，他说清史资料汗牛充栋，那么多的文献，从哪里开始呢？对清朝历史概况的了解，要先读《圣武记》；对典章制度的了解，就要先读我们前面提到过的《石渠馀记》（又名《熙朝记政》）和吴振棫《养吉斋丛录》。再如明清典章制度方面，有好几本书，最重要的就是"续三通"（即《续通考》《续通典》《续通志》）和"清三通"（即《清通考》《清通典》《清通志》，再加上《清续通考》，加起来有六七种。但其中最为基本的，是王圻的《续文献通考》（这部书不在"十通"之列）和《清通考》、刘锦藻编的《清续通考》。他有一篇文章收在《清史杂考》里面，专门讨论"清三通"在文献史料方面的关系，哪种详、哪种略，哪种是最基本的。他得出的结论是《清通考》是最基本的。这就是以简驭繁，以简单的东西笼罩复杂的东西。如果一个人研究清史，一上来就一头扎进档案馆，这就很不得法，容易盲人摸象。因为官书也是依据档案归纳来的，你基本上要以官书做基础，然后再去看档案，否则就是本末倒置。书越多，这一点越重要。

再比如，研究秦汉魏晋南北朝史，北大历史系的田馀庆先生就曾经讲过，研究这一时期，正史是大餐，前四史、二史八书，这是大餐；笔记小说只是冷盘，那是点缀，你请人吃饭不能只有冷盘，冷盘之后还得有大餐。在秦汉魏晋南北朝的研究中，一直到唐代，正史都是历史研究的骨架。没有这个骨架，你看的其他材料再多，也建立不起我们对这一时期的整体认识。这就是要知道史料与史料之间是有区别的，要知道哪些史料是基础的。

比如学唐史，如果让我开一种参考书，我会开《资治通鉴·隋唐纪》，这是最基本的；如果再加一本，我就加《旧唐书》；再加一本，则加《唐会要》；往下是《唐律疏议》，再往下是《唐六典》；如果还可以再加的话，就是《新唐书》。至此，我觉得唐史研究的基本文献就都包括了。《旧唐书》《通鉴》，这是最最基本的书，要从它们入手、下工夫。再加上《唐会要》，这三本书是基础之基础，是最最重要的。我们读书的时候一定要从这样的书入手，以简驭繁。有这样的"纲"，才可能纲举目张，才能统摄其他材料。这才能事半功倍。如果不分主次，眉毛胡子一把抓，就会事倍功半。这样的基本书需要反复读，而且是精读。不是读一遍，"毕其功于一役"，把所有材料分类摘出就可以了的。

第二点是要重视史源，史源问题直接影响的就是史料价值。陈垣先生有一本书是《史源学杂文》，人民出版社出的。他强调的是，有很多材料都是辗转互相抄来的，一定要覆核原始出处。这是就引用史料来说的。我们要强调的是，对同一史实的不同的记载，我们要注意分辨它们是同源，还是一个记载出自另一个记载。我们只有将相关史料都尽可能收集齐，通过排比、分析，才有可能得知"源"在哪里。知道了哪一个是"源"，就能帮助我们判断哪些史料的价值高，哪些史料的价值低。我们要知道这个传抄的源在哪里，这个源头才是真正有史料价值的东西。比如，《通鉴纪事本末》是从《通鉴》出来的，我们研究时不能用《通鉴纪事本末》而不用《通鉴》。再比如《元史》，是明初修的，后来又有人编《新元史》。现在有人在研究时直接用《新元史》，这是不对的。因为《新元史》大都是从《元史》里面抄出来的。如果一条史料，《元史》里有，却不用《元史》而用《新元史》，那是非常错误的。

这些例子比较极端、比较显见，容易引起大家的注意。有些比较隐性，不易引起注意。比如，《资治通鉴》的《隋唐纪》里有大量的材料超出了两《唐书》，但是我们在用《资治通鉴》的材料时，一定要先查一下这条材料在《旧唐书》和《新唐书》里有没有，这很重要。如果一条材料两《唐书》里有，就一定要用两《唐书》的，《资治通鉴》可以作参照。最好不要舍两《唐书》而直接用《通鉴》，因为编《资治通鉴》时，两《唐书》是他们主要的参考资料，这是它的史源之一。两《唐书》里没有的材料，再径引《通鉴》。当然，我们不可能把它所有的史源都查出来。比如《通鉴》里引了很多的唐人笔记，查起来比较费劲，这个可以缓一缓，但两《唐书》是一定要查核的。再如，两《唐书》和《通鉴·隋唐纪》中都引用了不少时人的奏议。这些奏议，一定要与这些人的别集，或《文苑英华》、《全唐文》核对一下。《通鉴》在引奏议时，都作过删削。引用而作删削，以与自己的文气相贯通，这在古人著述中是通例。引用唐人的文章，一定要先引该人的文集；如没有别集，要先引《文苑英华》，再引《全唐文》。最好不要径引《全唐文》，而不与别集或《文苑英华》核对。《全唐文》和《全唐诗》，是清人编的，所以也有一个史源的问题，最好是去查对那个人的文集。与《全唐文》、《全唐诗》相比，这是原始的材料，一般不会有乱改的情况。当然，不是每个人都有集子存世可查，但只要是有的，一定要查。

使用类书时，也要格外注意这一点。好多古书丢了，但在类书里保存着。不少学者用类书进行辑佚、校勘工作，找到了不少好材料，比如《太平御览》和《册府元龟》。《册府元龟》的价值稍低一点，因为它不注出处，而《太平御览》是注了出处的，虽然这些注出的出处也还需要进一步研究，比如有的同一书名但其内容却显然并不是同一部书。但是我们一定要注意史源，即我们在征引类书的时候，一定要知道它是从哪里抄出来的。如果那本书现在还能见到，就一定要用原书核对一下，而不要从类书里直接引来就用。比如，宋人在编《册府元龟》时，主要的来源是正史，所以后来标点二十四史的魏晋南北朝部分时，就从《册府元龟》中对出很多东西来，最著名的例子就是陈垣用《册府》补上了《魏书·乐志》的一个缺叶。后来唐长孺先生在校点《魏书》时，又据《册府》补了《礼志》的缺叶。也就是说，《册府元龟》是根据正史编的，而正史在流传过程中产生了一些错漏，这些问题可以通过查考《册府元龟》来解决。我们在研究唐史，征引《册府元龟》的材料时，一定要先对照一下正史，不要一上来就直接引《册府》。当然，它的史源究竟是《旧唐书》还是唐代的《实录》，或者还是其他什么材料，现在还没有定论，还在研究，但我们在引用时，要与《旧唐书》进行查核，至少两种书都并列引上。对待两《唐书》，也是如此。如果两《唐书》都有的史料，那么首先要引《旧唐书》，以《新唐书》为参照。

在引用唐人墓志的时候，我们现在一般都比较懒，直接就用周绍良先生编的《唐代墓志汇编》；但其实最好是去对一下拓片，因为你引的时候一般就引这么一两句，这一两句也可能就会搞错。这些拓片现在并不是很难找。这个工作虽然有些费时费力，但在对材料的过程中也可能会发现一些新问题。即便是没有发现问题，这也是一个必要的工作程序，因为保证材料的可靠性是我们的"行规"，你做这一行就要守这个规矩，该花的工夫一定要花。史料辗转的层次越多，出错的可能性就越大。之所以要讲史源，一方面就是要说明史料的价值，另一方面就是让它尽可能少一些错误。这是史学研究一个基本的学术训练，有了这个训练，通过核对原始资料，你就知道我们为什么要强调史源，知道历史材料在流传中可能会出现哪些问題了。

　　再一個就是要注意材料的時間性、地域性和代表性。我們經常看到一些人在寫文章的時候腦子裡就沒有這個概念，動輒就說“中國古代”如何如何。一條材料究竟是什麼時候的材料，它能說明多長時間段內的事情，這是很重要的問題。就古代史來說，因為留下來的材料比較少，我們不可能把材料的確切時間搞得很清楚，但要做到大致不差，或者盡可能的准確或將誤差盡量減到最小。動輒引一條材料來說明“唐代如何如何”，那就要問，你這個材料是唐朝什麼時期的？它能說明的是哪一時段的情況？是唐初？還是唐中期，或唐後期？在研究古代史的時候，時間性這個問題很重要。地域性也是這樣，一條材料說明的是哪個地區、多大範圍內的情況，這必須要搞清楚。我們在古代史研究中往往容易忽視這些問題。比如我們今天，地域差異很大，城鄉之間的差異很大，東南部與西北部的差異很大。在同一地區，既有電腦的使用，但在農耕中又仍然在用牲口犁地，甚至還在用“二牛抬杠”。如果再過一千年，我們的考古工作者在同一文化層中既挖出了電腦，也挖出了犁，他們該怎麼判斷我們今天的生產力水平呢？現在研究地區史、地區經濟史，實際上講的就是地域性的問題。有不少學者認為宋代江南農業的發展水平很高，發生了所謂的“農業革命”，引用了不少史料來證明。李伯重先生對這些史料進行了分析，發現研究者是將不同地区的反映该地区的农业发展水平高的史料集中在一起——所谓"选精"与"集粹"——来证明。其实这只是不同地区的不同的"高点"，并不是所有的"高点"都发生在一个地区。这就像把你们班的每个同学的某一项优点收集起来，放到某一个同学身上，这下还得了，这位同学一定会成为圣人！殊不知，这个班里根本就没有这个人！这是一个很有代表性的在研究中忽视史料地域性的例子。李先生的这篇文章发表在《中国社会科学》2000年1期，大家一定找来细细读一读。列宁曾经讲过，社会很丰富，很复杂，什么样的例子都能找到。

还有一个更重要的问题，就是材料的代表性或普遍性。我们拿一条材料来说明一个情况，要考虑它具有多大程度的代表性，能在多大程度上说明当时的情况。我们在使用材料时，很愿意说"很有典型性"。"典型性"一词很容易给人以误解。我们生活中，常常有所谓的"典型"，这个"典型"其实是少数。李素丽式的公交售票员是少数，否则也不会被树为"典型"了。所以，我们用"代表性"来说明这个问题。你引的这条史料所说明的那个史实，能有多大程度的代表性？能代表50%，还是80%，抑或只有20%？当然，史料一般不会有如此明晰的百分比。但我们要留意史料的代表性这个问题。另外，古代文人经常用一些文学性的语言来表达，这多半带有夸张的成分。我们不能把这些带有文学性的词语视作反映的是真实的情况，我们不能用这种材料来证明当时的真实情况。还有一类，是所谓概述性或概括性的史料，它是对某一类史实的概述。碰到这类史料，我们一般都会很高兴，因为它一下子就能证明自己的说法，我们不用再一条一条地找类似的实例来说明了。殊不知，这类材料最有欺骗性，它的代表性最应该质疑。遇到这样的史料，在高兴之余，你一定要追究它究竟有多大的代表性。这一点我请大家务必要小心，千万避免以偏概全。在古代史研究中，材料相对比较少，这是经常容易犯的错误。

　　在对史料的可靠性做判断的时候，我们很容易依据"少数服从多数"的原则。这其实是不对的，因为彼此相同的材料很可能是因为史源一致所致，即这些不同的书都是从同一个地方抄出来的。在这种情况下，与众不同的材料，可能是另有根据，反而更应该引起我们的重视，其史料价值并不因为是"少数"而变低。用"少数服从多数"的原则来判断史料的价值，是偷懒的办法，在论证逻辑上也是站不住的。

　　对于材料的可靠性，要进行综合判断。我在这里可以提供几个综合判断的思路，大家在遇到这类问题时可以参考。

　　首先是作者，要看他是一个什么样的人，以他的经历、履历他可能不可能知道这样的事情。特别是我们在用笔记野乘的时候，就像我们今天读今人的回忆录，我们首先要知道写回忆录的这个人说话的可靠性有多大。一般来说，亲身经历者的话，可靠性要大些。当然，亲身经历有时候也不一定可信。有的时候他是带着自己的感情倾向和价值判断来写的。他还可能出于种种原因隐瞒真相，不说真话，甚至故意说假话。这时，我们就要考虑作者写这部书的目的是什么。这就是所谓知人论世。要通过审查作者，来审查这些材料的可信性。

第二是把一个事情放在当时的历史背景之下，放在一个过程中，放到它和与其他事情的关联中来看。比如田馀庆先生写过一本《东晋门阀政治》，其中第一篇是讲"王与马共天下"，就是北方大乱，司马氏的宗室过江，到江南建立政权的事情。关于这个过程，田先生搜集的材料里，所涉及的提议渡江的时间都是不一样的。如果按照一般的看法，按照少数服从多数的原则，就要看支持哪个时间的资料多。田先生在处理这个材料时认为，渡江时间记载上的这种不一致，正说明渡江决策的制定有一个过程，不是一下子做出的。这种认识就是通过对当时历史情况的综合考察得出的。我们在审查材料的时候，千万要重视反证，不要假装没看见。只有把这些材料放到一个变化的过程中，作通盘理解，对那些反面的史料也能作出恰当的解释，你对这个事情的认识才更有可能是准确的。

历史研究一定要通过材料来进行，这就像是戴着脚镣跳舞，这个脚镣就是史料。我们必须通过史料来理解和认识历史。历史研究只研究材料所能反映出来的那个历史，材料本身的可信性也要通过材料来判断。材料即使有缺陷，它仍然是我们研究历史的出发点。

在解释历史时，我们的原则是"理在事中"，一定要通过具体的事来体现"理"，而最好不要"事外求理"——把事情讲清楚之后，自己归纳出若干点原因。这样归纳出的原因，与历史变化过程中所体现出的原因，可能有很大的差别；或者说，这些归纳出的原因，我们很难用史实来加以证论，这就变成了一种我们思维逻辑上的原因，而未必是事实上的原因。我们探讨的是一个具体史实的变化原因，而不是一般性的原因。比如，一个人死了，医学上可以将致人死命的原因——罗列出来；这是医学家的任务。但对法医来说，他要解决的是，他面前的这个死者，具体的死因是什么。我们研究历史，就像这位法医，探究的是具体的原因。也许，每一个时期的政治斗争或政治现象都符合政治学的原理，但这并不能说，我们研究了唐代政治史，就可以不研究宋代或明代的政治史了。这就是历史学与社会科学的关系。社会科学是从具体到一般，历史学是要解决具体问题。

在研究中，我们也要重视逻辑。这对我们偏重考证具体史实的人来说，有时会忽略。比如府兵制的问题。府兵制在北朝、隋朝和唐初的时候，是主要的兵制，到唐中期就逐渐瓦解了。瓦解的原因，一般认为是由均田制瓦导致的。因为府兵是身份性的，终身的，这些人要自己来养自己，包括武器装备。这个自给的基础就是要给他们土地，而不必给国家再承担赋税等义务，所以均田制是府兵制的基础。从逻辑上来说，均田制瓦解了，府兵制肯定不能维持；但是反过来，府兵制的破坏，却并不一定是由于均田制的瓦解，因为它也有可能是其他原因造成的。这正如一个人不吃不喝会死，但并不是所有死的人都是饿死的。我们通过研究就发现，唐中期府兵制瓦解的时候，均田制还在施行，还没有破坏到不能维持府兵制的程度。所以，这其中必定另有原因。府兵制的设计是让这部分人平时务农，战时打仗，那么它要维持的一个前提就是不能老是打仗，不能在边疆一驻几年，那样的话土地就荒废了。但是打仗这个东西有它自己的逻辑，你得打完了才能走。这样，随着唐代北方军事形势的变化，特别是突厥的强盛，府兵往往就要长期在边疆服役，而政府为了维持他们的生活，就需要另外发给他们补贴，这样就逐渐变成了一种雇佣兵制。这样一来，政府一方面对府兵所拥有的土地不征税，另一方面，一旦他们在边地长期驻防，又要另给他们发补贴。这对政府而言，等于是出了两笔钱，财政上就承受不了了。府兵制的瓦解，其实是政府主动放弃了这种兵制，是在新形势下对兵制的主动调整。所以，我们看到，高宗武则天时期，一方面不断打仗，需要有兵员保障，但是政府征点府兵的年龄在提高，府兵服兵役的时间在缩短，这意味着政府在减少府兵。这个矛盾的现象就证明当时的政府正在逐渐减少身份性的府兵；所需兵源，政府就用募的方式来征集。虽然是名为募，实为强制征集，但是这些强制或半强制征来的兵不再有身份，当他们不在部队的时候就是平民，就要给政府承担所有的赋役义务。这个事例说明，一方面，我们要在具体的变化中考察变化的原因；另一方面，也要注意我们所作的解释的逻辑性。这也就是所谓历史与逻辑的统一，或者说是事实与逻辑的统一。这里的关键仍然是要根据材料来作综合判断。

以上主要是围绕着历史研究的基础，特别是史料学的问题，谈了一些常识性的意见，没有什么新意，不过是老生常谈，给大家提个醒而已。有关目录查找、工具书的使用，以及学术论文撰写的技术规范等等问题，今后有机会再跟大家谈一谈。

好，今天就到这里，谢谢各位。

附记： 2004年，应中国社科院研究生院历史系的安排，给该系研究生作了如题讲座。我想，讲自己关于某个题目的研究心得，一来太过专门，未必对每个学生都有用；二来这类心得往往已经发表或即将发表，读者自可参阅。思之再三，决定讲一点常识性的东西，虽卑之无甚高论，但于刚入学术之门的学生或不无些末裨益。

本文是历史系的学生根据讲课录音整理，刊发于研究生院的《学术讲座荟萃》第17辑（2004年5月27日）。《社科大讲堂·史学卷》（经济管理出版社，2011年）收入此文时，蒙相关人员告知，我通读一过，略加订正。

暑假读史？

对学生来说，假期可以使他们暂时从应试中摆脱出来，轻松地做一些自己喜欢做的事。旅游、看电视、与同学聚会等等，都不失为打发时光的轻松方式；在玩得无聊而又不愿再钻进题海时，读一些自己感兴趣的书，或许也可以打发时光。书可以提供其它娱乐方式都不能提供的乐趣，比如，我们读《西游记》、《红楼梦》，一百人心中就有一百个孙悟空、林黛玉；而看电视剧，所有人看到的都是同一个孙悟空、林黛玉。没有了品味和想象，令人索然。但事实上，全世界的阅读状况都在恶化，阅读时间和阅读量都在下降。如此有趣的事，正在变得越来越不招人待见，真是无奈。

受朋友委托，给一般读者开列一些有关中国古代史的著作，以作消夏之用。所谓一般读者，在我看来就是指非专业的读者（专业读者自不需我来饶舌）。让一位非专业的读者能读某些专业方面的论著，首先就必须考虑这些著作能否引起他（她）们的兴趣——对专业读者而言，无论有无趣味，他（她）都必须去读，这是他（她）的工作，是他（她）的饭碗——过于艰深的专业论著，似乎也不必让非专业的读者吃苦去啃。其次，我们还应考虑时间的因素；列得过多，分量太重，根本读不过来，则推荐了也等于没有推荐。本着这样的原则，我想大家在无聊时不妨读一读下面的著作。

第一本，严耕望《治史三书》（辽宁教育出版社，1998）。所谓三书，是指《治史经验谈》《治史答问》和《钱宾四先生和我》；这其中以《治史经验谈》分量最大，也最为详尽。作者是研究中国中古史（大致从秦汉到隋唐）的大家，著作既多，质量亦高，影响也很大。书中所谈，确是作者多年治史的甘苦，非常实用，也很有趣，与坊间流行的"历史研究法"多有不同。比如，他告诫大家，要看书，不要抱定一个题目去找材料。现在电子古籍已很多，找材料更为便捷，但这条经验依然有效，因为检索出的史料，垃圾信息太多，沙汰已颇不易，而同时更能说明问题的"隐性的史料"又绝然不会出现。最重要的是，检索而不读书，则对书本身没有了一个直观的感受；对书本身的了解、认识，又会影响到我们对史料的分析和判断。再如，要少说否定的话，不要忽略反面的证据，引材料不要轻易改字，等等，对我们研究工作都有警示的意义。他在谈这些经验时，举了不少小例子，使这些原则变成了鲜活的东西，我们更易于举一反三。还有类似的一本书，也值得一读，即研究中国近代经济史名家严中平先生的《科学研究方法十讲》（人民出版社，1986）。该书是为中国近代经济史专业的研究生编写的讲义。有关学者治学的甘苦以及学术史的掌故，大可翻翻张世林先生编的《学林春秋》（中华书局，1998）和《学林往事》（朝华出版社，2000），以及三联书店编辑出版的种种学记，如《励耘书屋问学记》《蒿庐问学记》《蒙文通问学记》《郑天挺学记》等。

第二本，《陈垣史源学杂文》（增订本，三联书店，2007）。所谓史源，是指史料的出处或来源。作者在辅仁大学开设史源学一课，主要选择《日知录》《鲒埼亭集》《廿二史札记》《十七史商榷》等清代史学名著中的一些条目或篇目，让学生找出其史料出处，看其引证是否充分，叙述有无错误。本书就是作者给学生所作的示范。他以《廿二史札记》为例，总结道："读书不统观首尾，不可妄下批评。读史不知人论世，不能妄相比较。读书不点句分段，则上下文易混。读书不细心寻绎，则甲乙事易淆。引书不论朝代，则因果每倒置。引书不注卷数，则证据嫌浮泛。"认真阅读此书，会对史料的辨析有一分真切的了解，而史料之收集、辨析，是研究历史的第一步。编者陈智超先生所作注释和编按，对我们领会此书不无帮助。另外，作者非常重视文章的写作，包括遣词造句，比如他在给学生作业的评语中说"'其之'荒谬，云云、其之连用"（李莘），"其字用得不对"（杨明洁），"均皆二字连用"（周志方）等（127—128页）。"附录六"影印学生作业，其上的批改更可说明这一点。我们应当学习作者精炼的文风，而不宜在学术论文中大量使用口语。

第三本，吴小如、吴同宾《中国文史工具资料书举要》（中华书局，1982）。中国古籍浩如烟海，学文史首先就要知道大致有些什么书。做到这一点，就要靠所谓"目录学"的修养。过去人们主要是通过《书目答问》和《四库全书提要》来达到这一目的，但这两部书的使用都需要读者具有相当的基础。本书对中国文史方面的资料书（如经书、子书、文学方面的总集、戏曲集、类书、政书等），以及工具书（如人名、地名、年表、文字音韵训诂、书目、索引等）所作的扼要介绍，更易为初学者所接受。它使我们能了解中国文史方面的主要典籍，知道一些主要工具书及其使用方法，为我们进一步的研究打下一个基础。对研究历史更实用的，则是陈高华、陈智超等编写的《中国古代史史料学》（北京出版社，1983）。此书大致按中国史断代来编写；编者都是研究相关断代的专家，而不是研究文献目录的学者，因此对书的介绍，主要是从"实用"出发，告诉我们研究某个断代，主要有些什么书，什么书中有什么样的史料等。上述二书近已由天津某出版社重印。

第四本，张舜徽《中国古代史籍校读法》（上海古籍出版社，1980）。研究历史，离不开古籍。文献资料是历史研究最主要最基本的史料。我们不仅要将与自己研究题目有关的史料一条条抄出来，而且对一些基本典籍也需要一再通读。读古籍，就需对古籍的编撰、体例、钞刻流传等情况有所了解。目前，已有相当部分的基本古籍经过整理，出版了点校本，很便于我们的阅读使用；但是，也有相当多的典籍尚未整理。我们在阅读、使用古籍时，首先要意识到书中可能会有不少错误；怎样发现错误，怎样判断不同版本间歧异的是非对错，就需要"校勘"。本书在论校书时，谈及古书致误的一些基本规律，以及校书的一些基本依据；在论读书时，又谈及古书的一些基本体例。这些知识对我们阅读古书都有很大帮助。有了这本书的基础，还可以进一步阅读余嘉锡《目录学发微》和《古书通例》（此二书近以《余嘉锡说文献》为名，由上海古籍出版社重排出版）。对书本身的了解（即所谓"版本学"），可阅读叶德辉《书林清话》（中华书局，1999）。如果想对古代书籍有更直观的认识，可翻阅《中国版刻图录》（增订本，文物出版社，1990）。

第五本，顾颉刚《古史辨第一册自序》（见《古史辨》第一册，上海古籍出版社，1982年影印；《顾颉刚古史论文集》第一册，中华书局，1993；《古史辨自序》（手稿本），中华书局，2006年影印）。顾先生在上世纪二十年代以"层累地造成的古史"说饮誉学界，并产生了很大的影响。他认为古书中对上古史的记载是靠不住的，越往后的古书对上古史的记载越丰富，其中便不无编制、想象的成分。由此又导致了学界对古书辨伪的风潮。这份《自序》，不仅可以使我们知道作者这一史观的形成过程，作者求学的经历，而且可以让我们了解当时学术界的状况。同时，顾先生以"能写"著称，由这篇《自序》，我们也可以看出所谓的语体文（或白话文）绝非一片口语。以今天的眼光看来，对古书所记载的古史的否定，并不等于对古史本来面目的否定。当时疑为伪书的许多古书，由近二三十年的出土文献，证明并不是到汉代才有人有意伪作；即使如此，这些古书中对古史的记载，仍需辨析。我们不能退回到对古书中所记载的三皇五帝的世系都信从不疑的时代。

也许读者会发现，这些书都读了，自己仍然徘徊在史学研究的大门口。其实，要登堂入室，还需要接受科班训练。史学研究的门槛比自然科学可能要低些，或许在不少人眼里，低得还不是一星半点儿，但它毕竟是一门专业，并不像品"三国"，或读《论语》说体会那么容易。当然，读者因为这几本书而对中国古代史的研究发生了兴趣，以至立志要终生从事这项工作，那是再好不过的。不过，我也要声明，这种科班训练属屠龙之技，似乎并无实用的价值，毕业后找不到工作，不要找我算账。

附记： 2007年暑期将近，《南方周末》的一位朋友建议我给该报"暑假阅读书目"提供一份读史书目（刊2007年7月5日第26版），于是在收入本书时，拟用了"暑假读史？"作为题目。这份书目充其量不过习史入门的一个小小的台阶，实在不足为法。

"封建"与"专制"的名与实

1939年，毛泽东发表《中国革命和中国共产党》，第一章第二节"古代的封建社会"，称"中国自从脱离了奴隶社会进到封建制度以后，……这个封建制度，自周秦以来一直延续了三千年左右"，经济制度和政治制度的特点，一是自给自足的自然经济占主导地位；二是封建的统治阶级（地主、贵族和皇帝）拥有最大部分土地，而农民则很少土地，或者完全没有土地；三是地主阶级的国家强迫农民缴纳贡税和从事无偿劳役；四是保护这种封建剥削制度的权力机关是地主阶级的封建国家，"如果说，秦以前的一个时代是诸侯割据称雄的封建国家，那末，自秦始皇统一中国以后，就建立了专制主义的中央集权的封建国家"。

上世纪四十年代，翦伯赞《秦汉史》（此据重排本，北京大学出版社，1983）第一编第一章第一节用"秦族的渊源与秦代封建专制主义国家的创立"作为该节的名称，于节末称："在初期封建社会的废墟上，建立起一个崭新的封建专制主义帝国。"范文澜1954年针对修订版的《中国通史简编》所存在的问题，撰写了《关于中国历史上的一些问题》(《范文澜历史论文选集》，北京，中国社会科学出版社，1984)，立"汉族封建社会的分期"一小节，称"秦始皇为统一事业作出了许多重大措施，建立起专制主义的中央集权的封建国家"；范氏在谈到"一个社会的性质是由当时占主导地位的生产关系即基本的所有制来决定的"时，引用了《联共(布)党史简明教程》中引用的斯大林《辩证唯物主义和历史唯物主义》对奴隶社会和封建社会的定义："在奴隶占有制下，生产关系的基础是奴隶主占有生产资料和占有生产工作者"；"在封建制度下，生产关系的基础是封建主占有生产资料和不完全占有生产工作者"。

中国封建社会的性质，经由《中国革命和中国共产党》和《联共(布)党史》在政治上定调，又经范文澜、翦伯赞等马克思主义史学家从学术上进行阐释后，秦统一之后中国的历史被概括为"专制主义中央集权的封建社会"，几乎成为上世纪五十年代以来史学界唯一的正确表述。在遵从这一概括的大前提下，对进入封建社会的时间、土地所有制的形式、专制主义中央集权的变化过程，学术界也曾展开过讨论，大家也还是有各自不同的理解和认识。当然，对这种概括本身，也有学者有不同意见，但在学术政治化的干扰下，这些意见影响甚微。

上述的理论建构，"封建社会"，是从生产资料的占有以及由此决定的生产关系来着眼，谈的是社会的性质；而"专制主义中央集权"讲的是政治制度："专制主义"强调的是皇权，"中央集权"谈的是中央与地方的关系，所以君相关系、中央与地方的关系一直是解释中国古代政治制度发展变化的重要视角和原因。

近十数年来，政治对学术影响逐渐减弱，学术与意识形态正不断进行着区隔，学术政治化在不断褪色。在这一背景下，有学者对上述概括开始进行全面反思。上世纪八十年代以来，不少学者质疑甚至批评把秦统一之后的中国古代社会概括为"封建社会"，其中最具影响的是李慎之《中国文化传统与现代化——兼论中国的专制主义》（《战略与管理》2000年第4期），集大成的则是冯天瑜《"封建"考论》（武汉大学出版社，2006）。

马克思主义史学家用五种社会形态来分析和认识中国历史的发展，借用了"封建社会"这一术语或概念，却又抽掉分封以及由分封带来的封君—封臣之间的关系、分封贵族与农民之间的强制依附关系等这些"封建"本来所包含的实质性内容，成了没有"封建"的"封建社会"；更尴尬的是，封建的本义与专制主义中央集权水火不容，而秦汉以降，主要是国家与自由民之间的关系，而不是地主与农民的依附关系。这也难怪有学者说封建一语乱天下了。其实，在二三十年代的社会性质大论战中，这个尴尬和矛盾即已突显了出来。胡适就曾批评过周谷城，说："'封建的形式'诚然是至秦始皇时才完全毁坏，但'封建的实质'在秦始皇以前早已崩坏了。"他还批评周氏，"把'中央集权制度'认作封建国家，便是根本的错误"（《胡适日记全编》，安徽教育出版社，2001，5册744页）。"文革"结束后，不少人将"文革"归因于封建遗毒，李慎之说，这些人口中的封建主义，实际上就是他所讲的专制主义。

"封建"或"封建社会"，词汇相同而所指内涵却如此不同，这就造成了种种的不便乃至混乱，但只要使用者作出明确界定，也无不可。况且，在现时代，用五种社会形态来解释中国历史的发展，也渐成一家之言；虽然不是像胡适所批评的，只是"专爱用几个名词来变把戏"，但对秦汉以来的社会，我们不使用封建社会这种概括，也不会妨碍我们对具体的历史问题进行研究。当然，长期习惯用封建社会来概括中国历史，并将一系列本来与封建社会并无必然关系的现象如专制主义中央集权、自然经济、个体小农生产等都视作封建社会的逻辑的组成部分的学者，难免会有无所适从之感。

对"专制"的认识似乎就不这么简单了。

专制主义中央集权，照一般的解说，中央集权，是指将地方的权力集中到中央；专制主义，则是指集中到中央的权力又最后集中到皇帝手里。这在一些对中国历史和文化怀有温情的学者看来，实在是不大能接受的。比如钱穆在上世纪三十年代末发表《国史大纲·引论》（此据修订版，商务印书馆，1994），就专设一节进行批评，认为中国人多土广，"非一姓一家之力所能专制"，平民可以入仕，官员的选拔和任用"皆有客观之法规，为公开的准绳，有皇帝（王室代表）所不能摇，宰相（政府首领）所不能动者"；这体现的就是"天下为公，选贤与能"的精神。最近也有学者在强调这一点，认为在日常政治的运作中，并非皇帝一个人说了算；他至少需要一帮朝臣出谋划策，有辅佐者、参与者，况且国家权力是分级、分类的，权力运作还要受到制度种种的牵制（比如唐朝的皇帝按照制度，就不能直接任命六品以下的官员），这哪里能是皇帝一个人想怎样便能怎样的呢！

如果把专制或专制主义理解成皇帝一个人的独裁，实在是太过狭隘了。照我的理解，专制是指国家的根本政治制度，是与国家权力有制度性的分权和制衡、社会能有效参与国是决策相对而称的；是指权力高度集中的集权体制。其实，魏特夫早在1924年就将此概括为"官僚专制国家"或"官僚专制制度"（《东方专制主义》1957年导论，汉译本，中国社会科学出版社，1989，16–17页）；至于这种专制体制是怎样形成的，那是另一个问题（我就很怀疑他的所谓治水说）。

秦以来的中国政治制度，就是权力高度集中于官府和官僚；皇帝是官僚的一分子，皇权是构成集权体制的一个特殊的部件。这种政治体制之下的社会，是身份性的官僚等级特权社会。它的主要矛盾是官府与社会的矛盾，是官与民的矛盾。整个社会结构的核心是权力；一切的一切，都不过是权力的婢女。掌握权力的人在不断地变化，进入官僚体系的方式也在变化，但权力及其运作自秦汉以来就不曾有过实质的改变。如果用专制来概括这样的体制，容易产生个人独裁的误解——如果据李慎之《中国文化传统与现代化——兼论中国的专制主义》对"专制主义"的概括，完全可以避免这样的误解，而魏特夫在《东方专制主义》中也很清楚地指出过专制主义与独裁政治的关系："当非政府的力量不能有效的约束一个政府的统治时，它就变成为专制政府了。当专制政权的统治者的决定不受政府内部力量的有效约束时，他就是独裁者。"（102页）——我们或许可以用"集权体制"来概括。

政治体制，是集权体制；社会，则为官僚特权社会。合之，可称为集权官僚特权社会。所谓集权，就古代中国而言，首先是指社会或民众对官府的监督几乎没有任何制度性的保障，更遑论对国是的参与（科举入仕，那也是须首先成为官僚，才能以官员的身份参与）；官府在权力运作中，有牵制但无法定的分权和制度性的制衡（主要是上下级之间的监管和负责）。其次是社会资源的集中；这既是官府权力集中的体现，也为官府权力的集中提供了保障。

如果设立御史台、都察院这样的监察机构，我们就认为古代的社会对权力有了制度性的监督，那是不是设立了人民代表大会，设立了法院、检察院，就是建立了民主体制呢？如果将权力运作分等、分类，我们便认为权力运行有了制度性的制衡，那是不是权力部门有了分工便是将权力关进了笼子里了呢？如果平民可以通过科举考试等方法入仕且升迁有一定之规，我们就认为政权是开放的，那是不是有了公务员考试就意味着政府是民选民有而不再是专制的政府了呢？国民党统治大陆时期，标榜已实现了五权分立，并允许私人办报，这是不是就改变了那时它一党专政的实质呢？苏联有政治局、政治局委员有分工，这是不是就意味着它已不是集权体制呢？如果秦汉以来的古代社会体制不是集权体制，那这个世界上还有集权体制这种体制吗？为了研究历史，作同情之理解（它确有其存在的合理性），避免以现代的眼光去苛求古人，这是应该的；但总不宜美化这样的体制，美化被这种体制扭曲的社会，甚至于要否定它的集权体制或专制主义的实质吧。美化，也是歪曲。

热爱祖国历史，颂扬传统文化，不是不可以，但有人类政治文明发展的观照，面对今天的现实，我们总须反省，至少要警惕。胡适在1943年10月12日的日记中称，读张其昀所办《思想与时代》，蒋介石出钱，主要人物为钱穆、冯友兰、贺麟、张荫麟。"此中很少好文字…张其昀与钱穆二君均为从未出国门的苦学者，冯友兰虽曾出国门，而实无所见。他们的见解多带反动意味，保守的趋势甚明，而拥护集权的态度亦颇明显。"（《胡适日记全编》，7册539–540页）——在他眼里的所谓"反动"，主要是指他们"拥护集权的态度"颇明显。的确，在钱穆看来，民国以来实行的"所谓民选代议之新制度，终以不切国情"；古代的"考试"与"铨选"，即证明了政治体制不是专制。这何止是保守，已经是在为专制体制唱赞歌了。1961年9月，胡适又发表《怀念曾慕韩先生》："三十年前，我对他的议论曾表示一点点怀疑：我嫌他过于颂扬中国传统文化了，可能替反动思想助威。我对他说，凡是极端国家主义的运动，总都含有守旧的成分，总不免在消极方面排斥外来文化，在积极方面拥护或辩护传统文化。所以我总觉得，凡提倡狭义的国家主义或狭义的民族主义的朋友们，都要得特别小心地戒律自己，偶不小心，就会给顽固分子加添武器了。"（《胡适日记全编》，8册781–782页）我想，胡适的话，放在今天仍有现实的意义。

2014年11月7日

（原刊《出土文献与汉唐典制研究》"代后论"，北京大学出版社，2015年）

短命的隋朝

——兼谈陈寅恪"关陇集团"与"关中本位政策"说

一

公元581年，北周外戚杨坚篡夺北周帝位，建立了隋朝；589年，隋朝出兵平陈，统一了中国；617年，隋朝被李渊建立的唐朝取代。前后37年；如果从统一全国算起，则不过29年。

中国历史上，由分治而被一统的王朝，有秦的结束战国诸雄、西晋的结束三国、隋的结束南北朝、北宋的结束五代十国。这其中，秦、西晋和北宋，都是经历了"统一—分裂—统一"的循环。"五胡乱华"以后，晋室南迁，相继为宋齐梁陈；北方则是五胡十六国、北魏以及东魏/北齐、西魏/北周，虽南北分治，但并非由"统一到分裂"。这有些像宋以后中原王朝与北方游牧部族的对抗（只是这时的所谓"中原王朝"的版图已退至江淮以南，而北方的游牧部族所控制的区域南下到了黄河流域），但又不同于元、清那样，以"异民族"的姿态，摧枯拉朽很快统一东亚大陆的"统一"方式。五胡十六国，特别是此后北魏，因长期占据黄河流域这一"中原"的核心地带，及其深入的汉化，自认为具备了与江淮以南政权争正统、争正朔的政治、文化资本，从而又具有了传统的"从分裂到统一"的政治色彩。

隋帝国究竟出现了什么问题，那么快就被推翻了呢？

535年，北魏分裂为东西两部分；577年，北周灭北齐，统一北方；589年，隋朝征服了陈朝，统一了中国。

西魏/北周，与东魏/北齐，本属"同根"，但长期的征伐，使双方互有强烈的敌意。这种敌意并没有随着北周吞并北齐而减弱，相反，北周以征服者的姿态，歧视原北齐控制的所谓山东之人，称其为"机巧奸伪，避役游惰"之民。这就是《隋书·食货志》所称的："是时山东尚承齐弊，机巧奸伪，避役游惰者十六七。四方疲人，或诈老诈小，规免租赋。高祖令州县大索貌阅，户口不实者，正长远配，而又开相纠之科。大功已下，兼令析籍，各为户头，以防容隐。"对北齐社会的高层，也采高压态势，牟发松《旧齐士人与周隋政权》（《文史》2003年第1辑）已多所论述。灭陈后，对南方也采取高压政策。时苏威受命巡抚江南，《北史·苏威传》称："江表自晋已来，刑法疏缓，代族贵贱，不相陵越。平陈之后，牧人者尽改变之，无长幼悉使诵五教。（苏）威加以烦鄙之辞，百姓嗟怨。使还，奏言江表依内州责户籍。上以江表初平，召户部尚书张婴，责以政急。时江南州县又讹言欲徙之入关，远近惊骇。饶州吴世华起兵为乱，生脔县令，啖其肉。于是旧陈率土皆反，执长吏，抽其肠而杀之，曰更使侬诵五教耶。"当地民众这场规模不小的武装反抗，终被镇压。

周隋攻灭了北齐、陈朝，建立了统一的帝国，由一个地方政权变成了一个全国性的中央政权。但是，在政治理念上，却没有随着版图的扩大而扩大，没有同时完成"地方政权中央化"的历程。强迫原北齐、陈朝的上层人物入关，并不是为了扩大统治基础，而旨在控制；中下层人士想入仕，却遭到排挤。仍旧以一个地方人物为中心、以一个地方政权的心态，来控制一个全国性的政权，这是当时政治上的一个主要问题。

统一全国十五年之后的604年，隋文帝死，其子杨广即位，是为历史上著名的隋炀帝。隋炀帝在位不足十五年，以618年他在江都遇害为标志，隋帝国实质上已结束了。隋文帝统一全国后执政的十五年，没有能完成关中地方政权的中央化，那么在隋炀帝执政的十五年中，是否意识到了这一问题，并付诸解决呢？

604年七月，隋炀帝即位于仁寿宫。十一月到洛阳，"发丁男数十万掘堑，自龙门（今山西临汾河津）东接长平（今山西高平）、汲郡（今河北汲县），抵临清关（今河南延津），度河，至浚仪（今河南开封）、襄城（今河南临汝），达于上洛（今陕西商县），以置关防"（隋书·炀帝纪上）。这是围东都洛阳一圈，掘堑、设置关防。营建东都，政治中心东移，说明隋炀帝有"关中政权中央化"的意识，但仍然是自设关防、设关自固的思维，实际是将关中的"关"向东扩大而已。与此相关的，就是疏通运河，以东都为中心，东北抵汲郡（今北京），东南到江都（今扬州），加强了关中与山东、江淮的沟通和联系，以促进在政治地理意义上的联为一体。当然，他的几次巡行和耀兵，都是旨在通过威慑而加强对久与关中为敌的山东、江淮，特别是对山东的控制。

我们再通过《隋书·炀帝纪》来看一下他在位十五年的行程。

605年八月，幸江都，606年四月返东都。

607年四月至八月，沿黄河西岸，北上至榆林，入楼烦关，至太原，返东都。

608年三月至八月，至五原，祠恒岳，返东都。

609年二月，自东都返京师。三月，巡行陇右，沿洮河西上，在今刘家峡附近渡黄河，至今青海乐都；经祁连，至张掖，九月入长安。十一月幸东都。

610年三月，到江都。

611年二月，自江都乘船，经通济渠，北上涿郡，准备攻打辽东。612年正月，大军集涿郡，七月失利班师，九月至东都。

613年二月征兵讨高丽，四月至辽东，六月发生杨玄感之变，班师。

614年二月，议伐高丽，三月至涿郡，八月班师。十月至东都，还京师，十二月又至东都。

615年五月，至太原，避暑汾阳宫，八月至雁门，被突厥围，九月围解，十月返至东都。

616年七月，到江都。618年三月，被宇文化及等杀。

他即位后，在长安待的时间极少。除巡行外，他主要是在江都和东都。进攻高丽，是他执政期间的一个转折点；自此，山东民众，即所谓"山东豪杰"开始暴动。613年，伴随着民众暴动的扩大，作为统治集团的高层人物，杨玄感起兵反叛。这一年，隋朝政治急转直下，以615年隋炀帝被围雁门为标志，隋帝国的控制力大为减弱；次年隋炀帝到江都。最后的两年多时间，他一直待在江都。

隋炀帝为什么会一而再、再而三地攻打高丽，一直是学界众说纷纭的一个话题。按理说，高丽并没有对隋帝国构成实质性的危害；对隋帝国构成实质性威胁的是突厥，但对突厥，隋炀帝很理性，采取的是守势（突厥分裂，并非因隋大规模兴兵所致，详参吴玉《突厥汗国与隋唐关系史研究》第三、第五章，中国社会科学出版社，1998）。我们认为，"结好"突厥，是为了震慑高丽，而攻打高丽，是为了威慑河北和河东。607年、608年他两次巡行河套地区，612年、613年、614年三次攻打高丽，其真实的政治目的，始终是针对河北和河东。河北、山东一直是成为中央政权却仍固守"关陇"地域性的隋王朝的假想敌。这既与关中的西魏/北周与东魏/北齐的长期征战有关，也与隋文帝杨坚控制北周政治、尉迟迥起兵于邺（今河南安阳北）、炀帝即位、其弟汉王杨谅起兵于并州（今山西太原）有关。

尉迟迥起兵，"北结高宝宁以通突厥，南连陈人，许割江淮之地"（《北史·尉迟迥传》）。尉迟迥起兵是在河北，但隋文帝颇以绛、汾为忧，"尉迥之作乱也，高祖忧之，谓（韦）世康曰：'汾、绛旧是周、齐分界，因此乱阶，恐生摇动。今以委公，善为吾守。'"（《隋书·韦世康传》）汉王谅起兵时，他的两位重要谋士是南朝梁的大将王僧辩之子和陈将萧摩诃；王氏劝汉王说："王所部将吏家属，尽在关西，若用此等，即宜长驱深入，直据京都，所谓疾雷不及掩耳。若但欲害据旧齐之地，宜任东人。"（《隋书·文四子杨谅传》）无论正方、反方，都是从区域政治的对抗着眼来思考问题，利用或防范的，都是关东和江淮，尽管也许这种区域对抗在当时的实际的政治生活中，并没有当事人想象得那么严重。

突厥是当时活动在东亚舞台上，至少可以与隋帝国抗衡的势力。隋王朝很担心河东、河北的异己力量，与突厥联合，挟突厥以自重。尉迟迥起兵，也有"北结高宝宁以通突厥"的举动，而炀帝末年活动于河东、河北的暴动者，也确实不乏与突厥联合者，如刘武周等；李渊太原起兵，也至少是得到了突厥的支持。所以，隋炀帝在无力与突厥直接对抗的前提下，就要努力切断被隋王朝视作潜在敌对势力的河北、河东与突厥联系的可能。在这个过程中，他又极力笼络江淮地区。他几次到江都，都大肆赦免，并优免该地区民众的赋税等。这与他个人对江淮的感情不无关系，但他也并没有对江淮人士开放政权。

在雁门被突厥的围困，是他结好、安抚突厥，以充分威慑、控制河东、河北国策的大失败。所以他在突围后的次年，即南下江都，实质上是逃避这一变局带来的挑战。

总之，隋炀帝一方面没有能解决隋王朝据有天下而仍是关中"地区政权"的性质，另一方面，他又长期不在长安，除出外巡行，即长期停留在东都和江都，这又引起了实际控制政权的关陇人士的不满。他在雁门被围后，决定南下江都，而不是驻守关中或东都，这更引起了关陇人士的惊恐。所以，616年七月离开长安时，他杀掉了一位劝谏者；到氾水，又杀掉了另一位劝他返回长安的进谏者。他"执意"要离开关中。终于，两年后，他被随他南下的关中武将宇文化及等杀死。宇文化及随即带领人马北返。

民众的暴动，确实有赋役太重，如疏通运河、筑长城、修宫殿等，特别是为征辽东而兵役甚重的问题（当时就有《无向辽东浪死歌》以作"反战"的号召），但对杨隋王朝更致命的打击，是关陇人士对隋炀帝的"背叛"。事实上，取代杨隋的，是本属关陇集团的李渊，而在李氏父子进入关中，削平群雄的征战中，宇文化及率领的杨隋北归军队是其最为强劲的对手。对所谓农民起义的暴动民众的攻伐，倒显得并没有太费气力。

在统一之后，既不能与民休息，又不能开放政权、使之随着疆域的扩大而逐步实现中央化或全国化，最终导致了杨隋王朝二世而亡。

唐贞观年间，对隋朝忽亡的反省成为君臣论治的重要内容。以史为镜可以知兴替，也成为政治格言。唐太宗势力的坐大，虽然得到了所谓山东豪杰的支持，但他执政后，并没有向山东人士开放政权，同时还着力打击、压制山东旧族在社会上的影响。大家熟知的一段史料正可说明这一点：

> 太宗尝言及山东、关中人，意有异同，（张）行成正侍宴，跪而奏曰：'臣闻天子以四海为家，不当以东西为限；若如是，则示人以隘陋。'太宗善其言，赐名马一匹、钱十万、衣一袭。（《旧唐书·张行成传》）

对关中、关东仍心存界限。这一问题的解决，是到了其子唐高宗即位之后。高宗为了挣脱以关中人士为主的顾命大臣的羁绊，才大力任用并东人士。在我们今天看来，唐太宗君臣对隋亡的教训总结得并不到位。但重视历史的教训，毕竟是可贵的。在几千年的历史长河中，离我们越近的历史，越值得反省，也越有借鉴的意义。比如，我们今天就更应该认真、深刻地反省国民党对大陆近三十年的威权统治以及它被摧枯拉朽打垮的历史。

二

从535年北魏分裂为东西两部分，到589年隋统一中国，这段历史，我们根据现有史料，完全可以勾勒和描述出来。但历史事实就如同河流上漂着的木屑，我们指出这些木屑的漂流情形，并不意味着我们了解和认识了托着这些木屑漂流的河流的情形。对大部分的历史时段，历史学家都只是如数家珍地指出了这些木屑，却无法说出木屑下的河流；陈寅恪却勾勒出了木屑下的河流，即指出了这段历史的发展逻辑脉络。

在北周、北齐与南朝的对峙中，无论是政治、经济、文化还是军事，占据关中一隅的西魏/北周是实力最弱的。但就是这个蕞尔小邦，却前后灭掉北齐和陈，实现了对中国的武力统一。原因何在？或者说，西魏/北周凭什么做到了这一点呢？陈寅恪归纳或提炼出了密切相关的两个概念，即关陇集团和关中本位政策，来加以解释。

所谓"关中本位政策"的内涵，他在其《隋唐制度渊源略论稿·职官》（香港中华书局，1976年版）中作过明确界说：

> 宇文苟欲抗衡高氏及萧梁，除整军务农、力图富强等充实物质之政策外，必应别有精神上独立有自成一系统之文化政策，其作用既能文饰辅助其物质即整军务农之进行，更可以维系其关陇辖境以内之胡汉诸族之人心，使其融合成为一家，以关陇地域为本位之坚强团体。此种关陇文化本位之政策，范围颇广，包括甚众，要言之，即阳傅周礼经典制度之文，阴适关陇胡汉现状之实而已。

这一意见他曾在多处言及，如该书第17、第92页等。"关中本位政策"就是自认为关中为当时的文化中心。它远绍周公，系正统文化传承之所在，而不必与山东、江南争夺文化正统，即《唐代政治史述论稿·上篇》所谓：

> 宇文泰率领少数西迁之胡人及胡化汉族割据关陇一隅之地，欲与财富兵强之山东高氏及神州正朔所在之江左萧氏共成一鼎峙之局，而其物质及精神二者力量之凭藉，俱远不如其东南二敌，故必别觅一途径，融合其所割据关陇区域内之鲜卑六镇民族，及其他胡汉土著之人为一不可分离之集团，匪独物质上应处同一利害之环境，即精神上亦必具同出一渊源之信仰，同受一文化之薰习，始能内安反侧，外御强邻。而精神文化方面尤为融合复杂民族之要道。

在他看来，"关中本位政策"是西魏/北周为与山

东、江南相抗衡而构建起来的一套文化传承的法统。与此相关的"关陇集团",《述论稿·上篇》作了说明:

> 李唐皇室者唐代三百年统治之中心也,自高祖、太宗创业至高宗统御之前期,其将相文武大臣大抵承西魏、北周及隋以来之世业,即宇文泰"关中本位政策"下所结集团体之后裔也。

具体而言,这个集团就是"宇文泰当日融冶关陇胡汉民族之有武力才智者"。直到武则天控制政权,为消灭李唐势力,"遂开始施行破坏此传统集团之工作,如崇尚进士文词之科破格用人及渐毁府兵之制等皆是也"。

但是,他着重用"关中本位政策"和"关陇集团"来解释这一段历史的发展,对这两个概念的内涵并没有展开进行讨论,这也是导致大家对他的解释产生不同理解和认识的一个重要原因。照我的理解,他这两个概念各有侧重,所发挥的效力也具有时间性。宇文氏想通过"关中本位政策",加强关中地区的文化认同,融合不同的民族,增强向心力,以与山东、江南相抗衡。在分裂局面下,特别是在时人视南朝为文化菁华所在,东魏/北齐为北朝政治法统所在的情况下,这一政策的作用和意义是显而易见的。但在隋朝统一全国之后,这一政策的文化意义似乎就会大打折扣;代之而起主要作用的,是其政治意义。这一政治意义主要表现在两个方面,一是府兵制,即大部分折冲府设置于关中,以收居重御轻之效;二是控制政权的

主要人物仍是原来关中的人物，即"关陇集团"。因此，
"关中本位政策"的解释效力，主要发挥于分裂时期，而
"关陇集团"的解释效力，则主要发挥于统一之后。因为
在分裂时期，在西魏/北周的政治舞台上唱主角者，只能
是其辖区之内即关陇地区的人；武力统一天下之后，原属
关陇一隅的地区性政权变成了全国政权，但控制政权者却
仍旧主要是关陇地区之人。这就出现了一个矛盾，也就是
《述论稿·上篇》引两唐书《张行成传》所要说明的"其
统治阶级自不改其歧视山东人之观念"，以及日后撰《论
隋末唐初所谓"山东豪杰"》（《岭南学报》12卷1期，
1952）张大其说，详尽论述的关陇集团与山东集团的矛
盾。因此，陈寅恪在论及"关陇集团"时，主要引用的是
统一之后，特别是唐初的史料，而极少用分裂时期的史
料。他对"关陇集团"所作的集中概括，正是以唐代为立
足点。《述论稿·上篇》说：

> 有唐一代三百年间其统治阶级之变迁升降，即宇
> 文泰"关中本位政策"所鸠合集团之兴衰及其分化。
> 盖宇文泰当日融冶关陇胡汉民族之有武力才智者，以
> 创霸业；而隋唐继其遗产，又扩充之。其皇室及佐命
> 功臣大都西魏以来此关陇集团中人物，所谓八大柱国
> 即其代表也。……至于武曌，其氏族本不在西魏以来
> 关陇集团之内，因欲消灭唐室之势力，遂开始施行破
> 坏此传统集团之工作，如崇尚进士文词之科破格用人

及渐毁府兵之制等皆是。

可见，他用"关中本位政策"来解说何以关中能统一天下，用"关陇集团"来解说统一初期的政治史，并进一步解说进士科的政治意义以及唐后期宦官专权的出现。这基本体现了他一贯的用种族、文化两端来对魏晋隋唐历史进行认识、理解和阐释的观念。

当然，这一解释并非十全十美，毫无破绽。比如，统一之后，折冲府泰半设于关中；陈先生认为这体现了内重外轻、居重驭轻的"关中本位政策"（《述论稿·中篇》）。但是，在统一之前，军队分布只能限于关中，而在统一之后，军队的分布范围势必会不断扩大，但一来这有一个过程，二来这又与各地的军事地位密切相关（没有战事的地区自不必设府）。比如，随着北方游牧部族南下压力的增强，唐政府开始逐渐在河北设置府兵（参孟宪实《略论唐前期河北地区的军事问题》，《中国史研究》2003年第3期）。毛汉光《西魏府兵史论》（《史语所集刊》58本3分，1987）指出在隋统一之前的西魏，府兵分布已呈现出由内而外的辐射态势。所以，折冲府的分布并不能完全反映或证明所谓的"关中本位政策"。府兵制崩坏的主要原因，是国家在新的军事形势下对兵制进行调整的结果，而不是武则天对"关中本位政策"蓄意破坏的结果（参孟彦弘《唐前期的兵制与边防》，《唐研究》第1卷，1995）。但无论是对陈寅恪的解释进行批评，还是进行修正、补充和完善，其前提必须是对他所提出的核心概念的内涵以及具体的运用，有一较为准确的理解和把握。如果用陈氏所提出的这些概念，来表达作者自己所认可或附加的新的内容，即所谓"旧瓶装新酒"，则要对自己所使用的这一概念作出明确界定，尤其要明确说明与陈寅恪在界定和使用上的区分，否则就失去了与陈寅恪所作解释进行对话和交流的前提和意义。比如，毛汉光《中国中古政治史论》（联经，1990）所收论文着重探讨了中古政治社会核心区和核心集团的变化；这一研究，诚如作者自言，是对"'关陇'理论之拓展"。他认为，"关陇集团人物在东西政权交战之时，实已渐渐纳入河东人物"（第16页）；"北周末平齐，关陇集团获得并州地区，……至少在唐初开始，关陇集团已扩及并州人物"（15—16页）。我们认为，关陇集团是一个政治概念，是泛指控制西魏/北周政权的主要人物；在日后统一全国的形势下，才暴露出他们的认同、他们对政权的垄断。如果这一集团随着北周政权势力的扩展可以不断吸纳关陇以外的人物参加，呈现出一种开放的态势，那么，这一概念在解释陈寅恪所要解释的隋及唐初的政治时，就失去了意义。再如，陈寅恪所谓的"关陇集团"主要是解释统一之后的政治格局和武则天对这一格局的破坏，所以对组成的人员只是泛指"关陇胡汉民族之有武力才智者"；即相对于统一政权而言，控制政权的仍是关陇一地之人。他强调"关陇集团本融合胡汉文武为一体，故文武不殊途，而将相可兼任"，主要是为了解释唐后期边镇大帅由蕃将充任，而宰相则由翰林学士充任这一史事。如果将皇权和文人与政这两个因素引入，视关陇集团为关陇武将，并进而认为关陇集团在隋统一之前即已不复存在（参张伟国《关陇武将与周隋政权》，中山大学出版社，1993），那么，用这一概念所要解释的问题也就不复存在，其政治意义也就顿失泰半。这实际上是削弱了它的解释力度和深度。至于对"关陇集团"维系时间的认定，学界也有不同看法（参岑仲勉《隋唐史》"唐史第十八节"，中华书局，1982；黄永年《六至九世纪中国政治史》第二章，上海书店，2004），但如果将"关陇集团"的消失确定在隋统一之前，则"关陇集团"的概念就变得毫无意义了，因为在西魏/北周割据于关中之时，其统治者当然只能主要是关陇之人。

三

陈寅恪的解释，使这段历史不再是史事的编年，而成为一个有逻辑关系的有机整体。他的研究，不是简单地对史实的考证或所谓"恢复"历史，而是对史事的解释和认识，反映的是他对这段历史的理解。它的意义，是对其他研究者的启发，而不是其结论本身的是非对错。因此，尽管有不少学者不同意他的解说，但迄今为止，对他的批评是破有余而立不足。在没有更好的解说出现之前，他的解说仍将作为一家之言而启发我们认识和理解这段历史。我个人认为，到目前为止，对隋及唐初政治史的认识还没有从根本上突破这个解释框架。

当然，就"关陇集团"的政治地位和政治作用来说，这个集团不仅具有明显的地区烙印，而且还具有浓厚的开国功臣的色彩。它的演变，体现着经过长期的分裂，刚刚实现统一的隋及唐朝，如何由一个地区政权变成为中央政权；同时，它的崩溃和瓦解，又成为魏晋以来"官僚贵族化"进程终结的标志。

研究历史，只能是充分依据已有史料，在尽可能复原历史的基础上，理解和认识历史。当然，这既可以是解释，也可以是构建。解释与构建略有不同。解释，常常是"事外求理"，"构建"则常常是"理在事中"——通过勾勒历史发展的逻辑脉络，来具体解释这一演变。无论是解释还是构建，你可以不同意，如果没有新的解释和新的构建，则原有的解释和构建就不易被打破。比如，关于陈寅恪用关陇集团、关中本位政策对南北朝到隋及唐前期的历史演变的构建，岑仲勉、黄永年驳之甚力，所驳也多有合理之处，但是，只破不立，没有用新的概念、新的线索来构建，我们就只能仍旧沿用陈氏的构建。严耕望曾说陈氏的论著是"充实而有光辉"；对历史演变的构建是其思想，思想的光辉是不灭的。

史学家对历史的研究和理解，与其所处的时代也不无关系。陈寅恪用种族文化或政治的解说，固然有他留学海外，广泛涉猎社会科学的影响，但也有他所处时代的影响。我总疑心，所谓关陇集团、关中本位政策，以及他解释"安史之乱"及乱后河北的割据所指称的"河北的胡化"——形成了一个区别于长安的新的文化等，都多少有他所处的那个时代的影子，比如在国民政府之外所存在的共产党领导的政权。这个政权的组织、运作以及奉行的主义，都与国民党所控制的国民政府不同。史家与其所处时代的关系，也许值得研究史学史或学术史同仁予以更多的重视。

我们研究历史时，已经知道了结果；反观历史，"发生的都是必然的"。即使强调偶然，对这个结果而言，也常常是必然导致这一已知结果的偶然。我们无法将偶然的变量加入或抽出，再推演其结果。严耕望曾著文，解释唐朝六部与诸寺监之间的关系，用了现代行政学中政令与政务的区分来作解释，认为六部负责政令、寺监负责政务。官僚制度的演变有很大的沉淀性。宋以后的中央政府，还存在泾渭分明的政令与政务的区分吗？如果不存在，那是严先生对唐朝的解释不妥当、还是宋以后的政治体制倒退了呢？在我看来，陈寅恪先生归纳出关中本位政策、关陇集团两个概念来解说南北统一到唐朝初年政治史的演变，是"理在事中"，是对历史发展的一个具体说明；而严耕望先生对唐朝六部与寺监关系的解释，是"事外求理"。用外在的理论来解释具体的历史问题时，就须使这一理论所能涵盖的史实均能得到疏通方可。

陈寅恪先生1927年游学返国。余英时先生称，陈氏一生的研究经历了三个阶段。1940年撰成《隋唐制度渊源略论稿》，1941年完成《唐代政治史述论稿》，是他第二个阶段的代表作。陈氏对其"两稿"极为重视。邓广铭回忆，抗战时期，陈氏以"两稿"完成为其使命（见荣新江《邓恭三与陈寅恪》，《想念邓广铭》，新世界出版社，2012年），有"不写完'两稿'，就死不瞑目"的话。今天看来，"两稿"不仅是陈寅恪先生的代表作，也是中国中古研究史的丰碑。它所勾勒的历史发展框架，至今仍未能被取代。"充实而有光辉"，当之无愧。

草成于2014年8月31日

（第一部分，以《隋朝何以短命》发表于《东方早报·上海书评》2014年9月7日；第二、三部分，以《木屑下的河流》发表于《东方早报·上海书评》2014年9月21日）

也谈《水浒传》中西门庆与王婆的对话

《水浒传》（人民文学出版社排印容与堂刻本，1984）第二十四回"王婆贪贿说风情郓哥不忿闹茶肆"，有一段王婆与西门庆的对话：

> （西门庆）问道："干娘，间壁卖甚么？"王婆道："他家卖拖蒸河漏子，热盪温和大辣酥。"西门庆笑道："你看这婆子，只是风！"王婆笑道："我不风，他家自有亲老公！"（323页）

1979年钱钟书随中国社会科学院代表团访美，曾至柏克莱加州大学东方语文学系座谈。张洪年教授举王婆的话向钱质疑，钱作答："这是一句玩笑话，也就是西洋修辞学上的所谓oxymoron（安排两种词意截然相反的词语放在一起，藉以造成突兀而相辅相成的怔忡效果），像是新古董novel antiques便是。像河漏子（一种点心小食）既经蒸过，就不必再拖；大辣酥（另一种点心小食）也不可能同时具有热烫温和两种特质。据此可以断定是王婆的一句风言风语，用来挑逗西门庆，同时也间接刻画出潘金莲在《水浒》中正反两种突兀的双重性性格。"这是亲历其事的水晶《两晤钱钟书先生》（原刊香港《明报月刊》1979年7月号，此据《记钱钟书先生》，大连出版社，1995，194－195页）所作的记录。

一

朱居易《元剧俗语方言例释》（商务印书馆，1956）曾对"合酪"、"合落"、"饸饹"作过解释，认为是馄饨类的食品（108页）。李行健、折敷濑兴《现代汉语方言词语的研究与近代汉语词语的考释》（《中国语文》1987年第3期）则认为合酪即王祯《农书》和今河北方言中的河漏。其实，早在五六十年代，陆澹安《小说词语汇释》（中华书局，1964），即引王祯《农书》解释了《水浒传》中的"河漏子"，只是仍用《农书》之称，作汤饼（331页）。八十年代，顾学颉、王学奇《元曲释词》（中国社会科学出版社，1984，2册23－24页）和方龄贵《读曲札记》（《文学遗产》1984年第3期）对河漏子的做法作了详细的描述。至此，这种用器具压出的面条得到了确解。十年后，王至堂、王冠英《"河漏"探源》（《中国科技史料》16卷4期，1995）又从科技史的角度作了疏解；于名物解释并无贡献，而所探之源，因我不懂科技，殊不解其价值所在。

大辣酥，上举陆澹安书已作了准确解释，"蒙古人称酒为'大辣酥'"（57页）。方龄贵《元明戏曲中的蒙古语》（汉语大辞典出版社，1991）则以"打刺苏"为条目，对十数种异译作了勾稽，指出"都是dararu，darasun的对音，蒙古语义训为酒，黄酒"（223页）。

可以说，这两个词所表示的名物，是没有疑问了。问题就在于对这句话的理解。也就是说，为什么西门庆认为王婆所说的武大"卖拖蒸河漏子，热盪温和大辣酥"是"风"话呢？对钱钟书先生的上述解读，何龄修先生不以为然，特撰《试释"他家卖拖蒸河漏子、热烫温和大辣酥"》（《文史知识》2009年第10期），重加释读，认为河漏子"不上笼屉"，拖蒸"不是规范作法，饸饹会变形或起疙瘩"，故用以影射"三寸丁谷树皮"的武大郎；热烫温和大辣酥是用以形容潘金莲的"性和性感，是武大郎家的货物只要有钱，是可以买到手的"（146–147页）。蔡美彪先生又不同意何龄修先生的解读，亦撰《也谈〈水浒〉中的"河漏子""大辣酥"及相关词语》（原刊《文史知识》2010年第4期，此据其《辽金元史考索》，中华书局，2012）与之商榷。

蔡先生是从吃法着眼来理解这句话的含义的。关于河漏的吃法，蔡先生说："无论哪种吃法都必须要先煮熟。煮是常用的烹饪方法。因为粗硬的饸饹不经煮熟是嚼不动的，如把拖煮变成拖蒸就难以下咽了。所以，所谓'拖蒸河漏子'，意思就是嚼不动的硬饸饹。"（《辽金元史考索》，563－564页）按，用器具压出的饸饹，不经蒸煮，是生面条，不存在嚼不动的问题，此其一；其二，饸饹由生面条变成熟面条，常用的方法，就是煮和蒸两种（凉拌，也需蒸或煮熟方可）。蒸、煮这两种作法（大多是直接下锅来煮熟），直至今天在我们家乡晋东南长治一带仍在使用。所谓"拖蒸"就是蒸，既不存在何先生所说的"不上笼屉"、"不是规范作法"，"会变形或起疙瘩"，也不存在蒸熟就难以下咽的问题。这可见何、蔡两先生对华北农村的日常饮食生活不甚熟悉。

关于大辣酥，蔡先生强调这是酒的泛称，而不是特指黄酒。这无疑是正确的。但从以上陆澹安、特别是方龄贵的解释来看，蔡先生的强调并没有特别的针对性——他们都说这是蒙古语的酒，自然包含了黄酒，并未说这是黄酒的专名。当然，蔡先生认为王婆口中的大辣酥（黄酒），用"热烫"而没有用"烫热"，是热得烫了，到了"端不起、喝不下、接触不得"的程度，是烫嘴的酒（同上书，565页）。

综合对拖蒸河漏子、热烫温和大辣酥的理解，蔡先生认为是表示嚼不动的饸饹、烫嘴的酒，比喻吃不消、碰不得，是王婆对西门庆的挑逗和捉弄。但是，没有所谓嚼不动的饸饹，已如上述；所谓热烫就是热得烫了，我也很怀

疑。我看，热烫就是烫热，就是指将酒加热而已；其后的
"温和"一词，正是指酒加热到了温和的程度。况且，说
这话时，西门庆已经知道潘金莲是在县前卖炊饼的武大郎
之妻，而武大郎在他眼中不过是"三寸丁谷树皮"，在他
和王婆眼中武大与潘金莲是极不般配（详下），怎会认为
潘金莲是嚼不动、触不得的呢？！至于何先生所解读的，
用温热的酒喻指潘金莲性感、有钱即可买到云，我觉得比
喻物与用以比喻的东西之间，缺乏"桥梁"。

过去的解读，在我看来，都未免求之过深了。之所以
会"过度解读"，大概与没有比对《金瓶梅词话》中的相
应描写有关——这两句话之间，王婆还列举了另外两种食
物。《金瓶梅词话》（古佚小说刊行会影印明万历本）第
二回"西门庆帘下遇金莲王婆子贪贿说风情"：

> 西门庆也笑了一会，便问："干娘，间壁卖的是
> 甚么？"王婆道："他家卖的拖蒸河满（漏）子，干
> 巴子肉翻包着菜肉匾食饺，窝窝蛤蜊面，热烫温和大
> 辣酥。"西门庆笑道："你看这风婆子，只是风。"
> 王婆笑道："我不是风。他家自有亲老公。"

匾食，也作扁食，即饺子，见上引陆澹安书（371
页、490页）、方龄贵《读曲札记》"匾食"条（又见其
《古典戏曲外来语考释词典》"匾食续考"，汉语大词典
出版社、云南大学出版社，2001，434页），但未均未引
及此条。匾食饺，就是饺子。"干巴子肉翻包着菜"，是

形容饺子馅中的肉很多。蛤蜊，作为食品已见于《西湖老人繁胜录》（《东京梦华录（外四种）》，古典文学出版社，1956，115页）、《梦粱录》卷一六"酒肆"和"荤铺"条（上引书，263页、271页）。另外，《东京梦华录》卷二"饮食果子"条，有所谓假蛤蜊（同上书，17页）；《梦粱录》卷一六"分茶酒店"条，有鲜蛤、假□蛤蜊肉（同上书，265页）。《事林广记》（中华书局影印后至元六年积诚堂刊本，1999）壬集"饮馔"有假蛤蜊、红蛤蜊酱的做法（224页、226页）。

"窝窝蛤蜊面"，大概是面里放上蛤蜊；窝窝，大概是形容蛤蜊的形状。关于蛤蜊面，或许《雅尚斋尊生八笺》（《北京图书馆古籍珍本丛刊》影印本）卷一一"果食粉面类"中的"燥子蛤蜊"的做法可作参考：

> 用猪肉肥精相半，切作小骰子块，和些酒煮，半熟入酱。次下花椒、砂仁、葱白、盐、醋，和匀，再下绿豆粉或面，水调下锅内作腻一滚，盛起。以蛤蜊先用水煮去壳，排在汤鼓子内，以燥子肉洗供。新韭、胡葱、菜心、猪腰子、笋、茭白同法。（61册333页）

这大概是很讲究的一种作法。《梦粱录》卷一六"酒肆"："更有酒店兼卖血脏、豆腐羹、□螺蛳、煎豆腐、蛤蜊肉之属，乃小辈去处。"（263页）吃蛤蜊肉是小辈去处；简单地以蛤蜊入面，不会太过讲究吧。

區食饺、蛤蜊面，既不能表现西洋修辞学上的所谓oxymoron，也不是影射武大郎和表现潘金莲的性感，还不能用以说明吃不消、碰不得。一连四句话，不大可能前后两句有寓意，而中间两句无深意。

至于秦休荣整理《金瓶梅》（中华书局，1998），把"拖蒸河漏子"排作"拖煎阿满子"；虽然此本与词话本系统不同，但这样的整理实在说不上高明。王汝梅整理本（齐鲁书社，1991），就是作"拖煎河漏子"。倒是"崇评"对王婆罗列的这些食物，评云"绝好买卖"，多少点出了以武大郎的家底，实在是无力做得这样的买卖的。

二

把王婆与西门庆的对话，放到这一回对整件事的描述中，或许就能明白它的意义。

整件事的起因，是西门庆被潘金莲失手用叉杆打到头巾。西门庆正要发怒，"回过脸来看时，是个生得妖娆的妇人，先自酥了半边，那怒气直钻到爪哇国去了，变作笑吟吟的脸儿。这妇人情知不是，叉手深深地道个万福"，西门庆则"一头把手整头巾，一面把腰曲着地还礼"。这被隔壁"正在茶局子里水帘底下"的王婆瞧见，笑道："兀谁教大官人打这屋檐边过，打得正好。"听到王婆这么说，西门庆就势又对潘氏说："倒是小人不是，冲撞娘子，休怪。"潘氏道："官人不要见责。"西门庆又笑着，大大地唱个肥诺道："小人不敢。"那一双眼都只在这妇人身上，临动身也回了七八遍头，自摇摇摆摆，踏着八字脚去了。

　　不多时，只见西门庆只一转，踅入王婆茶坊里来。王婆取笑西门庆道："大官人，却才唱得好个大肥诺。"西门庆就势打听"间壁这个雌儿是谁的老小"，王婆说："他是阎罗大王的妹子，五道将军的女儿，武大官的妻！问他怎地？"西门庆说："我和你说正话，休要取笑。"王婆道："大官人怎么不认得他老公？便是每日在县前卖熟食的。"西门庆连猜三次，都未猜到，待王婆告诉他之后，跌脚笑道："莫不是人叫他三寸丁谷树皮的武大郎？"得到王婆确认，西门庆叫起苦来，说"好块羊肉，怎生落在狗口里"！王婆也引俗语"骏马却驮痴汉走，美妻常伴拙夫眠"加以呼应。其实，西门庆连猜三次，每次王婆都说"是一对儿"，这就点出了在他们眼中，武大与潘金莲的极不般配。这是西门庆下决心要勾搭潘金莲、王婆愿意帮忙撮合的"基础"。至此，小说明确交代了西门庆对武大郎的情况已了如指掌了，"每日在县前卖熟食"，正是指武大郎作的卖炊饼的生意。

　　得知间壁美妇是武大郎之妻后，西门庆又关心地问起王婆儿子的去处，并主动提出，要叫他跟着自己。这实际是在讨好王婆了。"再说了几句闲话，相谢起身去了"。

未及两个时辰，西门庆"又蹍将来王婆店门口帘边坐地，朝着武大门前"。半歇，王婆出来，并做了梅汤给他。西门庆道："王干娘，你梅汤做得好，有多少在屋里？"王婆道："老身做了一世媒，那讨一个在屋里？"西门庆道："我问你梅汤，你却说做媒，差了多少！"西门庆夸王婆的梅汤，是为套近乎；王婆由梅而说媒，是装傻，是在试探西门庆，表示自己有撮合的本事。果然，西门庆就势请王婆为自己作头媒；王婆便取笑要给他说一位九十三岁的，西门庆笑道："看这风婆子，只要扯着风脸取笑!"西门庆笑道起身走了。——这已用了"风"这个字。

傍晚，王婆点上灯，正准备关门时，西门庆又"蹍将来，径去帘底下那座头上坐了，朝着武大门前只顾望"。王婆点了一盏和合汤给他。坐个一晚，他才起身走了。

这一天，西门庆来了王婆的茶坊四次。第一次，是他与潘金莲寒暄时，正被王婆看到，并打趣了西门庆一句；这为西门庆屡来茶坊埋下了伏笔。西门庆并没有直接来，而是转了一圈才来，并打听了潘金莲的情况。第二次来，说王婆儿子的事。第三次来，借夸梅汤而引出做媒。第四次，傍晚又来。

第二天一早，王婆才开门，"只见这西门庆又在门前两头来往蹍"，她道："这个刷子蹍得紧！你看我着些甜糖，抹在这厮鼻子上，只叫他舐不着。那厮会讨县里人便宜，且教他来老娘手里纳些败缺。"——一来，要引出

"原来这个开茶坊的王婆，也是不依本分的"；二来，是说王婆为"贪贿"而说风情。这并无捉弄难为西门庆之意。

西门庆纳贿，王婆马上给他定出了整套的所谓挨光计，哪里有蔡美彪先生所谓的"叫他舐不着越要舐，得不到越想得"的意思呢（《辽金元史考索》，567页）。须知，这不是王婆利用潘金莲来勾引西门庆，而是西门庆贪图潘金莲的美色，要请王婆撮合。王婆只是想多得几两银子而已，所以在得到西门庆一两来银子的茶水钱后，她就意识到"这刷子当败"，即他肯为勾搭潘金莲而多出钱，于是马上主动说西门庆有些"渴"，并点出了西门庆"一定是记挂着隔壁那个人"。为了多要钱，挑明了说她卖茶是"鬼打更"，要"专一靠些杂趁养口"——不是靠卖茶生活，而是靠做媒、做牙婆、抱腰、收小的、说风情、做马泊六来挣钱的。西门庆一听，马上说："干娘，端的与我说得这件事成，便送十两银子与你做棺材本。"

王婆与西门庆关于河漏子、温和大辣酥的对话，就发生在第二天西门庆不等王婆开门就在"门前两头来往踅"；王婆一开门，正在生炭、整理茶锅，西门庆就"一径奔入茶房里来，水帘底下，望着武大门前帘子里坐了看"，而王婆"只做不看见，只顾在茶局里煽风炉子，不出来问茶"。西门庆叫点茶，王婆调侃道："大官人来了，连日少见。且请坐"——昨天来了四回，怎么是"连日少见"。王婆点了两盏姜茶，放在桌上，西门庆道："干娘相陪我吃个茶。"王婆哈哈笑道："我又不是影射的。"西门庆也笑一回，问道"间壁卖甚么"，王婆才说卖拖蒸河漏子、温和大辣酥的话。

昨天西门庆连来茶坊四回，都是坐下后朝着武大家望。今天一早，茶坊门尚未开，他就又来茶坊门前晃；等门一开就踅进来，坐下又朝武大家望。这固然说明他是耽于美色，"情不自禁"，但也未尝没有故意做出来，要给王婆看——提醒王婆，他想让她帮忙撮合勾搭。王婆已知道他的心思，而说风情又正是王婆的长项，描写王婆为人的诗，通篇强调的就是她会说风情，"略施妙计，使阿罗汉抱住比丘尼；稍用机关，教李天王搂住鬼子母。……教唆得织女害相思，调弄得嫦娥寻配偶"。王婆故意不理他、调侃他，不过是吊他胃口，让他出个好价钱而已。西门庆进得门来，见王婆不理，先是叫点茶，再是请她陪吃茶，后又问"间壁卖甚么"。王婆也知道他是没话找话，所以叫她陪吃茶时，她说"我又不是影射的"；问她间壁卖甚么时，她说了这一通话。

为什么王婆说了这一通话，西门庆说"你看这婆子，只是风"呢？因为昨天西门庆已经跟王婆打听清楚，武大是卖炊饼的。一个卖炊饼的，小本经营，又如何能有力量同时经营卖河漏、卖酒、卖肉馅饺子、卖蛤蜊面呢？——王婆用这样的话，只是在响应西门庆的没话找话罢了。联系上面西门庆请她做媒，她说的是九十三岁的人时，西门庆说"看这风婆子，只要扯着风脸取笑"，可见凡属故意夸张、不切实际的话，予人以疯疯癫癫的感觉，就是"风"（参龙潜庵《宋元语言词典》"风话"条，上海辞书出版社，1985；袁宾等《宋语言词典》"风"条，上海教育出版社，1999）。

西门庆听得王婆调侃他，于是说："干娘，和你说正经话，说他家如法做得好炊饼，我要问他做三五十个，不知出去在家？"——西门庆说自己知道他是作炊饼的，方才问"间壁卖甚么"，不是问他卖什么，而是说他用了什么法子，会做得那么好的炊饼；自己是真想买他的炊饼，只是不知是到街上买还是直接到他家里买。王婆说"若要买炊饼，少间等他街上回了买，何消得上门上户。"西门庆道："干娘说的是。"吃了茶，坐了一回，起身叫记上账，"西门庆笑了去"。

西门庆听了王婆举出一连串武大郎不可能同时经营的饮食，知她调侃，笑道："你看这风婆子，只是风。"王婆说："我不是风。他家自有亲老公。"——王婆是想强调，就像一个街边卖炊饼的不可能有能力同时经营那么多品种的其他食品一样，美妇有主，西门庆不必想别的了；同时，又是在暗示西门庆，如果他要勾搭有夫之妇，是需要请她出面帮忙才行的。

过了一会儿，王婆又看到西门庆来到茶坊门前，"踅过东去，又看一看；走转西来，又睃一睃；走了七八遍，径踅入茶坊"。王婆见他终于进来，道："大官人稀行，好几个月不见面。"——这分明又是在调侃他，两天已见了无数次，何以是几个月不见面呢。"西门庆笑将起来，去身边摸出一两来银子递与王婆"，作茶钱；王婆道："何消得这许多？"西门庆道："只顾放着。"婆子暗暗地喜欢道："来了，这刷子当败。"——她明白了，西门庆为勾搭潘金莲，是舍得花钱的；她这才主动挑明了话题，点出他是"记挂那个人"。由此可见，在西门庆以茶钱名义先出了这一两来钱之前，王婆装傻，不主动挑明；西门庆虽是个"奸诈的人"，"近来暴发迹，专在县里管些公事，与人放刁把滥，说事过钱，排陷官吏"，但毕竟是勾搭人妻，既非光彩之事，又动不得蛮；虽想请王婆撮合，但又不好主动将话说透，所以才有一句没一句地跟王婆搭讪。王婆是想藉此挣钱的，在没摸准西门庆肯给自己花些大钱时，就装傻；当她看到西门庆以茶钱名义付出一两来钱（茶钱远不需要这么多），知道他肯花钱时，才主动说破，并定了挨光计。

以上整个过程，可以看出，第二天西门庆一早又来茶坊，是没话找话，跟王婆搭讪。因此，王婆的这句回话，是以调侃来对付西门庆的搭讪，并无深意。用今天的话说，就是俩人都在逗闷子——西门庆想勾搭人妻，需要王婆帮忙撮合，但毕竟不是光彩之事，不好意思主动挑明；

王婆明白西门庆之意，也知道武大郎与潘金莲不般配，但在西门庆表现出愿意给她花大钱之前，她就抻着他，故意不说破（在已说破，给西门庆定挨光计时，王婆还说"我知你从来悭吝，不肯胡乱便使钱"）。

总之，将《水浒传》中王婆与西门庆的对话置于整个事件的描写中，再参以《金瓶梅》的相关对应描写，我们认为，王婆的话实在并无深意。

三

语言是活的，是不断变化的。前期的语汇、语意，后来往往被人误读或望文生义。比如空穴来风，本是指有依据，相当于俗话所谓"苍蝇不叮无缝蛋"；因"空穴"而被误读为没有根据。再如明日黄花，原指过时，但因"明日"这一表示未来时间的词而被误改为"昨日黄花"，以表示过时。又如同志一词，原指有相同志向、爱好者；后变为共同信奉某主义且同在某组织的具有浓厚政治色彩的称谓；现则有时又指同性恋者。倘若用今天指同性恋者的"同志"来理解历史文献中的"同志"，岂非大相径庭。一些表示名物的词汇，意义和作用也会发生变化。比如大辣酥，本是蒙古语"酒"的意思，有人认为是一种饼的三种味道——刚出锅是热烫，稍后是温和，再后便成辣酥了（http://baochuanspring01.blog.163.com/blog/stat

ic/4319487620084251056491 37/。此条承杨艳秋先生检示。近期相关研究成果，亦多蒙其开列，谨致谢意）。果真如此，则是后代已不明前代此词的语义，讹变成为一个新的词汇了。但我们显然不能依据后代的讹变来推论七百年前的原本的词义。

与此相近，就是关于河漏子的另一解。在读到有关钱钟书的解答后，郎业成《读书偶识》"河漏子、大辣酥"条（《社会科学战线》1982年第3期），认为河漏子"是苏北方言，就是河蚌"，而河蚌又喻女阴（312页）。无独有偶，熊飞《"河漏子"、"大辣酥"新解》（《江汉论坛》1984年第7期）也说河漏子在古浙江方言里常用来诨称女性器（至于他说大辣酥是乳制品，则完全是对相关研究成果毫无所知的臆说）。古浙江方言，古到何时，我们不得而知；河漏子在苏北方言里即使确指河蚌，而河蚌又确喻女阴，那也不能说明浙江、苏北的方言中的河漏子就是《水浒传》、《金瓶梅》中所说的那种河漏子。如郎、熊二位所言不虚，则这恐怕是发音相近而所指本不相同的两类物事——作为饮食的河漏子，也是先有此饮食及相应的发音，然后才逐渐用这几个字来表示（之所以用河、漏，也是为表达制作时用力挤压而流出之意）。至于赵国华《生殖崇拜文化论》（中国社会科学出版社，1990）引《水浒传》王婆此句，径称"这所谓'河漏子'即是蚌，市井语中用以指女人的性器"，季羡林先生作序，作为"异常精彩"的例子而大加揄扬（4页），则不仅是求之过深，而且全然是脚不着地的海派蹈空之论。这也难怪何龄修先生批评此为既无书证又不合训诂原理了。

附带说一句，这类俗语语汇，不少只是发音，所以同一事物会有多种不同的写法，如河漏、饸饹等。这是因为先有了这样的一种东西，才要造字词来表示。这种异形同义的词汇，《元曲释词》、《唐五代语言词典》、《宋语言词典》、《元语言词典》等，按音排列，既反映了这些词汇的特点，也方便了读者的查索。早年出版的几种，如陆澹安《小说词语汇释》、《戏曲词语汇释》，龙潜庵《宋元语言词典》等，以字头笔画排列，查找是颇有些不便的。前些年王锳、曾明德编撰《诗词曲语辞集释》（语文出版社，1991），将张相《诗词曲语词汇释》等十种相关著作的词目合编一处，给大家使用提供了便利，但却是按笔画排列，实在是一个倒退，这是很有些遗憾的。

　　　　　　　　　　　　　　　　　草成于2013年8月

（原刊《田馀庆先生九十年华诞颂寿论文集》，中华书局，2014年）

有多少东西能留下来

题　记

　　2010年的三四月间，在朋友们的一个内部网站上曾写过一个帖子。日前，一位朋友又与我聊起论文的数量、质量等话题。我说，我是主张质量第一的，原因很简单，因为自己写得东西少而又少，于是便只得强调质量；否则，自己都觉得汗颜。强调数量的学者，多半是因为自己的著作等身，扬名立万。这位朋友听了，笑谓"屁股决定立场啊"。我答道，也还有些追求不尽相同之处；尽归之于屁股，也有失全面啊。玩笑开完，才想起一年前自己曾发过一些感慨，于是稍加整理，贴出来，博大家闲来一粲。中年人的感慨，既无年轻人的可爱，又无老年人的世故，读了不免有做作之感。这是需要打个预防针的，以免呕吐。

　　去年十月份，在往复（www.wangf.net）的书林清话，有人贴出了中华书局影印的《全宋词审稿笔记》（王

仲闻撰，唐圭璋批注）的《出版前言》，其中引用了夏承
焘的一条日记。我看了，顺手翻了一下夏的这条日记。于
是，就将此书放在枕边，每天睡前看上三四十分钟，断断
续续，看了一个多月，到十二月份总算翻完了。我本想看
看1949年以后，夏先生是如何面对被改造的；结果比较
失望，因为夏先生似乎很自然地就接受了改造。不过，他
的日记中有不少治文学史的学者的掌故，像任铭善、蒋礼
鸿、王季思等，一再出现于日记。其中，夏先生很佩服王
季思，很夸赞他的学问。于是，我便在网上陆续买了他的
《玉轩轮古典文学论集》《玉轩轮曲论新编》；此前，我
已有他的《从莺莺传到西厢记》《玉轩轮曲论》和《王季
思学术论文自选集》。粗粗看了一下，王先生的许多东西
都有太强烈的时代背景，可能在那个时代，他的认识能跟
上那个时代的要求，所以，他的东西才会被像夏先生这样
想跟却有些吃力的人看重吧？那个时代结束了，这些文章
的意义也打了一些折扣？

八十年代以后，此前三十年的学界环境被终结了。
虽然还有一股股的学术热——如文化热、社会史热等，但
毕竟，学者可以选择不投入其中了。即使如此，我们辛辛
苦苦，看书码字，写出这点东西，究竟能有多少值得留下
来，被后学者记住呢？

当然，在现在强调学术规范的背景下，被人引用的机
会增多了。不过，所谓引用，也不能太当真。有的作者是

为了炫博，广为引用，连三四流的论著也引一下，以示自己兼收博采；有人是为了将自己打扮成很符合学术规范，才东一下、西一下，乱引一堆；有人是假引用——关键受人启发之处，不引用；而在不经意的小地方，引一下，表示自己看到了相关论著。最牛的，是一些论著不得不引。比如，一部有关魏晋南北朝的论著，无论是什么题目，后面的参考书中，都要列出陈寅恪、唐长孺的论著；有不少著作，还要将他们的著作重复列出，既作为论文列出了论集中的论文，又作为专著列出了论文集。也许，这些被迫征引的论著，才是真正能留下来的东西？

其实，能混到被迫征引的行列，这些被迫列出的被征引的论著，也未必真的都值得"留下来"。很早以前，曾跟一位同行朋友胡聊，他说，应该在论著目录前面打星，免得让学者一篇篇找、一本本翻，费了九牛二虎之力，打开一看，全无参考价值。现在，他正在编《魏晋南北朝史论著目录》，不知道，他是不是在实践着自己的"打星理想"。

有朋友说，写出来的东西，对得起自己就可以了。如果后人在读自己书时会自然地赞一个"这人，写得还不错"，或"这个人，还有点学问"，那就更好了；这可比在拜码头式的文献征引中被记住要强多了。

不过，细细一想，能对得起自己的话，实在是把双刃剑。有的人，会仅仅以此作为安慰自己的理由，低头拉车，不必抬头看路。有的人则不然，会觉得自己的论著，篇篇都好，本本都可以传下去，正所谓"老婆是别人的好，论著是自己的好"；久而久之，自我膨胀，看着码在地上的一摞书，不仅有著作等身的自豪感，而且觉得自己就是大师了。这更麻烦。

我想，从理论上说，治学的境界（不是单纯指学术水平和贡献）大致可以分为几类。一，质高量多；二，是质高量少；三，无量当然谈不上质；四，是制造垃圾。第一类，须仰视才见，但脖子抻久了，容易疲劳。第二类，可以让我们时时警醒。第三类，最值得人尊重。第四类，最令人厌恶——只考虑自己，不考虑这个世界；现在的全球变暖，他们是有责任的。

如果一位学者的论著，质很高；在保证质高的前提下，量也很大，那是可取的。可事实上，即使是一流（这确实说的是等级了）的学者，作品也往往参差不齐。我有点纳闷，从学问上，已跻一流；从世俗的观点看，要什么有什么了，何必还要为了写而写呢？

第三类学者，在我看来是见过世面的，是属于"没吃过猪肉，至少见过猪跑"的。不管是人家因为水平低而写不出来，还是有水平而只述不作，人家都没有制造垃圾（如系前者）或不屑制造垃圾（如系后者），没有浪费纸张，同时也没有浪费读者的时间。即使属前者，这个态度难道不令人肃然起敬吗？！特别是在现在给津贴、定待遇，都主要是靠数量的管理体制下，这一点尤其难能可贵！——能写出好东西来，咱就努力一把，写一写；实在写不出好东西来，咱就不写。宁可不写，也别制造垃圾。这样的人，不值得敬重吗？

其实，真正评价一个学者的学术贡献，在我看来，第一是质，即深度；其次，是在达到这个质的基础上的广度；第三是所讨论或解决的问题对我们认识一个时代或一个专题具有怎样的意义。深度，和达到这一深度的广度，才应该是评价一个学者学术贡献的标尺吧。就历史学科而言，一个学者一辈子只挖一口井——这口井，无论是论题，还是材料——总不大好。

这又涉及所谓专著的问题。有人以为出一本章节序列清楚者才能算专著；论文集，不算。一位治清史的极有贡献的老学者的学生，就曾不无遗憾地发过这样的感慨，认为老爷子"没本专著"。其实，这种遗憾实在多余。试想，一个重要的问题，研究得也非常深入，如果一位学者用了三五万字完成了，这是论文；如果用十几万字完成了，印成了一册，便属专著？显然不能这么看。所以，不必斤斤于区分论文还是书，这只是表达的形式而已。

如果一定要用"专著"来表示，我意，除上述两点之外，要再加一点，即对一个问题，以及与这个问题相关的其它问题，都要有一个通盘的考虑和认识。比如，陈寅恪的《唐代政治史述论稿》和《隋唐制度渊源略论稿》，我们可以视之为专著，虽然其中的意见，我们也未必都同意。照这个标准，围绕一个专题所写的系列论文，即使印在一起，也有可能是专题论集，而未见得是专著。其实，在我看来，写论文、出论文集，是治学的不二法门。不必将论文改写，加上一些承转启合式的技术处理，打扮成所谓的专著。也不宜将学术局促在一两个题目上或很小的范围内。关键是深度。对一个问题，对一个时代，有系统而深刻的认识者，毕竟是少数；在一些专题上，能有相当深入的探讨，即可。

　　现在各学术单位都很重视考核，通过考核才能定级，定了级，才好定种种待遇，而考核的主要标准，就是数量。这似乎也实在是有些不得已的。但也许，这是因为执事者生怕这帮学者偷懒，浪费公帑吧。其实，教授治学，跟流水线上的工人做工是不大一样的；工人做工，是为别人，教授治学，是为自己。成就大、水平高，是自己的事；成就小、水平低，也是自己的事，都跟别人没有关系。量化的结果，不大可能让庸人变成大师，只可能让一个潜在的大师，为应付数量而沦为庸人。倘若因取消数量的规定而让若干偷懒者蒙混过关，而最终却使可能成为大师的人能沉下心来耽思苦学，也未尝不是一个"合理的成本"吧。制度的设计，总是应该两害相权取其轻，而不能两利相权取其重。学术，就是质；量，没有意义。

　　当然，一个学者的水平的高低、成就的大小，都只有在将来的学术史上才能看得出；当下，一般是不容易得到论定的。需要沉一沉，才行。我的老师曾评价他的老师的论著，说："经过时间检验，站住了！"所以，对别人的夸赞，大可高兴；对别人的批评，则不必咬牙切齿。自己的作品已经发表，好也是它，坏也是它。好的东西，不会因别人的批评而失去光辉；差的东西，也不会因为有人吹几句就能流传下去。所以，不要把学问太不当回事，也不要把自己太当回事。一切，等学术史来审判。如果一个学者，人还没死，他的论著就已经死了，那忙活一辈子，实在是瞎忙活，还不如不忙活的好。至于一个学者，一退休，不再参加学术活动，便被学术界遗忘了；回想起在退休前的东奔西跑，甚至还时不常地在开会时坐坐主席台、照相时坐在偏中间的位置，是不是会感到有些滑稽呢？

人在没有退休时，除学术之外，所争的，恐怕一是钱，二是缓退或乃至不退；再高尚一些的，也就是作学界领袖，俗称之为"做点事"了。如此而已。一位朋友说，当了教授，就别无所求了，因为没个职称，总觉得不大好看，但有了职称，还斤斤于级别、待遇等等，一来难免受制于人，二来，也实在有些太累了——等将来真正退了休，回过头一看，其实是白忙活一场。说到底，能念念书，喝喝酒，吹吹牛，写点经过认真念书、认真思考而后的所谓文章（至少自己觉得还算满意），让后学读了，觉得此公非混子，于愿已足。既不必叱咤风云，引导别人作学问，也不必掺水式地拼命著书，求虚名图实利。

　　再过十年，我就退休了。人到中年，就像爬山即将登顶，前面是什么景致，虽未能目睹，但凭想象似亦可猜得八九不离十了；至于走过的路，历历在目。既知已往，又知前程，是不是有一种，再往前走、也兴味索然之感呢？

我的无趣的大学生活

题　记

　　说起我的大学生活，实在无趣之极。既没有像有的同学那样，有着风花雪月的浪漫，也没有像大多数男生那样，可以在篮球场或足球场上一展风采，更没有参加过社会活动。我的大学生活，实在是太苍白、太无趣了。所以，在毕业二十年后的今天，我只能挖空心思，从这一大堆无趣中努力找一星半点儿自己觉得还算是有趣的事。至于专业的选择，完全是误打误撞，谈不上"选择"，万幸的是，还算喜欢。我这个年纪、这个资历，本无资格写这类东西，况且平凡得不能再平凡的生活和工作经历，也实在没有"看点"。不过，人到中年，雪泥鸿爪，留下一点点印记，希望能让与我有大致相同经历的中年人，在紧张工作、无聊生活之余，在上有老、下有小的夹缝中，粲然一乐。

一

我在来北京之前，最早很明确地"认识"到北京，是在小学四五年级。那时学一篇课文，是记叙天安门广场的。我至今仍能清楚地记得课文中对人民英雄纪念碑四周浮雕的描写，以及课文中配着的一幅图。在随后的语文自习课时，我前座的翠花同学转过头来，自豪地给我说，她父母带她到天安门参观过。我听得都有些傻了——在我的心中，北京离我太遥远了；但我的同学中居然还有人去过那么遥远、那么神圣的地方！

我来北京之前，到过的最远的地方就是从我老家山西襄垣到我父母工作的山西晋城，其间相隔三百华里。也总算是坐过汽车、乘过火车的人了。但当我拿到录取通知书时，有些犯难了。通知书上说，到北京站，坐103路电车到动物园，再换332路到人民大学。我根本不知道车上会标着"103"和"332"。心想，路上跑着那么多车，我怎么知道哪辆是103、哪辆是332呢？更要命的是，从晋城到北京没有直达的火车，必须中途在河南新乡倒车。这更麻烦了。我根本不懂怎么换火车，万一坐错了，我一定要把自己弄丢了——姐姐告诉我，火车的车厢上会有牌子，上面写着某地到北京，所以不会错。她还边说边用纸画了一下。我一看，某地与北京之间是一个破折号，而不是一个箭头，这不还是不清楚来往的方向吗？！怀着这样的疑惧，不得不反复询问。父母看我这样，决定由父亲送我到京。所以，我是我们班仅有的几个由家长送来上学的。这很让我老婆看不起，她是与我同年入学的，人家就是自己独自来校报到的。

在北京的第一个学期，实在是太想家了。我一点都不喜欢这个城市。一次，在校门外，跟秀梅不知因为什么走在一起，说起对北京的印象，我说："这地方，就是人多、车多、东西贵！"语气中满含着不屑。当时，我对自己的这个总结，很是得意。秀梅似乎也很认同，在一段时间内，还重复过这句话呢。

不管喜欢不喜欢，北京也的确有不少我们煤矿上没有的东西。最让我好奇的，就是我每次进出宿舍楼门都能看到那部放在楼梯边的公用电话。它是转盘拨号的。我特别纳闷，是应该先拨号再拿起听筒呢，还是先拿起听筒再拨号呢？自己想站在旁边观察一下。但是，来打电话的人，大多是背对外面的；他站在那儿拨号，我就完全看不到他的手是如何活动的了。所以，观察半天，也没弄明白。那时，我们矿上，电话还是摇把的，要左手先摁住听筒，右手使劲转几圈，然后再拿起听筒讲话。这个问题，我后来不知是通过什么渠道解决的。这个问题解决了，下一个问题接踵而至，那就是如何处理总机转分机的问题——那时，我见到的电话号码，或是在一个长的号码与一个短的号码之间写一"转"字，或是用一短横线相连。我不知是怎么知道，这表示总机转分机。但我不知道，在拨号时如何"转"。是一下子把总机、分机的号码一股脑儿全部拨完呢，还是该先拨通总机，那有一人，再请他转分机呢。不知为什么，当时觉得总机那儿有个人，有点不可思议。为此，我还跟绍忠同学讨论过，我们的意见好像并不一致。万幸，那个时候，我们不怎么需要用电话。

大家来自五湖四海，各人背景不同，为人处世、言谈举止自然各异。有的同学牛气冲天，有的同学自尊心特强，有的同学则比较皮实。在我们眼里，最牛的自然是北京的同学。刚入学不久吧，一次到302室，见小罗穿着双皮鞋，长的样子跟我从前见过的样式实在有些不同。我就问他，他态度挺好，一只脚略略抬起，一只手指着，说："这是三接头啊！"随之又讲了些质量如何好之类的话。这是我第一次知道"三接头"。在男生中衣着比较讲究的，还有阿鸣。在班里穿西服、牛仔裤比较早的，应该都是他吧。好像是第一学期的寒假从新疆回来，衣着大变。他对自己头发的爱护更令我印象深刻。我到302室，总能遇到他对着床头挂着的一面圆镜在不断地用梳子或手指梳拢头发。

我跟老蒋还真讨论过各类同学的脾气。我说，来自大城市的同学，有种优越感，牛气哄哄，自以为见过世面，所以不大能看得起其他人。来自小地方和农村的同学，生怕人家看不起，所以自尊心特强，其实这种强烈的自尊心是为了掩盖自己的自卑。最好的是来自中等城市的同学，既没有可以用来牛皮、自傲的资本，所以不太可能趾高气扬看不起别人，又不觉得自卑，所以也不大会过分自尊，把什么都看作是对自己的伤害；这一类同学最好相处。其实，也不尽然。最好处的是老太，他是北京人，但却属于最皮实的那类。小胖儿、小蹄儿都是农村出来的，但并不过激。总的来说，最牛的人住在302室，但最平和的人，也集中在302室。我们303室，既没有挺牛的人，也缺少很平和的人。这很怪。

二

大学时流行过几本书。最为流行的，也许应该是瓦西列夫的《情爱论》和蔼理士的《性心理学》，几乎人手一册。我以为读读《情爱论》就能搞上对象了，翻了翻，结果大失所望，里面根本没有勾引女孩、吸引异性的方法。倒是《性心理学》，比较有意思，特别是译者潘光旦的"译注"，引用了大量中国古代笔记小说里的例证，读来趣味盎然。这本书是老太推荐我的——老太对我的帮助很大，我对异性有限的启蒙知识，是得自老太。我真正搞对象时，正逢他父母去香港，他利用这个间隙替父母装修家，小蹄儿、小胖儿跟我，经常去帮点小忙，其间他们都给我支了不少招。读研究生，我手表坏了，老太从家给我拿来一块表，是他的一位亲戚从俄罗斯带回来的，很薄很好看，不幸被我摔坏了表门，无法修，当然更没有给他赔。还有一个传抄本，也是出自老太，那就是《金瓶梅》的删节本；不是洁本，而是脏本——不知老太从哪里搞到了洁本中删去的"自然主义描写"（老太语），据说有一万八千字，大家传着看，不亦乐乎。我后来看了香港影印的《金瓶梅词话》，才知，这些删掉的描写要放到故事情节中，才更有意思；集中到一起看，就少了很多乐趣。这就像吃红烧肉，不能只有肉，还得要配上些土豆之类才行。我毕业找工作时，他母亲还给我写过推荐信。

那时班上还流行过几本书，比如《朦胧诗选》，我是从老蒋那儿看的。小马也很喜欢，经常在床上大声朗读："卑鄙是卑鄙者的通行证，高尚是高尚者的墓志铭！"李泽厚的《中国古代思想史论》《中国现代思想史论》《美的历程》，余英时的《士与中国文化》，我好像都是从302室看到的；似乎他们宿舍的几个人都买了。那时觉得这些题目未免空疏，后来才知道，并不空疏。那时的家伟兄经常到校门外的书摊上买《读书》。他很喜欢钱钟书，常听他说起钱的《宋诗选注》。他的学年论文似乎是写宋代文化的"氛围"的——我是从他那儿第一次听到"氛围"这个词，而且用作论文的题目。那时还有两套丛书，给我印象很深刻，一套"五角丛书"，得名于每本只售五毛钱，是上海文艺出版社出版的；一套"走向未来丛书"，是四川人民出版社出版的。这两套丛书的零种，我都在学校的地摊上买过。

二年级开始上中国通史的古代史部分。学隋唐史时，开始跟沙知老师读《资治通鉴》，一副老气横秋的模样。有一位高中的同班同学，考入中国政法大学，我得地利之便，常到她学校找她。一次在她宿舍，不知怎么，大概吃榨菜多了吧，她问我"涪"字的读音。我一看这字，就乐了，咱认识啊，于是答对了。她问我何以知道这个字，我说我读《资治通鉴》，胡三省在注《通鉴》时，注释过这个地名。于是她又问我读了有什么感受之类的，我说不上来；她大概担心我在她同学面前说不上来会有点难堪吧，就说，讲点其中的故事也行啊，但我还是讷讷半晌，讲不上来。现在想想，似乎自己也没感到尴尬，脸皮也够厚的吧。

正因为手捧《通鉴》，对上述那些书，多是作不屑一顾状。所以，我一方面似乎很努力读书，成天往文史阅览室钻，那两个值班的吕老太太和穆老太太都对我很熟；另一方面，我知识面极窄。小罗在我的临别赠言上说："假如你理解卢舍那微笑的全部含义，你将不会拒绝兼收并蓄。"遗憾的是，我那时不知道"卢舍那"，当我问小罗时，我至今还能记得他当时那个诧异而不屑的眼神。海龙在给我的临别赠言中也说："如果没有大胆放肆的猜测与想象，一般是不会有知识进展的——做开拓者。"现在看来，真正能作开拓者的，是老姚，我不过是墨守而已，实在缺乏创造性。这就像现在成天在网上混，多是跟帖、转帖而很少发帖。

也就是在隋唐史课上，大家曾一起买过《通典》。这本书在五十年代影印过一次后，就再未重印，所以，沙老师特别作了推荐。那时的班长是明波，出面组织，要买的人都到他那儿登记。那次有五位同学买了这本书，我清楚记得的有明波、秀梅和我，好像小加也买了。明波是到灯市东口的中国书店买回来的，这当然是沙老师告知的。那时，我们熟悉的是王府井新华书店、外文书店和琉璃厂中国书店；这些散布于"犄角旮旯"如前门、西单横二条、宣武门、新街口、隆福寺等处的中国书店，是日后才逐渐知道的（现在不少家已经关张了）。明波在大学毕业前夕，帮北大一位老师编中国监察制度史，还常常使用这本十六开本的深红色的"十通本"《通典》。沙老师还开过几本参考书，其中有岑仲勉的《隋唐史》，也是刚刚由中华书局简体竖排出版的。我在该书的扉页上用铅笔写过一条题记："时值沙先生为学生列参考书，是书为沙老所推重，同时者尚有陈寅恪诸著。在隋唐断代史中，先生尤推重是书，故购之。同得者尚有同学数人。"这本书是1985年12月3日买的。但不知"同学数人"是哪几位了。在校园小花园——由大门正对着的原三百米跑道的操场改建而成——的书摊上，海龙买到过一本蒋氏《东华录》。这本书很重要，后来颇为难得，所以我始终记得这本书。终于，在1994年2月从他手上要到了这本书，并写题记说："承蒙海龙同学相赠。"而他自己在买书时写的题记是"85.6 购于人民大学"。记得我跟他要这本书时，他还挺纳闷，问我："这么多年了，你怎么知道我有这本书？"我说："自打你买上，我就惦着了。"

1986年秋天，中华书局在琉璃厂开了读者服务部，居然有不少早年的库存书上架，我买到了1964年一版一印的岑仲勉《通鉴隋唐纪比事质疑》，真是喜出望外。这年冬天，中华书局的王府井读者服务部翻修重张，报纸上登出广告，新书打折。1986年11月18日日记："今天早晨一大早就到王府井买书，是《四库全书总目》。我还想买本《简明目录》，但愿能如意。"记的一早赶到那儿，门口已堆了不少人。店门一开，大家蜂拥而入。我看不少人在抢购《管锥编》。我不知道这书到底有什么用，仍按原计划，除了买《四库全书总目》，还买了上海古籍出版社小本红皮、用字典纸印的《中国丛书综录》，都打了八折。这些应该是我在低年级买书印象最为深刻的了。至于临近大学毕业，在北大三角地新华书店偶遇而跟沙老师借钱买下中华书局点校本廿四史全套，虽属豪举，且十分幸运（这套书其时已陆续重印，涨价至每本两元，而三角地这套，除两唐书之外，均是旧定价，每本约一元钱），但毕竟已是要读研究生了。

　　今天想来，当时大家读通史时，专业热情最高的，就是上郑昌淦老师的先秦、秦汉史和沙知老师隋唐史课的时候。另外，还有两门课，是大家觉得枯燥而我却比较爱上的。一门是王德元老师的《中国历史文选》，整整上了一年。王老师讲课略带口音，慢条斯理，之乎者也。一些文字学面的入门书，就是在王老师建议下买的，如《文字蒙求》《经传释词》《词诠》《康熙字典》等。大一的暑假还把这本砖头厚的《康熙字典》背回家炫耀了一番。我于文字学完全是外行，却始终对古汉语语法、语词解释等抱有兴趣，这不能不归功于王老师的课。一门是何聪老师的史部目录学。她早年曾给邓广铭先生作过助手，编宋人文集分类索引，后来又参加了中华书局廿四史点校的工作，好像也是在《宋史》组。人大复校，据说是经郭影秋先生介绍，来历史系工作。我们上课，发有她自己编写油印的《中国史部目录学参考资料》。我有限的目录学的常识，都是从她这儿来的。学习期间，我还跟老太等同学到过她动物园附近的古脊椎动物所的住处。晚年她赴美定居，嘱咐女儿将她使用过并有多处点读、批校的科学出版社五十年代印刷的《四库提要辩证》送给了我。

　　一位好老师，对学生的影响实在是太大了。如果我们系里能多几位这样的老师，我们同学中从事专业教学与研究的人也许会更多一些吧。

　　大家买了点书之后，问题也出现了，就是没地方放。

正好学校在修邮局，于是同学们开始打施工所用的脚手架儿踏板的主意。那时应该是W已经跟老Y搞对象了吧，但W的木板却是我帮她去偷的。今天想来，也真是有些奇怪，这事怎么会轮到我呢？！不过，我当灯泡的事绝不止这一次。最大的一次"灯泡事件"是临毕业前夕，我跟R、大脚的清西陵之行。

一天晚上，R到我们宿舍，闲聊时不知怎么话题一转，她就问我，想不想一起骑车去清西陵。我马上同意，并问还有谁，她说还有大脚。这事就这么定了。临行前，我们一起商议行程的种种情形，我特意强调，我们出去遇到有不同意见时，要少数服从多数。结果一路上，凡遇到不同意见，我都是以1∶2被否决，整个一悲惨世界。我很是纳闷，他俩怎么会这么意见一致呢？！我们骑了一星期，从清西陵到了野三坡，从野三坡回京。回京后，我才知道，他们俩在谈恋爱。不过，我知道后，也一点没有后悔的意思，相反，我倒挺感谢R；她要不叫我，我就不会有这样一次骑车远游的经历了——这可是我大学四年最为轰轰烈烈的"社会活动"啊。

我1994年博士毕业分配到研究所工作时，有位前辈曾说我有反骨。我很不以为然，现在想想，也许有一点？

一年级的第二学期，我们班到密云植树。R有次好像有点低热，但仍然坚持去劳动。是不是班主任没有准假，记不得了；记得的是，我因为R低热而不得休息，跟班主任徐老师发生了争执，好像是扯着脖子、瞪着眼睛吧。其实，那时劳动产生爱情，她已跟老九有点意思了吧。即使是打抱不平，也不应该轮到我的呀。转眼大学快毕业了。我们的专业是属于"长线专业"——指社会需求量很少的专业，大概包括文史哲这几个专业；这些专业的学生，可以"双向选择"，即学校不再"包分配"，但仍托底，不致最终没有工作。这是我们这一届毕业时才首次出现并使用的两个专业名词。大家找工作都很难，于是又听说要实行"二次分配"，即先回原籍省的教育厅，再由当地教育厅往下分配。一天晚上，我又在宿舍大放厥词："闹一闹，也是回去二次分配；不闹，也是回去二次分配。都是回去二次分配，干嘛不闹一下？！"结果，第二天班主任毛老师就在刚刚落成的资料楼门口叫住我，对我进行了严肃的批评："现在同学们的情绪这么不稳定，你怎么还能这样火上浇油？！"我一听，当时就有点火，心想这是谁给我告的状，够快的。可是，自己因为确实说过这样的话，又不好抵赖，所以也只能蔫头耷脑地低头认罪，没有梗着脖子硬犟。

　　这都是自己夸自己的。倒霉的事、尴尬的事，自己往往记不住；自己记住的事，往往都是自认为比较牛皮的事。大家对我是什么印象呢？就让我在我们毕业册的临别赠言中抄几段吧。

　　王爱民："在记忆里，我们是冤家。"荣媛："对剀星，我简直无话可说。"梁永："唱一首歌给你：'我不能忘记你的大眼睛'，跟我们家乡的冰灯一样，虽然美，却总觉得不胜寒冷。"这是女生的赠言。我同宿舍的老蒋写道："忠厚热心是女孩子对你的评语，刻薄无情是男孩子对你的估价，那么，你也是丰富的了？！"

大约我在大家的心目中，实在是一挺"硌"的人吧。

毕业后，大家都陆续开始成家了。我吃过两位同学的结婚饭。最早的一位是秀梅。她跟老余结婚后，在黄寺的筒子楼宿舍请我们大家吃饭；老余是湖北人，厨艺着实不一般。但给我留下很深印象的却是她家的冰箱，乳白色的箱体，上面盖了一块绣了少许图案的白布，别提有多温馨了。另外一位就是L。他好像住在五棵松的部里分配的宿舍；说是宿舍，似乎已经是单元房了。那天，他老婆把米饭做夹生了。她一尝，不能吃，就都倒给了他。我很愤愤然：你不能吃，难道他就能吃！当然，这话没敢说出来。事实证明，我很有眼光；他们最终劳燕分飞了。

我自己是1991年结婚（25岁生日一过，就领证"合法营业"了），1992年有了孩子，一天都没耽误。但即使这样，也还是落在了秀梅和L的后面；他俩的孩子——是他俩各自的孩子——都上大学了。我跟女儿聊天，她总说我太幼稚。我也一度想变得成熟一点，但几经努力，又都回到了原点。现在我放弃了；生一辈子，也行。每次看大学时的照片，都十分感慨：那时的头发，怎么那么多、那么黑啊……

三

我在读大学以前，从来也没有想过读什么专业。我所在的那所中学，在我们这一届以前，培养出来的最好的学生，是考进了我们地区的师专——晋东南师专，学的好像是外语。隔三差五，她总被老师请回来，给我们谈学习经验。等我考上了大学，总想着，我也可以回去讲一讲、显摆一下了吧；但是，却始终没有这种机会。到现在我也常跟老婆孩子说起，怎么我考上了，就再也不请毕业生回去谈学习经验了呢？！

在这样的环境里，当然谈不上什么志愿、志向了。

我们家倒确是地主成分。小时候填表，到"家庭成分"一栏，真是羞愧难当。但我家的那个地主，实在是小而土的地主。改革开放后，家里经常可以吃上馒头、大米了，而且还陆续买了几件大电器，如黑白小电视、单缸洗衣机、冰箱等。买了冰箱后，我记得父亲特别感慨，说："这可比地主的日子好多了！"我上了大学，曾问起父亲："咱家有线装书吗？"父亲是1937年生人，襄垣虽是老解放区，但他也还是属于真正过了几年"地主崽子"的日子的——他在八岁前，一直在喝着家里雇的奶妈的奶；母亲每说起这事，都感慨地说："那可是人奶啊。"——

而且他的父亲一直是当教书先生；他听了我的发问，沉吟半刻，说："还是有几本的。"从他的表情，我断定，"还是有几本"，最多也不过是《唐诗三百首》之类吧。在这样的家庭氛围中，当然也谈不上专业的熏陶。

我人生最得意的日子，就是读高中文科班的两年。文科班一共二十几个人，经过班任李永惠老师不断给我吃小灶、补外语，我总能考前几名，所以很得意，全然不考虑我们这个学校，跟当地一中比，有着相当大的差距。最辉煌的日子，是高考预考时。那时，并不是所有的高三毕业生都有资格参加正式高考；各校有正式参加高考的名额限制。所以，在高考前要预考，以取得参加高考的资格。我们校长贺老师是安徽人，那年的预考题，他用的是安徽九县市联合预考的题；据说，过四百分，进大学不成问题。我考了四百八十分。我觉得好像学校有点小轰动，到食堂打饭，大师傅似乎都要多看我两眼。那时候，得意！

随后就是高考。我们是考完后再报志愿。考完，估分，再报志愿，就更有针对性。估分时，有好几个同学围着我，帮我一起算分。左算右算，分一加起来，过五百分了。我是那年参加高考唯一估分过五百分的人。牛！随后就有点紧张，万一不过五百，实在有些丢人。万幸，最后成绩出来，是五百零三。事实上，我们这届考过五百分的，也并非只我一个；我们文科就有一位女生，比我高了好几分。等我进了学校，才知，我这个五百零三分，在班里是倒着数的。大概也就是比北京的一些孩子高一点，跟四川、浙江、河南、山东的同学，根本没法比。这时，才知道，用同样的教材、参加相同的统考，分却能差出这么大。这时，我才知道，我只能在我们矿上牛一牛。

在高考以前，我的最高理想，就是进"我们山大"；我的老师中，大部分是"我们山大"毕业的——我进人大后，一次在宿舍跟同学说起"山大"来，大家问："哪个山大？"我不屑地反问："×，能有几个山大？我们山西大学！"山东考来的哥们马上说："×，以后出了娘子关，就别说山大。山大，那是我们山东大学！"大家哄堂。我，蔫了。从此以后，总是老实地用全称"山西大学"。

那时候，"我们山大"似乎不是重点大学。我们报志愿，首先是填重点大学，然后是一般大学，再往下，是大专、中专、技校。我是从重点到技校，每一个格都填满了。在是否服从调配一栏，一概都是"服从"。用母亲的话说，不管什么学校，只要能考上，"能扒住碗饭就行了"。那时就业很难；如果考不上，就只能考虑接班——父母退休后，子女顶他们的班。

分数既然估出来，还挺高，于是，理想就由进"我们山大"，转为要奔北京了。重点大学，想都没想，完全是胡报。而北京的重点高校，我就知道两所，北大和北师大。北大，当然想都没敢想过，于是报了北师大。我把表交上去，班主任李老师跟我商量，叫我别报北师大了，因为我们班一位估了四百八十多分的同学想报北师大；他觉得不要在本班就撞车，建议我："你报人大吧。"这是我第一次听说还有"人大"这么个学校。我完全无所谓，因为根本就没想着能"走重点大学"。专业，父亲给我填的是工业企业管理；表送到班主任那里，他说："你不是挺喜欢历史吗？为什么不在填报专业上反映出来呢？"——我之所以选文科，是因为化学从初中学起，就始终未入门；物理，也就是力学和电学，考试时分数略高些；数学，在做题时始终觉得不知从何入手（高考十多年之后，还经常梦见高考考数学，急得从梦里惊醒）。文科中，历史学得最好。一次老师在世界史上册的前半本，即古希腊、罗马部分，出了一百道填空题，我只错了三道。而且总是表现出对历史的兴趣来，还在任课王传阳老师的影响下，订阅过《外国历史》这样的杂志，虽然也并不太看，而且也不大能看得懂。这样的情况，在班主任眼里，当然是适合报历史专业了。——于是，我将第一志愿改成了历史。直到今天，我老婆一嫌我穷，我妈立刻就说："就赖他们李老师。要不然，我儿子早就发财了。"其实，我那点分，就是报了工业企业管理，也得被调配到历史系；只是没好意思跟老太太说，免得破坏我的"高分形象"。我总觉得，中学老师指导学生报高考志愿，能格外注重学生的学业兴趣，大概总是不多见的吧。我很感谢李老师。我常想，我要学会计之类，一定毕不了业。

1984年，我们班招了三十多人，大概只有五六个人的第一志愿是历史吧。进了学校，才知这个专业很臭，既不能跟"四大理论系"——哲学、政治经济学（简称政经）、科学社会主义（简称科社）、党史——比，也不能跟工经、农经、会计、法律比。再混两年，才知道，连我们同校的本家清史所都不大看得起我们。到毕业时，才真切地体会到历史专业之糟糕——我们是"长线专业"，就业颇难，没人要，连做秘书工作，都争不过中文系毕业生。大家郁闷之极。

从入学的第一天起，有关老师就在不断地做我们的思想工作——"巩固专业思想"。其实，我收到大学的录取通知书，就有邻居说我将来可以"当官"，因为我考的这所学校就是专门培养干部的；那时，我满腹狐疑，天下还有这样好的学校，毕业就能当官？！进了学校，才知道，我的学校有"第二党校"之称，有着光荣的、悠久的革命传统。虽然在这样一个学校的这样一个系，我专业思想却很稳固。现在想来，大概比较笨的人，常常会"干一行爱一行"吧。这就像一个无才无色的人，能娶到老婆已属万幸，所以结了婚就不大会再去折腾了。

我一入学，就想好好学专业，在高校教书。这个人生目标，相当清晰。所以，所有的课，笔记我记得最全；所有的任课老师开的参考书，我都会到阅览室借出来翻一翻，虽然翻了也看不出个所以然。印象最深的，是在大二遇到的两件事。学先秦史时，郑昌淦先生让我们看一下王国维的《殷周制度论》；老先生说它多么多么重要，多么多么好，他自己是抄了一遍的。课间，我到讲台上果然看到他用钢笔工整地抄的一份。下午没课，就到图书馆借，不料却怎么也查不到这部书。自己还为此感叹不已："人大真不行，连这么重要的书都没有！"后来才知道，这是篇文章，收在《观堂集林》里，而《观堂集林》，到处都有。学唐史时，沙知先生提到了《唐方镇年表》。这倒真容易找，到图书馆的文史阅览室，伸手就得。但借出来，翻了半天，却看不出个所以然，不知道这书有什么用、怎么用。

在学习历史的路上，我非常感谢沙知先生。没有他，我入不了门，虽然现在入了门，走得也并不远。大二，他讲隋唐史课。课间，大概我经常问点什么吧；他的课结束后，给我留了他家的地址，告我坐332，到动物园换无轨110，就可以到他家。第二个星期，我就去了。他让我读《通鉴》；我问怎么读，他说，就像读小说一样，一页一页细细读；读了，觉得有意思、有问题的地方，就记下来，积累多了，可以写札记——这是我第一次听到"札记"这个词。不过，直到我跟他读完了硕士，也没给他交过一篇札记（1986年12月28日日记："下午看完《通鉴》第16册，还有一册，全书即可读毕。"16册，应该是19册的笔误，可见陆续读了一年才读完）。以后，我每隔两三周，就到他家一次，通常是周末的下午。刚进去，惴惴地汇报一下我的读书情况，特怕他问我什么。好在十分钟，最多一刻钟以后，就开始瞎聊。所谓聊，是他说我听；偶尔我也插几句，主要是在他对现实发点牢骚时，我表态支持。他跟学术界交往很多，掌故知道得也很多（也许跟他的家世有关。他的叔父沙学浚先生，是民国时期中央大学地理系的教授），我听得津津有味。我买书，就是从听他说的这些人、这些书开始的，是照方抓药，所以，我收书没有一个淘汰的过程。那时，看到他书架上有《册府元龟》、《文苑英华》、《全唐文》等，我想，这样大套的书，我恐怕是一辈子也买不起了。2002年或2003年吧，他到人大开会，顺便到我双榆树的家里作客，看到我的书，他有些感慨，我也颇为得意。我看得出，他很高兴。那天中午，老婆做了两条平鱼，结果被我女儿狼吞虎咽，抢吃了一条半，任我如何使眼色，如何提醒，也全然无用。我一直想请他到乡下我的"豪宅"看看，但一想要请老爷子爬六层楼，心里就有些打鼓，毕竟是八十多岁高龄了。

　　他确实是我的恩师。不过，我对他，却没有许多学生对老师的那种崇拜感，也很少在逢年过节时趋府拜谒，虽然他吩咐的事，我都会认真去办。大学毕业前夕，一次到他府上询问读研究生的事。1988年4月20日的日记下了爷俩的一段对话：

> 我问沙老师，我以目前的功夫去读书，大约要多长时间可赶上他的水平。他想了片刻，说十年。我说，十年后我就大半辈子了。他说，怎么会。

看到这段，我都要笑喷了。我现在要奔五，毕业也二十年了，但对他所擅长的敦煌学，我还没入门呢。

想到我能走在这条路上，能扒住这碗饭，首先要感谢的，就是他老人家。我对学习了七年的人大历史系，也有种莫名的感情。至于学校，就算了；她哪里会知道我是谁呢。我比较市侩，既然她不知道我，我也就别想着她了；让我们相忘于江湖吧。

附记：这是我在2008年为我们班毕业二十周年而写的。我们原本请同班同学每人都写点什么，想出本纪念册，但终于未能如愿。第三部分系此后补写。

所谓学术自传

我考入大学时，文史专业虽然还没有很冷，但却也并不太热了。班里三十多位，第一志愿选择历史系的，只有五六位。我第一志愿填报历史系，是因为我高中时比较喜欢学历史课，特别是跟我的数学、外语相比，这门课的分数显然也要好一些，于是在班主任李永惠老师的建议下，为突出自己的专业喜好和专长，我填报了这门学科。没有想到，这成了我终身从事的专业。

我读大学的时代，是一个不大重视书本和学历而格外强调能力的时代。我所在学系的学风，似乎更重视理论而不大重视史料。但当时我们低年级学生听的几门功课中，讲授历史文选的王德元、史部目部学的何聪以及先秦两汉史的郑昌淦、隋唐史的沙知等先生，却很强调读书。王德元先生开列和介绍的有关文字训诂的参考书，何聪先生自编刻印的目录学的参考册，都引起我对学问的兴趣。特别是沙知先生，建议我们在听中国通史课时，将正史中的官志、食货志、地理志要随课翻阅、浏览一下，还指导我系统地阅读《资治通鉴》。虽然这些小学、史部的书，我完全没有真正读懂，但有这样的熏陶和指导，我对学业却有一窥门径的愿望。愿望虽然强烈，但在大三学年论文、大四毕业论文的写作中，仍然不具备研究的能力，甚至连论文题目都找不到（这说明自己并没有从读书中发现问题，即所谓读书得间）。经过硕士、博士阶段的训练和积累，似乎有入门之感，但在论文的撰著、史料的处理等方面，仍有很大不足。就中国古代史专业而言，学生对文史目录工具书和基本史料的了解，对官制、赋役、学术思想文化发展演变大势的了解，就研究史的梳理和把握，都是进入研究阶段所必备的学术基础和素养。这需要耗费大量时间。三年的博士培养和训练，还是有些太短了；也许，五至八年更为合适吧。就研究而言，不少人虽已获得了博士学位，其实还是半成品；我想，我应该是这半成品中的一个。

历史所是研究中国古代史的专业机构，有一定的规模，研究同一断代甚至同一专题的学者，几乎都可以找到同行。这就为同行间的学术交流提供了有利的条件。如果我学业有所进步，实在是要归功于历史所同仁间的学术切磋和学术交流，特别是青年史学沙龙举办的近百次"中古史研讨会"，对自己的影响非常大。

历史研究，是要通过史料来认识和理解历史。对历史的理解和认识，又具有相当的实证性——在弄清楚具体史事的同时，要寻求变化的轨迹和其间横向的影响、联系，纵向的因果关系；联系要能搭起桥梁，变化要能发现转折。这些，都是要通过勾勒历史的具体变化过程来加以揭示的。可以说，是"理在事中"，而不能"事外求理"。研究历史，我们是从后往前看，在研究之前即已知道了结局；只有作具体的分析，才可能避免被人讥为"在老牌的历史学家眼里，发生的都是必然的"。

　　比如，府兵制的实行，要以均田制为依托；均田制破坏，府兵制即不能维持。但是，府兵制到了唐朝崩坏时，并不是因均田制破坏所致，而是唐朝政府在新的军事形势下，主动调整兵制的结果，是政府主动放弃了身份性的府兵制。这是我在《唐前期的兵制与边防》中特别加以论证的。再如，秦汉的法典，我们可以罗列出不同种类的法律条文，可以研究这些不同类型法律条文之间的关系，但秦汉的法典是如何发展演变到曹魏的法典的呢？我在《秦汉法典体系的演变》中，正是要努力揭示其内在的逻辑演变的线索——律由可随时增减篇章的开放性体系，变为大致有固定篇章结构的封闭体系；同时，原来的律令混编渐变为令从律中剥离出来而成为单独编排的有特定内涵的另一类法典。这些结论未必能令人信服，但论证这些问题时，我是努力"在事中求理"的。

　　我对历史论著的评论比较感兴趣，但我的所谓评论，并不具有站得高、看得远，高瞻远瞩，揭示研究方法或指明研究方向的作用。我只是就事论事，指出我所认为的长处和不足。天下没有"没有缺点"的论著，有些缺点，是大家都能指出但却因囿于史料等原因，任何大师都难以避开的。所以，说总比做要容易，评论总比撰著要容易。不过，留意评议，对自省不无好处。

对一些中国史发展的大问题，我也曾有过一些思考；但大问题，论证很难（既不易证是，也不易证伪），流于空泛却极容易。《中国古代从农业文明向工业文明的过渡》，就是想说，资本主义萌芽、中国何以没有发展出近代科学等问题，可能是假问题；近代科学发展以前，四大发明对人类历史所起的作用是不可低估的，但也没有人问，何以欧洲没有出现这四大发明。传播、学习，也是人类进步的重要方式；关键是不能闭目塞听，拒绝学习。在历史研究中，"为什么没有发生"这样的问题，要谨慎，因为无法论证。

研究历史，有点像法医解剖；致人以死的原因，可以一一加以罗列，但我们要确定的，是具体这位死者是如何致命的。

研究文史的学者的生活，大致可以概括为读书、思考、表达。如果套用刘知幾"才学识"的说法，读书是学，思考是识，表达是才。学而不思，则不能发现问题、解决问题；思而不学，则犹如搅拌机在空转。作为一名专业的研究者，既要将研究作为自己的职业，也要当作事业，更重要的，这还是自己爱好和兴趣之所在。没有爱好和兴趣的工作，难免会味如嚼蜡，颇感无聊；仅仅是工作，可能会为了完成工作量而写作，全然不顾无心得之作实际是垃圾（我们检索论著目录，就会知道绝大多数的所谓论著，在学术史上毫无意义）；作为事业，可能会精益求精，冥思苦想，反复修改，但也可能会因为所悬鹄的过高而写不出东西。我想，还是将三者结合起来考虑研究工作为妥。不要把自己太当回事，不要把学问太不当回事。

我虽年近半百，但学问的长进却远逊于年齿的增长。治学，即使入了门，肯定也没走多远——其实，我既无资格也无材料来支撑所谓的学术自传。倘若用一句话来概括我的前半生，则"购读无用书"，一语可尽。

附记：2013年顷，中国社会科学网要求院同仁撰写所谓学术自传，并附论著目录。此即应此而作。

忆 旧

父　亲

一个普通的人，回忆另一个普通的人，

对别人来说，并无多大意思……

父亲离开我们，已经整整十年了。

当他离开我们五周年时，正是牛年，是他的本命年。本想写些什么，但终于没能完成。

我们姐弟仨都很怕父亲，到他年纪大了，我们成家了，依然如此。在家里，妈妈到哪个房间，我们就都跟着到哪个房间，那个房间便传出欢声笑语。过一会儿，父亲也踱过来，我们便又讪讪地，边保持着笑容，边隔一会儿一个，溜了出去。有时父亲也会对此表现出不解："我是老虎？我吃你都了？"这时，母亲便会打圆场，笑着调侃道："你可比老虎厉害，你都把孩们吓怕了。"

一

　　我从小随母亲在老家襄垣，到十岁那年（1975年）的深秋，才随母亲调到父亲工作的城市晋城。襄垣和晋城，都属晋东南地区，相隔不过三百里地，但我到晋城以前，记忆里很少有父亲的影子，只记得有一年过年，父亲背了一袋白面回家。他在五阳火车站下车，途中搭了一辆顺路的马车到家的，不然，他就要背着到家了；那儿离家有好几里地呢。那时，家里只有来了亲戚，大人才会单独给客人擀碗面吃。给客人吃，总不能可钉可铆，都会多做一点；余这点儿，就分给我们孩子们"赶嘴"（襄垣话，吃上点好吃的）了。也许正因为这是袋白面，所以印象格外深？幼年的记忆里，唯一的一次跟他单独相处，就是他带我到南风沟他干娘家。走啊走，走了一上午，才到她家；吃了午饭，又走了一下午，才回来。途中经过一座木桥，很高很窄，桥面有许多洞，看着桥下的昏黄的水，头晕脚软，生怕要掉下去。

　　其实，我出生的那年，正是"文革"爆发的那年。不久，那时还叫四新矿的古矿发生了武斗，西大楼被炸，父亲跑回老家，看了我半年。

　　到晋城后，朝夕相处，但却并没有让我对父亲有亲近感；相反，总是很怕他。

　　那时的孩子挨打，实在是家常便饭。我比较怂，不大惹事，挨打相对少一些。我记得他只打过我两次。一次是我小学四五年级时，跟妈在院子里摘菜，妈因为什么事教训我，我就跟她擀牙撩嘴——我们襄垣话，你这么说，我那么对，让妈没话说，但又不是公然的顶嘴，有点没理搅三分的意思。正在为自己得意时，我就听到身后的脚步声。我知道父亲从屋里出来了。当时不知是出于什么想法，明知道父亲出来了，按理说，我应该闭嘴才对，可仍然跟母亲辩了几句，结果，父亲蹬了我屁股一脚，骂了我一句，出门去了。这实在算不得挨打。另一次，是读初三了吧，我们的教室已经从平房搬上了楼。每天晚自习下课后，都跟同学在教学楼里疯玩一会儿。一天晚上，跟黑邦他们拖着大扫帚打闹，从楼上跑到楼下，又从楼下打到楼上。大概玩得实在太大发了，忘了时间。父母以为我出了什么事，就一起来学校找我。我一看，就知道结果不妙。果然，回到家，被父亲用揣火棍——那时虽住了楼房，但只通了自来水，没有煤气暖气，各家还是仍旧用煤火做饭；把煤泥放进炉糖后，用这根尺把长的短棍摁瓷实——狠狠揍了一顿。这次虽然应该算是挨打了，但我对这顿揍究竟有多疼，已全然没有了印象；只是记得我们楼下的邻居、也是我们老乡，上来敲门劝父亲——如果揍得不狠，不致惊动邻居吧。

还有一次，是本该挨打却没有被打。大概是小学五年级吧。那时的小男孩，在课余总会给家干点啥。父亲用风筒布给我做了个工具包，扁扁的长方形，有一根带子，可以背。我经常背着它，跟姐姐或同学去捡废铜烂铁，但主要是捡煤块焦炭之类，所以他还用粗铁丝给我做了一个像手那样大小的小耙子。这年的秋天，大概期中考试结束了，我没有跟同学出去捡东西，而是被数学陆老师叫到她家，帮她登录同学的考试成绩。这一弄，就弄得挺晚。父母回来了，院子里有我隔着院门扔进来的那个工具包，这说明我没去捡。到晚饭时间了，人还是久等未归，他们有点急了，到处找，到老乡家、同学家，找一溜够，没有。越找越急。那时孩子放学，父母是双职工的，经常会去妈妈单位。我家到母亲单位的路上，有个小水池；他们就担心我在去找母亲的路上，失足掉入池子里了；这个池子的边上，有农村的一个打麦场，堆着麦秸垛，他们又疑心我跟小伙伴玩，被埋在麦垛里了。于是，跑上去找，也没有。没辙了，父亲到了矿上的广播站，广播找人。几家老乡听说丢了孩子，当然也都很急，来我家宽慰，又帮着到处打听。这通乱，我全然不知。等我跟几个同学登完了成绩，施施然回到家，看着这么多人，才知道出事儿了。这虽然不算犯了多大的错，但不告家里一声，这么晚才回来，弄出这么大动静，挨顿揍实在不算过分；这顿揍不仅难免，而且会很重。父母见我回来，就问我到哪儿了，我据实回答，大概还用了个"兴师动众"之类的词，逗得大家大笑。大家都离开了，我想该挨揍了；但，父亲没有揍我，好像也没太骂我。

这样的经历，总不应该是我怕他的原因。但是，我就是怕。

我们刚搬到晋城，没有房子，暂住他们单位下料队在东大楼的会议室，有三大间吧。冬天生着火。一次我下午放学回来，妈妈还没到家；父亲正在睡觉，他是上夜班。我一进了这间会议室，他就睁开眼，跟我对了一个眼神，就又合眼睡去。我则站在火炉边，左右微微挪动，尽量用烟筒挡着我的脸，以免再跟他对视。边微挪边惶恐地想，我用烟筒挡住了自己的脸，看不见他了，但能不能同时也挡住他的脸，让他也看不到我呢？

后来，第二年开春吧，我们从会议室搬进了"下面公房"的一套平房里。所谓一套平房，是一进院门，有一长条状的院子，往里走，依次是厨房、一间小卧房、一间大卧房。不久，我们在小厨房的外面，又自己加盖了一间简易房子当厨房，原来的厨房就当成了姐姐的卧室。

一年秋天，妈妈生病住院，由父亲直接照顾我们的生活。我们在放学后，常常是先偷着跑到医院看看妈妈，然后再回家。所谓偷着，就是不告诉父亲。为什么不敢告父亲呢？也许是因为先回家告诉父亲，他就不会准许我们再出来去医院？不知道，反正不先回家，也不告诉他。

我上初中后，大概是1980年吧，搬进了楼房。当时这是我们矿上最时兴最好的房子，每户都有三间房子，有阳台。我们住在最高层，第四层，窗明几净，真是太好了，虽然依旧是用煤火做饭，冬天也没有暖气——若干年后，才又凿眼儿，通上了煤气管和暖气管。

又是妈妈生病住院，正逢期末考试。那天考的是数学。我放学进家，父亲正在给我们做午饭。这时，他边下面条，边问我：

"你前晌考的什么？"

我嗫嚅地说："考的数学。"

"考得怎么样？"

"不知道啊！"

"怎么不知道？"

"分还没有判出来。"

"考的什么题啊？"

我脑子嗡的一下，一片空白。嗯了半天，两只手分别反复捏着、搓着两边的裤缝，低着头，终于低声地说："想不起来了。"

"想不起来了？你考试了没有？"

"考了。"这时已经带着哭音了。

"考了？考了就不该不知道啊。"

我头低得更低，嗓子有点涩，轻轻地慢慢地咽了点唾沫，好像怕他发现一样。这时，又飘来父亲不高但却听起来很严厉的声音："你动脑筋了吗？"见我不答，停了片刻，又用发出询问的声调："嗯？"

我不得不接话："动了。"

"动了？动了还能忘了题？我考过的题，都忘不了。只要动了脑筋，就不会忘。"

我一边害着怕，一边心里暗暗嫌自己记性差，同时又有些佩服父亲——人家怎么就能记得住呢。在胡思乱想中，听到父亲骂了句襄垣人的口头禅，然后说："心里就没个红劲，只知道欢。我说你，瞧你低个头，好像自己知道错了。其实，我知道，你心里有本老账，就是不管你说啥，我还是不学，看你能怎么样。"

听到这儿，我才鼓起勇气，略略抬了抬头，委屈地看了一眼父亲，又赶快低下头来。

这时，他已将面条盛在了碗里。"去吃吧！"

我听了，不敢马上去接碗，又抬了下头，又低下。"还不去吃？让我喂你？"

听到这儿，才知训话结束，我可以去吃了。于是接过碗，出来去吃饭。

也许真的像父亲批评我的，心里确是没有红劲。一出来，仿佛刚才什么也没有发生过一样，狼吞虎咽，吸溜着吃起面来，真是香。

吃完了，父亲已经给妈妈用保温饭盒装好了饭，让我去医院去送饭。这活儿，我当然很爱干。

在学习上，最怕的事，就是父亲检查作业，或者问我们的学习情况，虽然这样的事并不多。同时，我也最羡慕住我家对门的兄弟俩。这哥俩偶然会来我家问父亲题，父亲总是不厌其烦、和颜悦色，一遍遍地讲，直到人家听懂，面露笑容而去。在我的记忆中，我从来没有像他俩一样，主动问过父亲题；都是父亲"问我"，比如考试之后。在我看来，父亲给我讲题，都不是为了给我讲题，而是借讲题之名、行难为我之实。每次，都是问我为什么错了，或是为什么不会做；我当然永远是低头沉默，作认罪状。

"你上课听讲了吗？"

"听了。"

"听了为什么不会？"

我低着头，不敢说话。

"嗯？"

我还低着头，不敢吭气。

于是开始讲。但是，在讲的过程中，难免又会问我学过的公式、定理之类。一旦答不上来，又是"你上课听讲了吗？""听讲了？听讲了，怎么不会？"我有时会说，"我忘了。"

"忘了？忘了吃饭了没有？"

我头低得更低，嘴唇好像动了动，当然不会有声，也不敢有声。

"忘了吃饭了没有"，简直就是我头顶的魔咒，是我少年时代的一句梦魇。

在我的印象中，父亲给我讲题，基本是前五十九分钟在训人，只有最后一分钟才是讲题。开始讲题了，意味着训诫基本结束了；这就像老婆训我女儿，"跟你爸一样"是整场批评的结束哨。

我在家里干的家务，在买洗衣机以前，主要是两件。一件是每周日跟姐姐去"水房"——公用水龙头处洗衣服——其实是她负责洗衣服，我负责洗鞋；是全家人的。另一件是洗碗，一般我洗中午的碗，姐姐洗晚饭的碗；早晨，时间紧张，我们吃完就匆匆上学了，这顿碗由母亲洗。我读初中时，家里买了单缸洗衣机，我一般只帮着用清水投洗一下被单、被罩之类的大件；是不是仍旧负责洗鞋，忘了。

洗碗是我比较喜欢干的活，直到今天。但我干活像母亲，毛手毛脚，经常不知为什么，总是手一滑，碗打了。打碎了，倒也好办，干脆偷偷扔了了事。就怕打个豁，扔了，自己也舍不得；不扔，那就等着挨骂吧。经常是，父亲发现碗少了，就问；这时，母亲会出来打马虎眼儿，说碗是干什么用了，或者她打了。所以，那时我就想，等我成了家，当了家长，我想怎么打就怎么打，看谁能管着我。边想，边将脖子一梗，作一副得意状。不料，成了家，我仍负责洗碗。久在河边走，哪有不湿鞋的，仍然是常常不慎打碗；每次打了碗，仍然是诚惶诚恐，下意识地抬头四处望望，就像小时候做下错事一样。这时，总会传来老婆"关切"的询问声"又打碗了……"

二

在我们家，父亲是绝对的家长。我们姐弟都很怕他。只有家长才会有这种威严。每顿饭，第一碗都要由我们双手毕恭毕敬端给他，并说："爸，吃饭。"只有家长才会有这样的待遇。他在家可以什么活都不干，这也是只有家长才有的权力吧。那时，我也曾偶然想象一下自己当了家长的情形，哼、哼、哼……那是多么得意的事啊。可等自己结了婚，成了家，有了孩子，才知道，那个时代，已经一去不返了。

家里的事儿，妈妈基本不让他管。母亲总是一大早起来，做早饭的同时，就把中午的烩菜炒好。这样，中午谁先回来，谁就和面擀面条。所以，我那时也能擀得一手的好面条，既薄又匀，还不会粘在一起。父亲不会骑车。不会骑车的人，就不会推车，因此到粮店打粮，始终都是母亲带我们一起去。

母亲只会炒烩菜——把种种菜混到一起炖，但父亲会炒单炒菜，过油肉尤为拿手。每逢过节，家里就会吃米饭，请父亲炒单炒菜。这时，父亲便会像大厨一样走进厨房。但每次炒完，他不会顺手把菜从厨房端出来，而是自己独自出来，洗手，然后回到大屋，点着根儿烟。这时，我们忙着将菜端到饭桌上，再进屋请他，他再上桌，就主位落下，开吃。

每年只有一天例外，这就是大年初一。早早地，他和母亲就起床，准备供奉祖宗和家神等的供品；整个的操作，都是他主导，母亲给他打下手。烧香供上，他们俩磕了头，他又忙着做早饭，襄垣叫"金丝钓葫芦"，就是挂面和饺子分别煮熟后，盛在酸汤里，外加点菠菜之类。决定味道的关键是酸汤。这种酸汤的勾兑，父亲极为擅长。等这些都做得差不多了，才会叫我们起床，磕头后，放炮、吃饭。这一顿饭，他几乎是全权负责的。

父母在做家务上，也有明显不同。母亲做事快，麻利，但不细；父亲基本不做家务，但有些非他做不可的事，比如家里什么地方或什么东西坏了，要他出马来修，那真是有钻研精神，像对待艺术品，精益求精。但是，他一干活，我们都有种紧张感。他干活精益求精，所以，干起来就很慢。这时，如果正赶上饭做好了，喊他先放下手里的活儿来吃饭，那基本上是不可能的。喊第一次时，我们还理直气壮，语气里充满着对父亲的关心——不能饿着肚子干活啊；这时，父亲百分之百会头也不抬地，语气也很和缓地答应道："嗯。你们先吃。"可是，谁敢吃啊。

每顿饭，母亲大多是最后一个吃，因为下面条，不可能所有人都同时吃。一般都是第一锅，除母亲外，大家一人一碗；随之，母亲下第二锅，大家又一人一碗，母亲才会跟着吃。父亲总是吃第一锅的第一碗。所以，他这时候不吃，我们哪敢吃。况且，他正在为家里干活；他既是家长，又正在干着活，我们就更不敢落下他，自己去吃。这时候，如果谁再去喊父亲，他一般都会眉头微皱，说："你都先吃meng。"语气明显带着不耐烦。这时，就需要母亲出马了。她过去，说："你先放一放。吃了，收拾了，你再慢慢干。"父亲听到母亲的话，才会略再干几下，不情愿地过来吃饭。

父亲不在了，有时跟母亲聊起父亲的家长作风，我还开玩笑说，这都是她一手策划，并身体力行加以维护的结果。这时，我妈会说："人家就是家长嘛。还能没有规矩！"所以，母亲来我家小住，有时女儿跟我开玩笑，喊我名字，我妈极不痛快，马上软硬兼施，予以制止："不能叫名字。他的名字也是你叫的。我们孩儿乖，可不能这样。"我开玩笑说，"起名字不就是让叫的嘛"。母亲立刻沉下脸，低声训斥道："养活你这么大，养活了个傻子。还念书呢，都念狗肚子里了。"我这才赶紧假装板起脸，冲女儿说："以后不许叫啊。"逗得女儿哈哈大笑，母亲也跟着边笑边说："teng货（傻子）。"

父亲的脾气很倔，用母亲的话说，是倔巴头，很ge-liao，即不随和。但他是老派的家长，这种不宜人、不随和，并不是对谁都这样。

一年春节，大家都想到外面吃饭。跟母亲商量定，可怎么跟父亲说呢？父亲不愿让我们乱花钱，一定不会同意。不知我们姐弟仨，是谁跟父亲去说的；父亲一听，冷冷地说"你们去吧"，然后转身，躺床上了。那时我们都已经各自成家了，是"大人"了，所以父亲用这种比较温和的方式来表达他的不满。母亲有经验，马上安排儿媳妇去跟父亲去说。果然，弟妹进屋，说"爸，咱们全家出去吃饭吧"；父亲答应一声，起身出来，随我们去了。

现在想来，父亲的家长，实际是名义上的。我们都怕他，不敢跟他顶嘴，什么事也不敢跟他商量；我们都是跟妈妈商量。母亲是不是跟他请示过、汇报过、协调过、争取过，我们不得而知，反正是跟妈说通了，事儿就算定了。其实，家里的事，他基本什么都不管。用母亲的话说，是"甩手掌柜"。他唯一的任务，就是上班。发工资后，除留一点点零用，其余悉数上交母亲。家里的吃穿用等等一切，都由母亲统筹决定。就连父亲的生活，也是由母亲安排的。比如，父亲退休后，每当该洗澡时（那时家里还没有安装淋浴设备），母亲就把父亲要换的衣服放在一个塑料袋中，告诉他："这是洗澡换的衣服。"父亲看都不看，拎着到矿职工澡堂洗澡去了。所以多年后，我常跟母亲开玩笑："我爸是名义上的家长，你才是实际的家长。"这时，母亲都会纠正说："哎（三声，表示否定）。人家才是家长。"

三

自己年纪大了一点，才有了点"反抗"的意识。读大学时，我曾给父亲写过一封信，批评他不干家务，希望他能稍稍干些家务，以减轻母亲的负担。听母亲说，过了好长一段时间，他才讪讪地跟母亲说："儿子不认我了！"母亲一听，当然是丈二和尚，摸不着头脑。详细问了一下，才知道原委。母亲一边笑，一边劝导他。这以后，他基本每天早晨起来，都会帮母亲拖地。

不过，父亲的不做家务，母亲也不坚持让他做家务，实在也跟他的工作过于劳累有关。

他在古矿下料队工作，主要是将采煤队所需的枕木等运往井下。总是上小班，每个月倒一次班，早班、三点和晚班。早班，是早上五点起床上班，到下午两三点到家；三点班，是下午两点多上班，晚上十一二点到家；晚班则是晚上七八点上班，第二天凌晨到家。连续工作这么久，中间不能进食；有"班中餐"，即中间停下来吃点东西，那是八十年代以后的事了。

下料队属"二线"，虽然比"一线"的采煤队挣钱少一些，但在安全上，却有着实质性的差别——虽然是国营大中型煤矿，但那时的安全，实在太不安全，总是隔三差五就有冒顶、进水、跑车等种种事故发生。父亲也出过事故。一次，好像是井下的一扇风门突然拍回来，把他夹住了；安全帽帮了忙，万幸没有大碍，休了几天，上班了。每当父亲不能按时回家时，母亲就派我们到队里去打听，看是不是有事故发生。那份提心吊胆……

母亲调到晋城时，也曾想在矿上安排工作，但阴错阳差，最终还是到了县上工作——那时孩子的工作，主要靠接班。如果在矿上，我和弟弟将来分别接父母的班，就只能仍在矿上工作。母亲说，在县上也好，将来至少可以让一个儿子摆脱在矿上接班下井的命运。

感受到他慈父的一面，那要到我们长得大一些了、他变得老一些了。

读初中时，有一年的元宵节，王台铺矿办灯。那时古矿到王台要先到矿务局，再转车到王台；返回亦然。王台的灯究竟是怎样的一个好，我全然记不得了，只记得父亲带我从王台返到矿务局倒车。那时的冬天，那么冷。我里面穿着母亲做的棉袄棉裤，外面还穿着一个棉猴大衣——长及膝，上面连着帽子。就是这样，还是冷。那时的车，也不像现在，几分钟、十几分钟一趟，而是要等半天才发一趟。站在那儿，实在冷。我觉得自己已半僵了。路边有一家卖肉丸汤的小摊，父亲给我俩各买了一碗。我坐下来，就着小桌子，哆哆嗦嗦，闻着胡椒面的味道，真是香。这时看父亲，才发现他也被冻得稀鼻涕流着。

我从来没有吃过这么香的肉丸汤。以后，自家也可以做肉丸汤了，但似乎也没有这么香过。多少年过去了，一说肉丸，想起的仍然是那个小摊、那个小桌、那个香味，父亲将自己碗里的肉丸往我碗里夹的那个情形……

吃了一碗肉丸汤，身子才觉得暖和起来。也许是身子暖和了，不知说什么话题，我表决心，说我上班后，要用第一月的工资给他买件羊皮袄。父亲笑着说，等到我上了班的那天，也许他已老得拖不动羊皮袄了。

我读大学以前，出门最远的路，就是从襄垣到晋城。接到入学通知书，从晋城到北京，需要到新乡倒火车；可这火车，该怎么倒呢？通知书上说，到北京后坐电车103路到动物园，再倒汽车332路到人大；但我怎么知道哪辆车是103路、哪辆车是332路呢？莫非车上标有号码？……一堆的疑问，充满着从没出过门的胆怯。终于，父母商量后，决定由父亲送我到学校。那时，家长送孩子入学的，实在少之又少。一个大小伙子，还需要被家长送到学校，我被同学们嘲笑了好长时间。

那年（1984年）的九月上旬，父亲送我到北京。他就住在学校对面双榆树的一家小旅馆里，一间屋里放了几张上下铺的双人床。学校一没事儿，我就去找他。一次，我们爷俩在附近转，就在今天利客隆的边上，有一个西瓜摊。这时，西瓜已经过季了。他要给我买一牙；我说不用了，太贵。他说："嗨（表示感叹），贵甚了。苦中挣钱乐中花meng。"他还带我逛了动物园。那时，我觉得这个园子太大了，累得不得了，总是走啊走，也走不完。

父亲返家是九月八日。那天的日记里写道:

> 今天上午我差点哭了,我父亲走了,他来去都很匆忙。他在北京没有买东西没有照相,什么也没有。他岁数大了!
>
> ……
>
> 这趟来京后,我觉得我的父亲苍老了许多。我母亲多病。在走路时看到我父亲微驼的背,我就想到朱自清的《背影》中父亲形象。他劳累了一辈子,第一次来京,就这样匆匆地去了。送父亲到北京站,我很伤感。

那个学期,我都特别想家。听妈妈说,每当母亲跟他唠叨想我时,他都会跟她说:"他去念书了。你当是你家开有学校,能在家念!"

后来,自己成了家,边读书边养孩子;再后来,终于工作了,但我的工资还不抵他的退休金。住在十平方米的筒子楼里,对他住的"两室半"真是艳羡不已,他跟母亲常对我说,"要能搬北京,就给你搬过去"。孩子一岁多,母亲随我到北京,帮我带了一学期孩子;暑假将近,父亲来京接母亲。那时的冬天真是太冷,夏天又实在是太热,我又住在筒子楼的四层,顶层,格外热。父亲带我到双榆树百货公司,买了一个鹰牌的塑料电风扇,很轻便,可以随意放在任何想放的地方。这个风扇的质量真是不错,直到现在,我们还在用着。

再往后，大家的生活开始逐步改善。人大开始给青年教工改造筒子楼，门对门的两家，各自在后面接出一块，加盖了一间小房间、一间厨房、一个卫生间。我们从东风楼迁到了红楼经这样改造过的筒子楼，正逢孩子入小学。这年的春节，父母来北京，跟我们一起过年。他眼睛老是流泪，我带他到附近的同仁配镜中心查了下视力；验光师说，是他戴的老花镜不合适，于是我给他重配了副老花镜。他为此很责备母亲，觉得母亲不该跟我说他眼睛的事，让我瞎花钱。又过了几年，就是他得病的前一年，2002年的春节，我迁入双榆树东里正规的单元房，他又跟母亲来京过年，按襄垣的习俗，送我一套盘子，取生活"翻盘"，即节节高之意。然而，仅仅一年之后，他就得了重病。

四

母亲调到晋城后，因为生过几次病，身体变得很弱。父亲身体一向很好，我们都归之于他童年时打下的好底子；他家给他雇有奶妈，喝了好长时间。父亲每听到我们夸他身体好，常常接口说句襄垣的俗语："一个哼哼哼，熬个蹬蹬蹬。"

2002年冬天，是一个多雪的冬天。过了阳历年，已是2003年的元月了，仍有积雪。一天，我正带孩子在楼下玩，接到了姐姐的电话，问我在哪儿；我说在楼下。她说，你快回家，有事告你；我说，你就说吧。她坚持让我回家接座机。我赶紧带孩子回家，电话响了，姐姐告诉我，父亲可能是癌症，她已给他办好了转院手续，近两天即陪父亲来京诊治。这实在太突然了。放下电话，我就忍不住抽泣起来。女儿吓了一跳，在后来写的一篇作文里说，她以为我要自杀；她第一次感受到，爷爷，是爸爸的爸爸；她对爸爸的感情，就是我对爷爷的感情。

第二天，或第三天，母亲、弟弟陪父亲到了北京。弟弟搀着父亲走下火车，我就禁不住鼻子有些发酸。2002年的春节，父母和弟弟一家是在我这儿过的年，那时，他精神还那么好呢，现在，却已经很是委顿了。父亲也对我说："你看，就一年，我就这么差劲了。真是老了。"我装着没什么事的样子，劝慰他几句，还故意跟弟弟说，"不用老搀着爸，爸没事儿"。

因已近年关，北京看病的人已不多，我们很快就挂了中日友好医院胸外科的专家号。医生简单问了几句，看了看带来的已受磨的片子，就让弟弟陪父亲出去，然后对我说，肿瘤至少已有半年以上，从纵隔看，已扩散；他还说，不用看了。我坚持住院细细查一下，他同意了，立刻开了住院通知，并要求马上入院。我跟他商量，允许我们先回趟家，准备准备，次日八点前到院。

当天下午，我和弟弟陪父亲到人大的理发店理了发。

他看起来精神一些了。第二天一早，我跟弟弟打车到医院，值夜班的医生将父亲暂时安排在急救室的一张病床上，等八点上班后正式入病房。父亲正在跟临床的病人聊天时，突然脸色煞白，慢慢往下倒；我在旁边扶着他，叫着他，同时弟弟就出去找医生。

　　一个上午，都在抢救。姐姐给父亲办转院北京的手续时，既没有告诉父亲，也没有告诉母亲。父亲在抢救，医生下了病危通知。这时，我才给老婆打电话，让她赶紧从单位回家，把母亲接到医院；同时，又给姐姐打电话，通知她来京。

　　经过抢救，父亲缓过来了。医生说，父亲心脏结构有先天性的缺陷，只是以前从未发作过而已；如果当时不是在医院，人可能就过去了。

　　接下来的十天，父亲作了全面的检查。医生说，他的体质已经很弱，癌细胞已经扩散，加上又有心脏病，根本不具备做手术的条件；"上手术台，肯定下不来"。那时，已是年根儿。母亲带着我们，陪父亲匆匆返回了晋城。

　　这一年，真是多灾多难的一年。父亲的病一天天见重，又遇到了"非典"。到端午节前后，父亲不能下咽了。"非典"得到控制后的六月末，我返家；我们决定到长治和平医院给他用作胃镜的方式，通过口腔，将一根管子下到食道肿瘤处，打开，形成一个食物可以流到胃里的管道。这样又维持了半年，直到年底，他病情加重，又住进医院。

父亲入院后，我即返家。孩子放寒假后，老婆买汽车票带她返家。这年，仍然是雪多。汽车走走停停，十二三个小时的路程，整整走了一天一夜。这时，父亲已经嗜睡，是浅度昏迷的征兆了。黄昏，老婆到家，就立刻赶往医院。父亲侧躺着，背对着门，听到她的声音，叫了她一声，说"你回来了"；老婆赶忙应答。从此，他再也没有醒过来，直到正月初三凌晨，因癌细胞扩散，脏器衰竭而离开。农村一直有一个传说，病人会等到家里人都到齐了，才会离开。

父亲出了中日友好医院，离京返晋后，就是春节。春节一过，我即返京，又带上中日友好医院的全部病历，到方庄中国医科院的肿瘤医院，挂了放化疗科专家号，咨询有关后续治疗的情况。苗姓医生边看着片子，边自言自语地说"晚了，晚了，太晚了"。他看完片子，转头问我："病人呢？"

"在老家。"

"千万不要让病人来回折腾了。别来了，没用了。"

我说，我们也知道没有用了，只是希望病人能不太痛苦。他说，家属都这么想，可这不太可能。这一点，医生没有完全说对。最后这一年，父亲没有像一般患者那样，经历种种疼痛或整夜咳嗽之类的折磨。他走得很平静。

　　这一年，都是母亲和姐姐、弟弟一家在照顾他。他们到河南林县的食道癌研究所去寻医问药；当然，是无可奈何。因为身体渐弱，父亲已无力经常活动，所以大便成为头等大事。有好几次，都是弟弟帮他抠出来的。他老泪纵横，说不该小时候打弟弟；弟弟安慰他说，要是不打，自己也许早住进"不出钱房"（襄垣话，指班房）了。北大周一良先生老年行动不便，也有这个问题，他身边的一个儿子也是这样帮他的。我们去周府拜谒，他流着泪讲述此事，说古代有二十四孝，他儿子可以成为第二十五孝。我日后跟当年一起去探视周先生的一位朋友说，"我弟也是第二十五孝"。

　　整天陪着父亲的，是母亲。我们始终没有将真实的病情告诉父亲。在中日友好医院出院时，医生开了具有化疗作用的药物，我们将药物说明书及外包装通通扔掉，将药瓶上贴着的说明书也都撕下扔掉。父亲到家吃药，还打趣说，"人家这会儿这些药，连个包装都没有，都光着屁股"。再往后，他吞咽已颇困难；他不问，只是盯着我们看。我们就跟他解释，这是因为他前些年的脑梗渐趋严重所致；其实，那是非常轻微的脑梗，对他生活从未造成过任何影响。姐姐、弟弟回家，都要装作没什么事儿似的；真正在这样的谎言中面对父亲的，是母亲。父亲离开了，母亲总是心慌出汗、害怕，体重从一百二三十斤骤减到不足百斤。经查，她得了抑郁症。整整调理了一年，母亲才逐渐恢复。

我总有些自责，觉得应该将真实的病情告诉父亲。母亲说，如果告诉他，以他的性格，不会撑过半年。二叔从襄垣来探望，说到这事儿，他也主张暂时不要告，到最后再告诉他。年底，他住院，身体已衰弱得很厉害，我又旧话重提。因届年关，母亲说，过了年再告诉他吧。不想，不久他便由嗜睡而浅度昏迷而深度昏迷，我们再也没有机会告诉他了。父亲出殡的当天深夜，两三点钟吧，我就做梦，梦见父亲突然从棺木里坐起来，大口地吐着；吐完，就看着我。我总觉得，他是在责备我没有将他的病情如实地告诉他……

五

父亲离开我们时，勉强算，有六十八岁，实际不过六十七周岁。虽有"人生七十古来稀"的古语，但这个年纪，在现在实在不能算高寿，不能说是"得享天年"。母亲常常会感慨："要是他能多活几年，看看现在的样子，该多好。可惜，他没有这个福啊。"二叔说，父亲在我们家，是男人中最长寿的。他们的父母相隔三天双双去世，不过五十岁出头；那时的二叔，不过是十几岁的少年。母亲嫁入我家，就没有见过自己的公公、婆婆。我们只见过老奶奶，父亲的奶奶。说来，我们是四世同堂，但中间缺着爷爷这一代。

父亲1937年出生，童年过了几年"地主崽子"的生活，家里给他雇有奶妈。1945年，日本人投降，襄垣离八路军控制的武乡县很近，很快就解放了，随之就是"土改"。老奶奶被定为地主分子。她跟母亲说起过去的家当，家里有一百多床被子，每到夏天，她都得搬出来晾晒，以免生虫。母亲是贫农出身，听得咋舌——她小时候盖不上被子，是几个人合盖一条。

父亲随着自己的奶奶、父母从一面是窑洞、三面是二层土楼的院子里，净身出户，迁入北边隔了一个院子的另一院子。这个院子原本也是某富户人家的院子，因为家里出了个"吸大烟的"败家子，把三面的二层土楼拆了，作材料变卖了，只落下三孔破败的窑洞，院墙都是土坯的，豁豁牙牙。好在父亲的父亲曾教过私塾之类的，是"先生"，又会算账，人缘不错，"土改"时虽被扫地出门，但没有被斗死；他本家的一位地主，就在批斗时被群众活活打死了。入农业社之后，他发明了"一年早知道"的土预算法，很得肯定；但他是地主成分，他的学生、后来当了大队支书的赵氏，顶替他到北京开会接受表彰，还得了一块毛毯。

父亲少年生活的艰辛，是他的一次病才让我们有所了解。

我上小学五年级，他突然咳得很厉害，持续时间很长，不得不开始休病假了。我对甘草片有印象，就是在这个时候。父亲咳得厉害，总是含甘草片。后来在矿医院拍了个片子，发现肺部有阴影。医生怀疑是肺癌，已开出了转院单，要父亲到太原。说这话，已经有三四个月了吧。家里很紧张，老家的亲戚像大姑、二姑等，也来看望。但这时，父亲自我感觉好像病情有所减轻。我小学的班主任殷老师的爱人在王台矿医院当放射科医生，看片子非常有名。他跟我家还有点小老乡的关系，用母亲的话说，是"我们那边人"。于是，父亲上王台铺，找李大夫看片子。李大夫看了片子，断然排除了肺癌的可能。但片子上确实有个阴影啊。他问父亲，小时候是不是持续挑过担子。原来，土改之后，爷爷身体不好，他十多岁就开始挑着烧土（煤面制成煤泥时需要混入的有黏性的土）进城里去卖。那时他正在发育期，骨头还没有定型，肩部的一块骨头被压弯变形，导致了片子上出现阴影。

父亲高中毕业后，考上了速成师范。两年毕业后，由襄垣分配到晋城巴公大阳中学任教。他学的是史地，但到校后，因为学校没有能教数学的老师，于是改行教数学。他在大阳教过的一位学生，后来又先后教过姐姐和我的语文；另一位学生，是我读高中文科班班主任李老师的夫人，是我的师母。但不久，家庭的变故，他不得不放弃当教员，申请从学校调到煤矿，用我们那儿的话，叫"下了煤窑"。

　　我爷爷、奶奶，俩人隔三天双双去世了。为了出殡二老，作为长子的父亲，借了大约八百元的债吧。这笔债，使他不得不申请调到煤矿下井。这时，我母亲还没有嫁进来。我八九岁时，我二叔结婚。作为长兄，为给弟弟成家，父亲又借了些债。这两笔债，一直到我上大学前夕，才算大致还完。妈妈说，父亲在每个月发工资后，留下自己的生活费，就把其余的钱全部寄回，让妈妈按小本子上记的，这个月还某人几块、那个人几块。不能一下子把某一个人的账都还了，而要每个人匀着还，否则，有些人很快还清了，当然高兴；但同时，另一些人，欠债时间就会拖长，人家难免就会担心。这样匀着还，让每一家债主都能隔一段时间有些进项，不仅可以让他们放心，而且也可以避免发生矛盾。

　　我们在"下面公房"搬到上面的楼房时，收拾家什，曾看到父亲写的《向党交心》。出身不好的人，受到的政治压力总是要比常人为大。小时候在农村，我们出门，母亲总要叮嘱："别惹事，靠里些。咱家成分不好。"其实，母亲的家庭成分是响当当的贫农。我经常听到小伙伴"小地主，登登彩；大会批，小会斗……"的顺口溜，很羡慕母亲家的家庭出身，恨不得生在母亲家，成为母亲家的人。所以，学校填表时，见"家庭出身"栏，就头疼；直到后来到了晋城，终于可以瞒天过海，填成"工人"了，这才有长舒口气的感觉。但父亲的档案是清楚的，他不会有我们小孩子这种"长舒口气"的感觉吧，所以他是需要时不时写"向党交心"这样的东西的。

父亲也算是赶上了几天好日子。

我读大学时，他年纪也大了，阶级斗争也基本不讲了；那时，单位里像他这样识字、能写的人也实在不多。于是，他挣着井下的工资，却大多待在队部的办公室；给他一个名义，是队工会主席，实际上是做队部办公室的事情。

家里的生活也开始好了。他与母亲省吃俭用、精打细算，还清了他的债；先买了洗衣机，再买了电视，又买冰箱时，父亲感慨地说，现在的日子，可是比当年当地主的日子还要好过啊。他们只是北方农村的小土地主。当初从山东逃荒上来，买房置地，成了地主的他们，虽然"土改"了，浮财没收了、扫地出门了，但却一直背着出身"地主家庭"的政治包袱。孩子们都有了工作，结婚生子、成家立业了，他当然是很高兴的。可我总觉得，他对自己一生的际遇一定感到很憋屈。

父亲是千千万万个普通人中的一个，也是一个巨变时代的经历者和承受者。他没有值得树碑立传的事迹，可我们总能感到家里缺了一个人；逢年过节、忌辰清明，看着遗像、看着那堆黄土，心里总会泛起酸楚……

送葬那天，看着棺木缓缓顺入墓道，想到了初中《语文》课本里的一首诗：

亲戚或余悲，他人亦已歌；

死去何所道，托体同山阿。

2014年3月，时近清明

（原刊《温故》第30辑，广西师范大学出版社，2014年）

师友书札日记中所见的周一良先生

——兼议大变动时代的知识分子的自处

最近由高等教育出版社印行的《周一良全集》收入了《中国文化书院访谈录》。这是该书第一次发表。这个访谈是在1989年夏《毕竟是书生》完稿两年后的1991年秋天开始进行的，比《毕竟是书生》有更多的细节，也更为生动。出版座谈会上，一良先生的公子周启锐先生发言，说他父亲的际遇是一类知识分子中很具有代表性的。近翻阅《胡适书信集》（北京大学出版社，1996年）、《顾颉刚日记》（联经，2007年）、《夏鼐日记》（华东师大出版社，2011年）、《傅斯年遗札》（史语所，2011年）等，发现有不少内容正可印证这一点。

周一良先生出生于1913年，1935年燕大毕业后，入中研院史语所，很快便在1938年刊出的《史语所集刊》7本4分上同时发表了两篇论文《南朝境内之各种人及政府对待之政策》和《论宇文周之种族》。数年后的1941年7月26日，金毓黻先生在其《静晤室日记》（辽沈书社，

1993年）中记道，读周一良《论宇文周之种族》，"余以为周氏之断语仍有慎重检讨之必要"。他虽然对周文的结论不尽以为然，但这篇论文显然是引起了他足够的关注。周一良1939年赴美留学，1946年返国。其时正值抗战胜利，各校复员，都在挖人。傅斯年1945年10月17日致函胡适，为复员后的北大规划各系的教员，说到史学系，"非大充实不可"，"此系，史语所可以有人补充，周一良、王毓铨、胡先晋，乞先生一斟酌，就地决定"（《傅斯年遗札》，1642页）；另一处又写道："周一良甚好，乞先生接洽一下，但他恐非教授不可（也值得）。"（同上，1648页）1947年，夏鼐曾受傅斯年委派，任史语所的代理所长。夏鼐曾提出由周一良代理。夏鼐日记1947年1月3日："上午向傅所长请假返里，傅又提出代理一事，余仍拒绝。……请其与周一良先生商量，由周先生代理，傅仍不许。"可见周一良学成归国前后，即受到各方的重视。

周一良出国留学是洪业为他争取到的哈佛燕京的资助，他必须回燕京大学服务，于是他如约于1947年入燕大。因房子和职称（副教授）都不能令他满意，次年接受清华外文系之聘，任教授。但胡适仍希望他到北大任教。1948年8月7日，胡适在收到周一良《牟子理惑论时代考》之后，覆函："八月五日的信与《理惑论时代考》都读过了。北京终以房荒之故使你们不能早来，真使人十分失望。我甚盼望你能给我们几个星期的宽限，因为，我们正在买成一所新宿舍的过程中！"（《胡适书信集》，1175页）但周一良并没有到北大任教。1960年，胡适改定《从〈牟子理惑篇〉推论佛教初入中国的史迹》（原稿即1948年致周一良的长函）时，跟胡颂平说，周一良是燕京出身研究文史最有希望的人。他少年就请老师在家（天津）学日文，又懂英、德、法、梵、藏的语文，很有天才的人。那时他在北大教书，也是中研院史语所的研究员。他的没有出来，实在是个很大的损失，云（胡颂平《胡适之先生年谱长编初稿》，联经，1984，3162页）。"在北大教书"，是胡适误记。1949年他最终决定转任清华历史系。不久任系主任，直到1952年院系调整并入北大。

1945–1946年，顾颉刚先生与方诗铭、童书业合撰《当代中国史学》（收入《顾颉刚古史论文集》第12卷，中华书局，2011），在下编断代史研究的成绩中，谈及魏晋南北朝的研究，说"以陈寅恪先生的贡献为最大，……周一良先生对于魏晋南北朝史的研究，贡献之多，仅次于陈寅恪先生"，所举论文是《北魏镇戍制度考》《南朝境内之各种人及政府对待之政策》和《论宇文周之种族》（399页）。1947年年末，顾颉刚在日记中列出了他的五年学术研究计划，其中一项是"当代考证文选拟目"，所拟选中也有周一良。

即使如此，他们这辈四十岁上下的人，还没有到国共双方着力争夺的程度。周一良在《毕竟是书生》（北京十月文艺出版社，1998）中说："国民党专机'抢运'知名教授，其中当然没有我。进步同学暗地工作进行挽留的，我也不在内。"（45页）他虽然不在抢运之列，但出身于华北大资本家，想走，是能走的。他写信问父亲周叔弢；父亲建议他不要考虑离开，并寄来了一笔应变费。于是，他留了下来。解放伊始的1950年，他到四川参加了为期半年的土改，"回来以后学校就开始'三反运动'，学校思想改造。这次思想改造运动，我那时候还是比较年轻，解放的时候我才37岁的样子，没有作为重点，重点还是冯友兰他们，岁数比较大的人，我还轮不上。所以，也做了检查，检查思想，从家庭出身这些方面来检查的，触动也不是很大，也没有怎么太感觉到震动，就是这么个情形。"（《访谈录》，147页）对国共之争，周一良说："解决前夕，我的思想状况还是一种民主个人主义者的思想，对国民党是不满，对共产党也不知道怎么回事，有一种各打五十板的想法"（同上，145页）。因此他作诗称"独裁民主两悠悠"，"就是说国民党人说他独裁，共产党说民主，'两悠悠'，两个都恐怕是空的。"（同上，167页）这种"各打五十板的思想"，在当时有相当的代表性。这也是当时民主党派提出走第三条道路的思想基础。大部分人是中间派。即使像储安平这样号称对中共了解的人，也没有离开。即使有能力选择去留的人，去与留，也有很大的随意性。他们根本没有意识到，随后到来的，是一个翻天覆地的巨变。

周叔弢在迎接解放、稳定天津的过程中，起了重要作用。他不久即参加了刘少奇与天津工商业界知名人士座谈会，发言时说"剥削有罪"。1950年当选天津副市长，不久又受到毛泽东的单独接见。《上海书评》2016年5月22日第381期有孟繁之整理的周叔弢函。1952年5月19号致周一良函："我九号赴唐山，十三号向全体职工交待，低头认罪。因为坦白比较澈底，态度诚恳，职工允许过关，并建议政府从宽处理。从此我从鬼变成人矣。……我现决定将全部藏书（善本与普通本、外文书籍）捐献政府，拟指定交北京图也。"整理者引其日记，"有人告诉我，我过关是中央指示"。在捐出善本书后，又在随后的公私合营中，主动放弃定息不取。1954年任第一届全国人大常委。在新政权中，周叔弢是统战对象，是红色民族资本家的代表。

夏鼐日记1951年7月28日："上午参加中国史学会成立大会……北大有向达、罗常培、汤用彤、唐兰，而无郑天挺（系主任）；清华有邵循正、吴晗，而无雷海宗、周一良。其他如顾颉刚、柳诒徵等人亦皆除外。"夏鼐特别括注的这些人，在他心目中，是应有而没有的。但院系调整后，周一良渐被倚重，直到"文革"爆发。

院系调整后，周一良任北大历史系中国史教研室主任；中国古代史与近代史分立，他是古代史教研室主任。1954年学习苏联，实行专门化，他任亚洲史教研室主任。1956年入党后，任历史系副主任（主任是翦伯赞），管研究生、进修教师、研究工作。

据《北京大学历史学系简史》（初稿，内部印刷品），"文革"前的国际学术交流中，周一良参加了1955年于荷兰莱登举行的第八届、1956年于巴黎举行的第九届欧洲青年汉学家会议，1964年赴加纳讲中国历史，1965年参加坦桑尼亚史学会等。在夏鼐日记中，也多处见到周一良参加国际、国内学术活动的身影。如1956年5月17日："晚间赴翦伯赞教授家，以其宴请费克理教授，邀余作陪，在座者有周一良、齐思和、杨人楩、邵循正、宿白、王逊等诸位，十时许始散。"1956年的巴黎青年汉学家会议，夏鼐也参加。途经苏联，在莫斯科遇周一良。在8月22日"周一良同志赴东方学研究所"后，有一个很长的注，"这是我第一次与周一良一起工作。他是民族资本家周叔弢的儿子，安徽旌德人，胡适的同乡"，云云，又引用了《胡适年谱长编初稿》，显然是他去世前不久整理日记时补加的。以下几日详细记录了汉学家会议事（返国后，周一良于《文汇报》发表《记巴黎的青年汉学家年会》，收入其《郊叟曝言》，但远不如夏鼐日记详尽和有趣）。9月3日，由荷兰何四维谈历史分期问题，周一良任主席。9月4日，罗香林作报告，谈历史分期，周一良发言，"特别对于封建制度的定义，谈得颇久。贺光中起来拟加中止，以为讨论发言应限于对报告人论文的批评，并责周一良同志发言过长。翦老即跟起来应战"，云云。阻止未果，贺光中、罗香林、饶宗颐退席。下午，周一良报告中国史学界一般情况。9月7日，各国代表报告本国关于汉语及文学的工作情况，由周一良介绍中国情况，并分发汉字改革方案等小册子。"香港方面，由贺光中报告，总述汉学研究情况，包括台湾，称之为'in China'，欲争正统，我们置之不理。"周作主席，周的主旨发言，谈历史时期划分，等。1957年7月19日："中午偕秀君赴中埃友好协会为埃米尔教授饯别，周一良同志夫妇及埃及大使馆文化参赞夫妇在座。"1957年7月26日："晨间赴车站送埃米尔教授离京返国，周一良、宿白诸同志都来送行。"1958年6月6日："周一良同志来，为北大约邀科学院历史科学四所座谈跃进。"1959年8月12日："安志敏同志来谈赴英参加欧洲青年汉学家会议事，谓今日上午已开会谈过一次，决定由侯外庐同志任团长，周一良、冯至、傅懋勣、安志敏四人为团员。"9月30日："中午参加对外文协主持的招待外宾酒会，……又遇及周一良同志。"1961年9月29日："上午偕尹达、侯外庐二同志赴新侨饭店，参加史学座谈会。以日本民间教育代表团三岛一及高桥磌一，皆系历史教学者，故经过教育工会邀约座谈。到席者尚有翦伯赞、周一良、刘大年三同志。"1962

年11月16日：	"下午赴历史所，参加拟译国外重要史学
著作目录的会议，由周一良同志主持。"1964年8月21
日，北京科学讨论会开幕；8月27日，"本来历史组是刘
大年、周一良二位，因为周一良同志送古巴团长历史学家
胡利奥·勒·里维兰上飞机，所以由我来代替"；8月28
日，"上午继续讨论'哲学在思想斗争中的作用'，……
下午继续讨论这题目，发言者有朝鲜（金木乙）、中国
（刘大年）、印尼（阿威）、中国（周一良）等发言……
散会后，与刘大年、周一良同志同车赴北京饭店，参加越
南大使馆的招待会"。8月29日，赴民族文化宫，参加史
学座谈会，由尹达同志主持，到会者有范文澜、刘大年、
周一良、白寿彝、吴晗、严中平、何干之、刘桂五等史学
界人物。9月3日，"午后，开哲学社会科学组论文编辑委
员会，由张友渔同志主持，至五时半始散。周一良同志陪
伴越南代表团长陈辉燎同志赴西安，匆匆返京，闻明日又
将伴之南下"。1964年10月13日，"上午陪小野胜年赴
北大参观，苏秉琦同志同行。抵临湖轩，由周一良、俞伟
超及校长办公室一同志招待，周一良同志介绍学校及历史
系情况，苏秉琦同志介绍考古专业情况，然后参观考古专
业标本室"。1965年2月15日："上午赴历史所开会，由
侯外庐所长召集，金灿然、周一良、姚家积三同志参加，
讨论东北史地问题。下午翦伯赞、周一良、侯外庐、姚家
积同志来参观东北队出土标本展览。"7月1日："傍晚

赴人民大会堂西藏厅，周扬同志接见韩顿夫妇，并共进晚餐，在座者有张友渔、刘思慕、周一良、侯外庐、陈丹南、吴学谦、傅懋勣等。"7月3日："张友渔为韩顿夫妇饯行也。在座者有张铁生、陈丹南、周一良、刘思慕夫妇、宋守礼及翻译。"12月16日："上午赴历史所开会讨论东北民族史诸问题稿，由侯外庐同志主持，金灿然、周一良、姚家积同志参加。对于审阅结果提了一些意见，高句丽及渤海部分只有一些小的修改。"

顾颉刚日记中也有周一良的学术活动，如1955年1月11日，"到科学院，开考据在历史学及古典文学研究工作中的地位与作用会"；2月17日，"开标点资治通鉴及改编杨守敬地图委员会及工作人员全体会议"；2月27日，"到三所，参加一二三所联合之学术会议，讨论历史科学长远规划草案"，等，同会者都有周一良。

"文革"爆发，周一良参加"井冈山"，反对聂元梓，被批斗抄家。顾颉刚1967年10月26日日记："昨洪儿到北大看大字报，知侯仁之被斗。今日与厚宣言之，乃知陆平当校长时，以周培源、侯仁之、周一良、季羡林四人为既红且专之人物。去年运动，四人皆加入井冈山兵团，周培源且继陆平为校长。此四人者遂皆为人揭底，仍是资产阶级知识分子，屏于井冈山，周之校长亦不存在矣。"周一良的回忆中，他与周培源并称为"两个周白毛"。也忆及被批斗者有侯、季等人，甚至有陆平陪斗。可见，

"文革"前，此四人被学校当作既红且专的人物，是有依据的。

1969年，混乱的形势渐趋稳定。据《北京大学历史学系简史》（初稿），1969年10月至1971年9月，北大在江西鄱阳湖边的鲤鱼洲和陕西汉中分别建立分校，历史系教员绝大部分被分发至鲤鱼洲分校。周一良被认为是被改造好的教授，没有去江西，而是去门头沟开门办学。1970年，开始招工农兵学员。1972年9月，任历史系革委会主任，直到1976年。1972年上半年，"批林批孔"。1973年初，正式成立"梁效"。

夏鼐的人生轨迹与周一良多有相似之处。夏鼐出生于1910年，长周三岁。1934年清华毕业后留学英国，1941年抵昆明，入中研院史语所，1946年任史语所研究员。国民党败退大陆，他也选择了留下。1950年到北京，任中国科学院考古所副所长（所长郑振铎，副所长梁思永）。1959年入党，1962年任所长。"文革"中，夏鼐也被冲击，也被批斗、关"牛棚"。1966年1月，所中成立"东方红公社"，抄走其工作日记及笔记本；8月25日，所中派人来抄家，日记等被抄，次日封查家中图书、文件、存折、存单等，直到1970年2月启封。5月21日，赴河南息县参加"五七"干校。10月因其妻生病返京。1970年底、1972年3月，干校老弱病残曾分两次，获准返京。这与北大的情形也大致相同。这期间，我们从夏鼐日记中又看到了周一良参加学术活动的身影。

1973年4月15日，"上午赴飞机场，送廖承志同志率领的访日代表团，晤及华罗庚、周一良等同志，送行者有周培源、王冶秋等熟人"。7月1日，"上午赴故宫，9时半，参加接待伊朗议会代表团，由吴仲超院长主持，周一良同志和我分别介绍中伊古代交通简史，我主要介绍考古发现"。1974年1月25日那次著名的首都体育馆的批孔运动报告，在夏鼐日记中倒也没有特别之处："午后我到首都体育馆听关于批孔运动的报告。由周总理主持，乃国家机关的动员大会。江青、姚文元等同志出席，郭老亦被邀列席。返家已七时半。"日记还有一处涉及"梁效"，是1975年1月9日："九时范达人同志来谈，前年同去拉美，现在两校批判组。"

改革开放以后，夏鼐日记中又有多处涉及周一良，如1980年11月30日，"阅新出《文史》第9辑张政烺、周一良等文章"；12月3日，"阅《文史》第9辑《汉代与东南亚的海上交通贸易》及周一良《三国志札记》"；1981年5月4日，"下午在家，阅《哲学研究》今年第一期的一些文章（周一良、张岱年）"。此后，还有若干条与周一良的交往事，如周参加联合国教科文组织的《人类科学文化史》编写事，一同参加纪念吴晗会议等。但对梁效事，均无一言及之。我想这不是回避，而是在夏看来，"文革"中参加两校批判组，不过奉命行事，与连续不断的种种批判、表态并无不同。他的日记中，这类活动屡见不鲜。作为所长，他不仅必须表态支持，而且还要积极参加，带头示范。

顾颉刚日记中有"文革"结束后批判"梁效"事。1977年7月10日，"（侯）仁之言，北大中批判依附四人帮之大批判组，声势甚大。周一良一天批三次，魏建功则两次，至冯友兰，领导上以其年高，不欲其参加，而群众不许，以江青曾数次到其家也。如此大热天，八十二岁之人日日受批判，其何堪受。则以平日好高攀有以使之也。"11月24日，"德融来谈批判四人帮事，知周一良作再论孔丘其人文，讥讽周总理，特罪最重。又谓杨宽与罗思鼎关系多，在沪亦大受批判"。这种批判，实在是中共"运动史"的尾声了。当事人及其家属虽然仍旧受到了牵连和影响，但大都可以处之泰然了。1977年8月5日周叔弢致周一良邓懿函："一良近日眠食何如？宜注意身体。《十大关系》第九章可再仔细一读，相信党，相信群众，是非自然可以搞清楚。"周一良的回忆和访谈，也说自己已并不紧张，不等"搞清楚"，他已坠欢重拾，读二史八书，开始撰写甚有学术分量的《魏晋南北朝史札记》了。

纵观周一良先生在1949年以后的自处，受到冲击的，只有两次。一次是"文革"初期1967–1969年，另一次是"文革"后对"梁效"的审查。后一次的冲击和影响都很小，却促使了他进行彻底反省，认为自己是书生上了当。

九十年代，他的反省更为深刻，几至体制层面。他在日后回忆"文革"初的举动，说自己的负罪感占了主导——一是全民抗战时，他在美国；二是他出身于资本家——因此，积极投身革命。其实，即使他不参加派系，被批斗、关"牛棚"，大概也在所难免，只是被批被斗被抄家的程度也许会不那么严重而已。总起来说，他在1949年以后大致还是顺遂的，是被倚重的。他的选择、他的遭遇、他的自处，都与他的家庭不无关系。他既有出身资本家的负罪感，也多少有一些红色民族资本家的光环。他在新政权下，总的来说是积极上进的。周叔弢1974年12月6日致周一良函："昨得杲良信，据云美报对于'批林批孔'，很少报导。最近他从香港英文《大公报》上看见你的文章（未说何题目），始能了解大概。如果可以允许，你可否选择'批林批孔'、'儒法斗争史'和法家著作解释小册子寄去几本，何如？"12月19日函："对于'批林批孔'和儒法斗争史有关文件，能寄杲良几种，俾渠有所认识，甚好。"12月25日函："得信知启乾申请入党，已蒙批准，闻之欢喜无量"。我想，这是可以代表周氏父子的政治取向的。

读日记，常有些意外的收获。周先生在《钻石婚杂忆》中说"1935年秋，我入燕京大学历史系的研究院，主要目的就是再呆一年，等她（邓懿）毕业之后，再一起离开燕京。就在这一年冬天，我们在正昌饭店宴请师友，宣布订婚。"其实他们订婚是在1937年。顾颉刚日记1937年3月21日："今晚又同席，煨莲……共约七十人。周一良邓懿（订婚人）。"当事人都记不大清了。夏鼐日记1951年1月25日："赴向觉民家中闲谈……向君谈及陈寅恪先生最近有信致周一良君云：'《元白诗笺证》分赠诸友，留一纪念，然京洛耆英，河汾都讲，皆尽捐故技，别受新知，又不敌（？）以陈腐之作，冒昧寄呈。'又有诗一首，……此诗盖吊新逝世之傅公（斯年）也。"大概《元白诗笺证稿》是陈寅恪寄给周一良，请周再转交在京诸人的。这封信，陈寅恪《书信集》失收。

在编辑方面，《全集》编者将周先生手定《郊叟曝言》中的《梅维恒〈唐代变文〉中译本序》移入第三编第6册《佛教史与"敦煌学"》，将《〈江户时代日本儒学研究〉序》移入第二编第4册《日本史与中外文化交流史》，尚无不可；但将《学术自述》《我和魏晋南北朝史》《史语所一年》，移入第一编第2册《魏晋南北朝史论》，则略嫌不妥。《向陈先生请罪》发表于2000年，次年周先生编定《郊叟曝言》，未收。我想这不是为回避，而是其中内容与他发表过的几篇关于陈寅恪先生的文字多有重复；或可附入第四编第9册所收关于陈寅恪的两篇文字之后，至少不应窜入老人手定的《郊叟曝言》。

1995年，历史系"中国古代史研究"课请周一良先生作一次学术讲座，题目似乎是"清人日记漫谈"。当时周先生已开始了他晚年以自己家世为背景的研究，这次讲演主要是谈晚清人的日记和笔记中所记载的有关他曾祖周馥的史事。这让我想起周作人《饭后随笔》中谈周馥的一则"周玉山印象记"，于是在课后将此文复印寄给老人。周先生给我回了信，除表示感谢外，还特别送了我一部北师大出版社刚出版不久的《周叔弢传》。不久，《读书》刊发了周先生谈周馥的文章，引用了这条很不起眼的材料，并再次提出感谢。之后，他在给一部研究清代幕府的论著作序时，谈及其家世，再次引用此条，又表示感谢。后来，《周叔弢藏书年谱》和他的《郊叟曝言》出版后，也同样托人赐赠我一部。直到2000年7月，他致信郭熹微和胡宝国二先生，又说到"孟彦弘同志惠我周馥史料，始终未谋面也，乞代问候"。他过米寿，他晚年的学生宝国先生约我同去，给老人拜寿。当宝国把我介绍给他时，他连说："知道，知道。谢谢，谢谢。我们虽然是第一次见面，但早有交道。"临别时，他拉着我的手说："有什么材料，再告诉我。" 我所提供的只是那么一条极不重要的史料，在我不过是顺手而已，但老人却总是念念不忘。这就是老辈学者的风范。谨以此文纪念周一良先生，并恭贺《周一良全集》的出版。

2016年7月，谨志于溽暑中

（原刊《文汇学人》2016年8月12日，第256期）

垂范岂限汉家

——忆田馀庆先生

2014年12月25日一早，陈爽来短信，告知田馀庆先生凌晨去世。我有些发懵；上周五，刚随韩树峰、侯旭东拜谒，从十点聊到十二点，老人精神极好。近午，侯旭东来电，商议挽联。我于此完全外行，又想到告别时大家不会留意花圈挽联，就想以"千古"一类塞责。旭东兄颇不以为然。我苦思冥想，想到"探微索隐，循循善诱，受教何止及门"的话。旭东反复斟酌，最终撰成：

> 高明独断，循循善诱，受教何止及门；
> 探微索隐，矻矻覃思，垂范岂限汉家。

初次拜见田先生，是在我读硕士研究生时。二年级吧，我想考田先生魏晋南北朝史的博士研究生。沙知先生就让我读唐长孺先生《魏晋南北朝论丛》及《续编》、周一良先生《魏晋南北朝史论集》和刚刚出版的田先生的

《东晋门阀政治》。恰逢人民大学图书馆门前有书展，九折优惠；课间去看，正有田先生此书，于是急忙购下，题记："九〇、三、十二，购于人大校园，时值迎亚运书展。"沙先生与田先生在北大是前后届同学；五十年代人民大学中国史教研室办研究生班，他们又是同学。所以，沙先生便给田先生打了电话，命我趋府拜谒。

我骑车到中关园田府，敲门；师母应门，把我让进书房，田先生正坐在书桌后。他说听沙先生讲，我挺喜欢书，问我都买了和读过些什么书。我是喜欢买书，但读的书实在太少，支支吾吾，没能说出些什么。临别，我看他身后的书架有一套七十年代中华地图学社印行的酱红色皮《中国历史地图集》，为显示自己于书较为熟悉，便说重印的绿皮本作过些什么订补之类。田先生没有说话。此后向田先生请益渐多，我想他是不大喜欢这种小聪明式的炫耀的。

1991年的考试，我虽名落孙山，但却与田门的几位师兄弟混得颇熟，特别是陈爽兄，在田先生主持读书班时，蒙他骑车到北师院专程驰告，得以有幸随班在二院108室，读了一学期的《东晋门阀政治》。

田先生的威严，在他的学生中是早著"声誉"的。他们说，田先生不说话，总盯着你，于是，发言者就不自觉地越说声最低，最后在声气几无中，细细地结束了。日后与宝国先生同事，他就戏称，田先生可入酷吏传。我随班读《东晋门阀政治》，也有同感。但那时他在大病之后，且已是古稀之年，熟悉他的人都说，他像变了一个人。我所接触的，已经是"像变了一个人"的慈祥老者，望之俨然、即之也温。

那时，田先生正在着手修订该书，拟出第二版。他的修订，是在用十六开稿纸手写的原稿上进行，而不是在初版的书上。稿子上的红笔密密麻麻。我将手稿借出，回家将其修订处一一誊录在我的初版书上。他在《再版序》中，说这些修订，"有的是更换原来不恰当的资料和完善不周全的论点，有的是修正原稿在抄、排、校中形成的漏误；有的改动只涉及词句，有的则是大段的增补。当然也有删削之处。"出版论文集《秦汉魏晋史探微》，也是一改再改。第一版《前言》："收入《探微》的文章都经过修改，有的改动很大，甚至重写一过。"《修订本跋》交代的改动，其中一项是"增删和修改"，"这类变化比较多，有资料性的，有论证性的，也有文字表达方面的"；一项是"更换主题或设副题"，"这类改动都是为了与内容更贴合一些，一般是技术性的，无关文章主旨"。《拓跋史探》的《修订本后记》："修订本对原书有较多改动，订正了一些使用史料和认知史料的不足之处，另外，也有若干见解上的变动。"我也在责编孙晓林先生处看到田先生的修改，简直可以说是"改花了"。即使是自序或前言，他也是一改再改。

　　他的论著表达之善、文笔之好，学界是早有口碑的；他常说，"文章是改出来的"。他不厌其烦地仔细推敲，尽可能做到取材恰当、论证周延，表述简捷准确。他常挂在嘴边的一句话，是"要舍得割肉"，劝我们不要枝蔓，将与主题无关的部分尽予删落——被删的部分未必不好或没用，只是放在这里不合适；可以另写文章嘛。他解释道。的确，文章像乱草一样堆在那里，既无章法，又极枝蔓，总是不好。厨师炒一盘菜，总不能把原料都一股脑儿端上来。

　　周一良先生《我和魏晋南北朝史》谈到了田先生的研究特点："田馀庆先生研究秦汉魏晋南北朝史，好学深思。……记得1998年4月20日的日记里边，只有这样一句话：'看田文，苦心冥索，难怪得心脏病也。'盖指其考求北魏立太子后杀其母之制也。"好学深思、苦心冥索，真是再恰当不过的概括。田先生自己也说"我的兴趣在钩沉发隐"——他是要在考订史实或勾勒现象的基础上，探微索隐，追究背后的东西，是要理解历史。在《拓跋史探·前言》中，他谈到陈寅恪的史学研究，认为陈氏是"凭借精微思辨，推陈出新，从习见的本不相涉的史料中找到它们的内在联系，提出新问题，得出高境界的新解释"，并说"在古史研究方法上给了我极大的启示"。田先生的研究也正是以对历史问题的思考深度著称。他常说，不能仅仅是把某个问题考证清楚了，"砸死了"，就行了；要基于乾嘉、又不止于乾嘉。同时，他又力求"理在事中"，不流于空泛甚至虚妄；很少作纵横几万里、上下几千年式的纵论。他跟自己的一位老同学戏称自己只能说清五百年的历史。《东晋门阀政治》读书班，一次下课，我陪他从二院走回寓所。途中闲聊，他告诉我五十年代与人民大学的一段因缘，这时我向他请教，门阀政治的出现，是历史发展的必然还是偶然；他看我一眼，说这样讨论问题，很容易"飘起来"。

论学，他用得最多的一个词，是"境界"；读书，他说的最多的一个词，是"读书得间"。1991年博士生专业考题，他出了两道简述题，一是《说儒》，一是《甲申三百年祭》，二选一。我当然选的是后者，因为这文章被选入中学教科书，耳熟能详，再不济也能扯几句，而于《说儒》我则一片茫然。事后，有学生说，凡选后一题的，分都不会高。现在想来，一篇颇似政论的文字，与一篇纯厚的影响深远的学术论文，确实不在同一个档次上。他常举前辈学者的名篇名作为例，说他们一出手就是这样的境界，就是这样高水平的著作；告诫学生，起手要高，要高标准，不能把手写滑了，低水平重复。一次，聊及占田课田制，他略一沉思，说这类问题，即使写文章，也无非是在现有的许多解释中多一种猜测而已，没多大意思。九十岁颂寿论文集征稿，我苦于一时无像样的文章，便呈上一篇谈《水浒传》中某句话的理解的文字。论集出版后，一次又是随韩、侯二位到田府聊天，他突然问我，你写了篇《水浒传》的文章；这个工作，你还会继续做下去吗？我以为他要鼓励我，于是说，我再继续读一读，看有没有可作的。他说，这种工作，还需要一个历史学者去做吗？我们还是要做一些别人做不来的工作吧。

他跟学生聊天，常常谈自己对某一问题的想法。有学生问，您这么说出来，不怕别人听到后去写吗？他说，如果别人能写，我就不用写了。言外之意，就要写那种别人写不了的文章。这既是学术研究的自信，也是对学术高度、学术境界的追求。他在《秦汉魏晋史探微》的前言里，特别拈出钱钟书"宁恨勿悔"一语，表达了他对学问境界的追求。这个态度，影响了不少学生。韩树峰兄就说，什么是好文章？就是你看了题目，也不知道该怎么写、该写什么；倘若连题目都从没想到过，更无足论矣。

在《唐长孺文集》出版座谈会上，他说唐先生的著作"有自己的巧思"，并引傅斯年《周东封与殷遗民》中解释《论语》"先进于礼乐，野人也；后进于礼乐，君子也。如用之，则吾从先进"，以及陈寅恪的三篇论文来作比。有巧思，也正是他的追求。胡宝国先生评《东晋门阀政治》，举出他关于晋室渡江的看似相矛盾的材料的处理，即可说明。

他主要是作政治史的研究。"文革"结束，他比别人晚解放两年；之后，才算真正能全力以赴进行研究。那时，他已是望六之人，不能再铺开，而只能就有心得的题目挖深挖透；这就是他常谦称的"守拙"。他在2011年出版的一本自选集的《自序》里，对自己"文革"结束后的学术作了回顾："重新上路，从重新读书开始。旧史新读，有时能读出新义。学与思结合得紧一点，读书得间，能较快发现新问题，顺利进入研究过程。我秉持的理念，是求实创新。华而不实之作，无独立见解之作，无思想内容之作，趋俗猎奇之作，我都不去考虑。我知道能拼搏的时日毕竟有限，必须量力而为，心无旁骛，特别是在研究范围方面不容扩充。"但他将研究比作钻探，常常告诫学生，要"多挖几口井"，不能只挖一口井，要注意研究的面。

"文革"结束后的三十年，也是他渐入老境的三十年，但他却在迟暮之年，给我们留下了两部专著、一部论文集，总计文章三十多篇、近百万字的学术精品。在质量与数量之间，当然最好是质优且量大；不能做到，就要量少却质优；无量当然谈不上质，但也强过一味追求数量。无质之量，无异于制造垃圾，既浪费纸，也浪费读者的时间。其实，田先生的学术贡献，学界早有共识，不劳我饶舌；我想说的是，他的一些认识、理解或论证，也许在后学看来，有不尽妥当之处，但他沉潜深思、探微索隐的治学态度，对学术境界的追求，却是值得我们学习的。

2000年，罗新兄参加吴简整理，召集在京同好韩树峰、侯旭东兄等，隔一两周聚一次，以讨论新出土的这批材料。第一次商议此事结束后，我提出往田府拜谒；罗新电话联系后，我们一同前往。其时，第三版的《东晋门阀政治》已出版有年，陈爽兄撺掇我向田先生讨要。我在此书写有题记："田先生兴致颇高，从学问聊到时政，十分尽兴。在陈爽鼓励下，我向田先生索此书，先生欣然应允……其间田先生诵诗二句，言学问，可惜他正题字，忘了请他将此二句写下。"也就是这次聊天，我问田先生《秦汉魏晋史探微》一书的题签，才知是出自师母之手。我也随手在该书扉页记道："奇怪的是，罗、陈等门人亦竟不知。"

再往后，随着田先生年事日高，我常随韩树峰、侯旭东二兄趋谒。我无知无畏，常常抢话，成为"主聊"。聊至高兴处，我有时竟会下意识地拍拍他的腿；出来，同往的韩、侯都批评我，太轻佻、太放肆了。我很喜欢去看望他，跟他聊天。聊学术、聊时政、聊掌故、聊八卦，无所不聊，都极有趣。无论为人做学问，他都有极富启发之言。他离开前的那个周五，我们又去拜访。树峰兄跟他开玩笑说，如果依现在的考核标准，您就得降聘为副教授。老人听了，认真地点着头，连声说是，逗得我们大笑。随后，老人说，问题总得想通；想通了，写作也要讲章法。临别，站在门口，逐一问我们最近在思考、研究些什么问题。他不是把学问作饭碗、当工具，而是视作自己生命的一部分，有着"一个从学的人对学术的一片崇敬之心"。

田先生久负盛名，但极为清醒。他常说，要爱惜羽毛。这是他律己甚严的代称。他在八十岁庆寿会上，赋诗明志，其三有句云"知足庶免辱"。2011年，《拓跋史探》修订本出版，承田先生赐赠；聊天中，他也数次聊及"知足免辱"。当日返家，我即写题记道："田先生八十自寿诗有'知足庶免辱'句，谈话中亦重申'知足免辱'，此可谓智者之言也。"他有这样的名望，却很少担纲组织集体项目或大工程，也没有主编过煌煌巨帙。宝国先生说，他本可以活得很热闹的，但他却选择了低调。

田先生早年是进步学生，但他很早就对政治有所反省。临解放，在风声鹤唳中，他被地下党送出北平，到了泊头，后又随解放军入城。他的大学同学罗荣渠在日记中写道，北平解放了，"听说馀庆回来了，忙跑去找到他。他还是那个老样子，没有瘦也没有胖。我问他去后的感想，他说：'牺牲的多于得到的，并且要在我们的内里（不是表面）挖出一块，开始时这是我们感到很不适意的，但是，日子久了，也就慢慢习惯了。'言下彼此都觉得知识分子的改造是很不容易的一种长期训练"。"牺牲的多于得到的"，耐人寻味。1959年，他又在"反右倾机会主义"运动中被网罗进"党内专家"一案，受到严厉批判；批判持续一两个月，结束时，校领导放出狠话，称再有党员有这样的事，别怪不客气云。其实，批判者与被批判者都不明白所谓修正主义的含义和表现究竟是什么。但这让他尽可能远离政治，至少是不再积极地投入到各种运动和批判中。我常劝他写回忆录，他总说，自己是个普通人，大部分人都是这样过来的，实在没什么可写。我说，大家就想知道作为普通人，当时的所思所想所为，是怎么一步步走过来的。遗憾的是，我们不可能读到这位史家的回忆了。

田先生极会讲话，即使是一些仪式或场面上的发言，也总是既得体又有内涵、有闪光处。这从他的《师友杂忆》里可见一斑。祝总斌先生八十岁庆寿，他出席，当然要讲话；他站起来，用百岁老人周有光刚刚出版的《朝闻道集》为话头，引出他对祝先生的祝福。这真是辞意兼美。

田馀庆先生走了。他出生于1924年2月，差不到两个月，就是九十一周岁了。他晚年虽然也查出有膏肓之疾，也常因为这病那病入院查体、治疗，但没有久缠病榻，没有持续地不得不忍受病痛的折磨。高寿而能头脑清晰、生活自理，实在是前世所修。27日八宝山告别时，见到吴宗国先生的夫人；她拉着我的手，说田先生是选在25号圣诞节这天离开的。田先生在纪念邓广铭先生的文章中说："先生走得没有痛苦，走得平静，走得尊严，是不幸中难得的幸事，是最大的福分。"2010年6月罗新拍了田先生一张携杖行走的侧影，说"田先生最喜欢，多次说将来要在告别仪式上使用，说这样才'走得潇洒'"。我想，田先生是真正做到了走得平静、尊严且潇洒。

2015年元旦初稿，6日改定

（原刊《文汇学人》2015年1月9日，第181期）

忆我的启蒙恩师沙知先生

5月2日一早，我收到了沙知师的长女沙鸥师姊的微信：

"我父亲4月23日5时因肾衰竭伴阿尔茨海默病在家中安然离去。生前遗愿：不搞任何仪式，不发讣告，后事从简。考虑到事发时临近五·一节日，为了不影响你休假，我们姐妹俩商定今天向你告知，乞谅。附几张3月30日生前最后照片留作纪念。"

沙知师1926年生人，得享高年。恩师的离开，我有思想准备，但这个准备又严重不足。2015年圣诞节那天，忽然接到沙鸥师姊的电话，说沙师突然不认人了。我驱车赶过去，只见他呆呆地坐在椅子上，晃着他的胳膊喊他，他也没有反应。我俩赶忙把他送往中日友好医院。入了急诊室，情况非但未见好转，反有恶化。沙鸥师姊急得哭，我就劝她，老人高寿，要有这样的思想准备。我之稍显镇定，大概是因为我经历过父亲的故去吧。当晚午夜时分，人民大学历史系刘后滨兄和邱靖嘉兄即从回龙观赶来医院陪护。

医生怀疑是药物中毒。次日,我将血清送往八大处三〇七医院检查,却无大碍。第三天早上,我到医院,老人已渐从昏迷中缓过来。沙师姐指着我问他:"这是谁?"他嘻嘻地笑。"你要连他都认不出来,你就没良心了啊"——听着女儿的"训斥",他还是吃吃地笑。然而,没过多久,他就指着我说,"我当然知道。小孟嘛"。经此变故,我是有些思想准备的。

当天,他从急诊室转到了北区的干部病房。休养了一阵,就一切都恢复了正常。去年五·一节,我陪北大历史系的荣新江、朱玉麒及人大国学院的孟宪实等先生前往拜谒。老人身体很好,谈兴甚浓,头脑极为清醒。出来,我还跟他们三位说,这样的身体和头脑,寿登期颐,没问题。年末,北大拟召开纪念汪篯先生诞辰百年座谈会,吴宗国先生请他谈一谈与汪交往事,并命我记录、整理。我到沙府,他给我谈了一个下午。事后,他即亲自执笔,敷衍为文,极为翔实、准确。不想,数月后,他便仙化了。

老人晚年身体虽也有些毛病,也有些痛苦(主要是因查出前列腺癌,服药导致了抑郁症),但总的来说,生活能自理,头脑很清晰,生活质量相当不错。后来听沙鸥师姐说,临去前,也有痛苦;但我想,并非久缠病榻,年事又高,这样的痛苦,对他而言,或许总是不算太严重

吧。5月3日夜半时分,在微博和微信,我向学界同仁作了通报:

　　"昨天是五·一节后工作的第一天。早七时顷,收到沙知师女儿发来的微信,方知沙师已于4月23日于家中安详仙化。老人生于1926年,享高年,寿终正寝。晚年虽亦有疾病,但得女儿悉心照料,生活质量相当不低。用我们农村人的话说,此乃前世所修。晚年住在柳芳,是我上下班所乘地铁13号线的一站,故常于返所日下班途中顺道前往拜谒。他所知掌故甚多,言及同辈学人,于沽名钓誉者极为不屑。看到沙师姊发来的微信,老人可谓说到做到了。他在同辈人中,藏书较多,虽多属常用书,但于西北史地,特别是敦煌学,收罗甚富。身前他已将前一部分捐给了家乡的图书馆,另一部分较为专门的藏书则捐给了他毕生服务的人民大学历史系。附图是去年五·一陪几位师友前往拜访时所摄。仅去一载,即天人永隔。"

　　5月23日,恰逢沙师仙逝一个月,中国人民大学历史系组织了"沙知教授追思会"。沙先生的同事、同行来了不少位。所谈的许多事,都是我所不知道的——我随沙先生读书,他还历已过。我们毕业,他即办退休,那是1991年,他65岁。当时,正在进行的不少大型敦煌学研究项目,如《英藏敦煌文献》《敦煌文献分类辑校丛刊》《敦煌学大辞典》等,他都是主要的参与者和重要的组织者。在这些研究工作中经常接触他的学者,对他的了解都

远远超过我所知道的。比如，有好几位谈到沙先生的好吃
会吃，我就一无所知。我随他读书期间，每隔几周就到他
府上，汇报我的读书情况，但总是在傍晚时，关切地说：
"太晚了，不然该赶不上晚饭了。"在他粉刷房间，我帮
忙时，他留我午饭，吃的是他炒的榨菜肉丝。这是我第一
次知道，作为咸菜的榨菜，居然可以跟肉丝炒，那么别有
风味。沙师掌勺的样子，也颇有大厨范儿；至少跟我们山
西人名为炒实即炖的烩菜作法，差别甚大。他晚年住在
柳芳沙鸥师姊处，有时赶上饭点，也留我吃，但多半是
饺子、馄饨之类；我总疑心，沙师姐的厨艺大概不及乃
父——一次，不知聊到什么，沙鸥师姐说，沙老师要求很
高，比如某个调味品，他要求买某个牌子，而且还必须到
某家超市去买这个牌子。这也让我这样一个从小在县城城
关长大的孩子大吃一惊，沙师原来是如此的讲究。

我第一次见沙知师，是他给我们讲隋唐史课。那是大
学二年级的上半学期，即1985年秋季学期。11月13日（星
期三）日记：

"今天是沙知教授给我们上隋唐史。他的确很有学者
之风。他看上去十分清瘦，而显得身体较弱……他告诉我
们史料的出处，还告诉我要读《食货志》《职官志》……
还问我读了些什么书。我告诉他，我读了《论语》、看了
三本《春秋左传注》，再者就是依教学大纲看了些原始材
料。他听了，很高兴。"

11月17日（日）：

"上周我们换了老师，是沙教授给我们带隋唐史。在上课之初，给我们介绍重要史料、史籍。在这当中，也告诉我们不少治学的方法。"

11月20日（三）：

"下第二节课后，和沙老师聊。他和我们讲了许多，推荐我们看顾颉刚先生《古史辨》的序。我读了三分之二，挺难懂的，但其味无穷。"

11月21日（四）：

"听了沙老师的推荐，仔细地读了一遍顾颉刚先生《古史辨》的自序和《我是怎样编写古史辨的》。在刚开头读时，因为它有很浓的文言色彩，使我不得尽懂，因此就想到要返工，而且前面有三分之一没有读懂，便觉得十分乏味。若不是沙老师推荐，我早想一扔了之了。但我仍硬了头皮，读将下去。奇怪，'柳暗花明又一村'，越往后读，兴致愈高，随手摘的东西也越多。读到最后，我竟不忍释手。真的如沙老师所说，他在大学读后，受益匪浅。我不敢说收到了和沙老师同样的效果，但亦觉得益甚多。尤其自序感人至深，治学方法跃然纸上，许多经验仍值借鉴。若将此序印成单行本，那将会对初学史者受益无穷的。"

11月23日（六）：

"上午我把那些问题给了沙老师，他让我下周二去他家。"

11月26日（二）：

"下午到了沙老师那儿。他从2点给我讲到4点。讲了好多，我记了些笔记，现在整理如下……"

我记得，我是照着他给我画的"路线图"，从人大坐332，到动物园换无轨111，到他习惯称为铁一号（即段祺瑞执政府的铁狮子胡同一号；那时，早已改称张自忠路三号了）的院子"红二楼丙组三号"去请益。这是我第一次到教授家。进门来，满屋的书；看着成套大部头的《册府元龟》《全唐文》《文苑英华》等大开本精装书，震住了。我完全不能想象，个人还能买得起这么多这样大部头的书。我想，我这辈子是买不起这些书的。

期末考试前，停了课，任课教师有一次辅导。1986年1月23日：

"下午沙知老师来给我们辅导。我和他聊了半下午，每当我见到他，和他一搭话，便增强我做学问的愿望。他是我见到的治学极严谨的学者，纯粹的学者风度。他的话即使不唱高调，那种基调也是极高的。

……

沙老师一直要我有计划地读些书。前四史至少看一部，《通鉴》要仔细地读至少一遍，《廿二史札记》读一遍。现在需要看的书实在太多了，我真有些茫然，这么多书何时能看完？但要读要看！"

放了寒假，我回老家后，还在春节前夕给他过去信。2月7日（腊月廿九）：

"前几天给沙老师去了一封信，一则拜年，一则寄钱买书……他带上我之后，总使我懂得了怎样学，我的确应该感激这位师长。他治学的严谨使人不得不钦佩。做学问应该如此。"

开学后的一天，同学给我捎话，4月7日（一）：

"昨天晚上刘兵带给我一个消息，说沙老师告诉他，他除礼拜三有事外，其他时间均可以去他家。"

大概读《通鉴》，就是从这个时候开始的吧。以后，我每隔两三周，就到他家一次，通常是周末的下午。刚进去，惴惴地汇报一下我的读书情况，特怕他问我什么。好在十分钟，最多一刻钟以后，就开始聊。所谓聊，是他说我听；偶尔我也插几句，比如他对现实发点牢骚时，我就表态支持。当时往往把政府的错误决策造成的损失，美名为"交学费"；他就很不以为然，说这学费交了多少了，怎么总也学不会呢。说到辩证法，他就嘲讽道，哪里是辩证，分明就是诡辩嘛。谈到理论，说讨论"五朵金花"时，翁独健先生即幽默道，"画鬼容易画人难"——理论是空对空，想怎么说就怎么说，横竖没法证明；考据就得费点劲，得收集、排比、分析材料，大家可以验证你收集的材料全不全、对材料的分析对不对。说到考据，又引前辈学者的治学经验，谆谆告诫："说有易、说无难。"他知识面很宽，跟学术界的交往又多，知道的掌故也就特别多，天南海北，我听得津津有味。对1949年以前史学界的情形以及当下学术界的了解，都来自于听他的聊。我买书，就是从听他说的这些人、这些书开始的，是"照方抓药"，所以，我蒐书基本没有一个淘汰的过程。

此后的日记，记下了我读过的一些书，如4月23日，"读完梁启超《清代学术概论》"。5月11日，"读严耕望《治史经验谈》"。9月25日，"读梁任公《新史学》"。12月18日，"中午看完陈寅恪先生的《唐代政治史述论稿》"，还将此书与他的《隋唐制度渊源略论稿》信口作了番比较：

"在论述问题时，似缺乏连贯性，他以其卓识，发现了好多问题，但未能再深入论述这些问题的原因，而且在论述方法上，给人以提出命题、然后举例证明的感觉，而不是给人以连贯性、理论性的感觉。在这点上，《隋唐制度渊源略论稿》超过此篇。似乎《渊源》有一条线，而《政史》则缺乏之。在论证形式上，《渊源》胜过《政史》；在发现问题上，《政史》超出《渊源》。"

其实，发这个议论时，我并没有真正读懂。这两部重要的著作，他在课堂上并没有特别提出，也没有列入参考书；是我到他府上，他才特别推荐的。我当时还问他，何以不在课堂上向大家推荐；他说，大张旗鼓推荐，会被人揪辫子，指责为宣扬资产阶级史观。当时，我心里是觉得他过于小心了。今天想来，经过历次运动，他的心有余悸，实在是可以理解的；其实，不久之后的"清污"，不就正证实了他的忧虑吗！这些书，无疑都是沙老师开列，让我去读的。今天我还记得他推荐我们读《治史经验谈》的神情，珍藏至今的那本模糊之极的唐史学会翻印本，也是由他代购的。

系统阅读的是《通鉴》。12月28日（日）："下午读完《通鉴》第16册，还有一册，全书即可读毕。"这里一定有笔误。我读的是平装本，全套20册；差一册即读毕，则应该是第19册。但下一个学期（1987年的春季学期），就是大三的第二学期，按学校规定，要作学年论文。1987年5月21日（四）：

"昨天下午我到沙老师处交了学年论文。毕业论文可能要写唐后期藩镇的问题，诸如为什么元和会出现中兴？——这与外廷、宦官关系如何？总之是唐后期政治史方面。这样一来，我就不能按原计划翻过头去读《史记》、两《汉书》和《三国志》了。花几个月时间去读两《唐书》及一些人物的传，把中后期的政治搞清楚。

……

现在的任务是结束《通鉴》，然后看两《唐书》，准备毕业论文。"

可见，到这个时候，《通鉴》还没有读完。我印象中，这部书我是陆续用了一年，才算过了一遍。

　　沙先生以治敦煌学名家。早在上世纪六十年代，就在《历史研究》发表了研究吐鲁番租佃文书的论文。七十年代，新疆吐鲁番文书出土，他也参加了整理工作。据说，放弃文书分类，唐长孺先生最终采纳了以考古学墓葬号来进行排编的整理方式，就跟他的意见不无关系。他给我们班讲隋唐史，当然会介绍文书。但我随他读书，他却并没有马上带我进入到文书的学习，而是要我按部就班，读基本史书。但一个小意外，让我得以实际接触到了文书。

　　上个学期即1986年9月份，一次他骑车时，当左脚踩着自行车的脚蹬，溜车，撇起右腿正准备迈过车座，左脚滑下来，车倒了，砸他身上，腿骨折了。那时，他正在作敦煌契约文书的整理研究工作，基本是按号，将所需要的片子到北海的北图冲洗出来，再作录文。他不良于行，就让我去帮他冲洗文书照片。1987年4月8日："在北海北图请李师傅给沙老师冲洗敦煌文书照片。"4月10日："下午，到沙知老师处，帮他核对文书片子。" 4月14日："中午到沙知老师处。下午到北海北图，还李师傅物。"记的就是这件事。下个学期，他建议我通读《唐五代赋役史草》，10月19日："上周六我请文史室的老师把吐鲁番文书从大库里领了出来。这是由于我读《唐五代赋役史草》时，遇到很多文书，我想核对一下'原件'，看一下。现在，我觉得非常有抄录其目录和题解的必要。"所谓原件，加了引号，可知并非图版（那时还没出图版），而是正在陆续印行的小开本的录文本。大概图书馆没有购置复本，所以就放在了库本阅览室（历史系资料室零星有几本，但不全）。我是本科生，没有资格到库本借阅，所以得请主要面向本科生服务的文史阅览室的老师开条子，说明该阅览室无此书而该生需要，才能持条到库本借阅。同时，我还请同乡的法律系研究生帮我在库本借阅过《唐令拾遗》。10月26日："上午请同乡姚毅借出《唐令拾遗》，翻一上午。"10月27日："上午看《唐令拾遗》。"借阅《唐令拾遗》跟翻阅吐鲁番文书有关，也是沙师让我去翻阅的。大学毕业前夕，恰逢唐耕耦先生的《敦煌社会经济文献真迹释录》出版，经沙师介绍，我登门到三里河物资大院唐宅以八折约二百八十元钱购得一部。读研究生时，也旁听过张广达、荣新江两先生合开的"敦煌吐鲁番文书研究"的课，但于敦吐文书，我却始终未得入门。

　　尽管自以为读了一些书，长进却并不大。1987年11月28日："到沙老师处。他批评我读书不仔细。"这主要还是自己程度不高，理解和认识都极肤浅。到了写大学毕业论文时，我怎么也找不出题目。沙师建议我用学校购置的《敦煌宝藏》，将写经题记中有确切纪年的题记尽予辑出。这是项资料性的工作，但要求辑录要全、录文要准确。他的本意，是想以这些有准确编年的写本作为"样本"，据其字体，来推定无系年的写本年代。这项工作勉强完成后，系里质疑这是否可以视作毕业"论文"。当然，是沙师出面，方得通过。其时，他正参与主持《敦煌学大辞典》的编撰工作，曾想让我修改完备一些，作为该书附录。1988年12月5日："下午到沙师处，嘱我将毕业论文作完，作为附录，收入《敦煌学大辞典》。"但随后不久，即相继出版了薄晓莹《敦煌遗书汉文纪年卷编年》、池田温《中国古代写本识语集录》，特别是后者，体例完善，收集齐全，录文精确，我的工作既没有达到发表的水准，也没有了发表的价值。

沙先生对文学很感兴趣，我有限的现代文学的知识，都得自于他。那时，湖南出版了一套"骆驼丛书"，小窄条的开本，每本印得也很薄，其中有一本舒芜的《周作人概观》，他推荐我读。此后，我就开始收集周作人的东西。正逢岳麓书社陆续出版周作人的小集子，钟叔河主持的，不仅作了认真的校订，每本后面还都附有索引。我基本是遇一本买一本，凑了不少本。岳麓书社还出了《沈从文别集》，装帧印制都颇雅致，我也购得一套。沙师的文笔很好。他的学术文章，特别是他写的一些有关敦煌文书的跋，都极有文采，却又不掉书袋；学术文章写得有文人气。字写得也漂亮、潇洒。在这方面，大概常伯工先生最像他。系总支书记曾说，当年常伯工这一届（78级）学生毕业时，他跟系总支说，其他人怎么分配，他不管；他就要常伯工留系。他还常常提到胡适，特别是对大陆刚刚印行的唐德刚《胡适口述自传》《胡适杂忆》、胡颂平《胡适之先生晚年谈话录》称赞不已。我之收集上海古籍出版社出的胡适古典文学论著、中华书局出版的胡适分类论著集，都是源于他的推荐。

知识的传授之外，我觉得他对我最大的影响，就是学术价值观的建立。他常说"法乎其上，得乎其中；法乎其中，得乎其下"，要树立一个高标准。他给我讲的学界人物，都是学术史上有地位的人物；介绍的学术论著，都是能"站得住"的经典之作（前几年，在唐长孺文集出版座谈会上，他说，经过几十年的考验，唐先生的东西"站住了"）。那时中华书局刚刚影印了严耕望的《唐仆尚丞郎表》，他建议我购置，并说"这样的著作，才能传下去"。他要我读的论著，就是这些能站得住、传下去的经典，而且要我反复读。他告诫我，要多练多写，但不要轻易发表，"不要把手写滑了"；时时提醒，并非"变成铅字就是成果"。我这样一个刚入学不久的大学生，虽然对学问有些热情和憧憬，但于学问之道却一切懵然。他是大教授，风度极好，学者气十足，不能不让人敬重。于是，自然而然，我便把他的判断、他的价值观，视作自己的判断、自己的价值观。这正是所谓熏陶吧。

沙先生的论文并不算多，但他在同辈和上辈学人中，学问和为人的口碑都极好。吴玉贵先生就曾告诉我说，他的老师马雍先生就总跟他说，沙先生学养很好。他一生的主要精力，都放在了敦煌文献的收集、整理上。这是一项具有高度专业性的工作，不同于一般文献的整理。可以说，整理，就是研究。他心很细，是属于慢工出细活那种。所以，他整理的敦煌契约文书、斯坦因第三次中亚探险所获汉文文书，都能在前人的基础上后来居上，成为精品乃至定本。他的性格很适合做这一工作。他在学术组织方面，也花了许多功夫，为改革开放以后中国敦煌学的起步、展开、提高，倾注了许多心血。受他关照、提携的晚一辈学人，一定会记得他。

他教我们隋唐史课时，已年近六旬。对他早年的经历，我不甚了了。只知道，他是1947年考入武汉大学历史系，1949年转学至北京大学历史系，1951年大学毕业，系里本想把他留系，给杨人楩先生作助教，未果；他又想进中国科学院考古所，时任所长的梁思永先生在家中病榻已跟他谈过话，但也未能如愿——当时已经要"统一分配"，个人选择余地很小。于是，他被分配至刚成立不久的中国人民大学中国历史教研室，当了两年研究生，毕业后留校任教。六十年代，中国科学院历史所以郭沫若的名义，组织编撰《中国史稿》，他被借调到历史所参加这一工作，被分配参与秦汉史的写作。"四清"前后他回到了学校。不久，就是"文革"。"文革"中，人民大学停办，历史这一片，以编修清史的名义，端到了北师大。据说，北师大也并不大管。"文革"后期，他一度参加北京市宣传部组织的法家著作的注释工作；后来，又参加了国家文物局主持的吐鲁番文书的整理工作。"文革"结束，人民大学复校，他奉命回校，参加了筹建历史系的工作。尚钺先生是主任，他是副主任，在物色教师、购置图书、邀请有关专家来校授课等方面，做了不少工作吧——追思会上，1978级的学生回忆起他们读书时，不少校外专家如王永兴、裘锡圭等曾来校授课，大都是沙先生约请的。他本是想通过这种方式培养自己的力量，以便将来承担如古文字学等方面的教学科研任务，可惜最终未能如愿。

退休后，沙师依旧忙着他的事。他参与组稿、撰稿、审稿、改稿的《敦煌学大辞典》于1998年印行。同年，耗费了他极大心血的精心之作《敦煌契约文书辑校》得以出版；在前一年为该书所写的《后记》中说到，"书稿1993年交出以后，编者大半时间不在国内"——他当时的主要精力放在了敦煌写卷的访求和《斯坦因第三次中亚考古所获汉文文献（非佛经）》的整理和研究上。这部书出版的2005年，他已是八旬的老者。这以后，他才渐少外出奔波，我也才得以时常趋谒。这时，我已没有了读大学时对沙先生那种强烈的崇拜感，常常是他说了什么，我会拍拍他腿，摇摇头，倾身凑近他耳朵，加以解释或纠正——他重听，但并不是一味高声就能听到，而是某个音频衰退了；若能对上这个音频，他便能听得清。老师真的是老了。当我没有从前那么强烈的崇拜感时，感情却似乎更深了。

真正可以说得上我帮他做过的事，大概只有一桩、两件。所谓一桩，就是纪念他的老师向达先生；两件，就是帮他编《向达学记》和代表他参加筹备主要由荣新江先生发起的纪念向达先生诞辰百十周年的国际学术研讨会。所谓帮，也不过就是拎包打杂，在他与出版社之间跑跑腿、联系一下而已。也正是居中联系，得以上下其手——他写《后记》，称我为"学棣"，我给责编孙晓林先生稿子时，改作"我的学生"。结果，书印出来，他很生气，说哪有人大剌剌称别人为"学生"的呢，非要责编收回书，进行挖改后再发行。晓林先生好说歹劝，答应把这四个字贴住，才算完事。他是秉持现代教育体制和教育思想的原则来看待师生关系的，不是旧式的师徒关系。

沙先生温文尔雅，我则比较糙，说话总是太随便。他常劝我要少说话。送我出门时，也常常会叮嘱一句，"出去别乱说"。一次，因编《向达学记》的事，孙晓林先生请他在鼎泰丰午餐。其间，晓林先生开玩笑问他："您觉得小孟怎么样？"老人羞涩地笑道："还可以，还可以。能说到一块。"现在，老人走了，我下班途经柳芳时，再也不能想着下车、拐到北里去跟他聊天了……

2017年5月31日，改定于新都槐荫室

（原载《文汇学人》2017年6月9日，第296期）

宁可先生琐忆

　　2014年2月22日，八宝山送别老师宁可先生。雾霾很厉害。

　　宁师的身体是微胖的。可是，今天看着躺在那儿的他，却是很瘦很瘦。他享年八十六岁，在医疗条件、生活水平大为改善，人的预期寿命大为提高的今天，这也应该是得享高年了；可是，看着他，看到肃立在旁的师姐，我的鼻子仍忍不住地一阵发酸……

　　我是1991年秋天入北师院，从宁先生读书的。进去时还是北师院，出来时就变成首师大了。

　　在我之前，从先生攻读博士学位的，第一位是汪征鲁先生（1947年生，1986年入学）。我是在宁师八十岁生日祝寿会上，才有机会第一次得瞻风采，但汪先生的名字，却是早就听到了。他的博士学位论文很长，那时的论文是手写，写成后交学校打印；打印费大大超出了规定，宁师不得不向学校特别申请。当时的答辩委员请了北大的田馀

庆先生和祝总斌先生。我读硕士，到北大旁听有关中古史
的课时，就早已听到了汪先生博士论文"超长"引发的趣
闻以及田、祝两位先生《世说新语》式的隽评。

汪先生之后，有高凯军（1955年生，1987年入
学）、方宝璋（1951年生，1988年入学）、孙文泱
（1958年生，1990年毕业）和李向军（1991年毕业）等
先生。

1991年的春夏之交吧，我为打听有关考试的情况，
到过向军先生的宿舍；那时他已临近毕业，正忙着修改论
文，作最后定稿。学校提供的是上下铺，他下铺睡觉，上
铺摆着中华书局影印的《清实录》。我入学后，承文泱先
生赐赠其博士学位论文《唐代货币贬值问题研究》。这是
我与我之前的宁师指导的博士的有限接触。

这样算来，我大概是第六个师从宁先生读博士学位
的。但我入学之前的这几位先生，无论是年龄，还是学
术，都是学有根底；他们本科大多是七七、七八级的大学
生。有着这样的训练和积累，他们的博士论文都做得相当
好。我是从学校到学校，没有工作经验，不具备独立研究
的能力，因此，宁师在指导我作论文时所花的功夫、所费
的精力，是可想而知的。毕业二十年，学位论文仍未能全
文整理发表，即可说明。

那时招收博士研究生，还没有像后来那么严格的程
序化。宁先生指导博士研究生的资格，是由国务院学位办

核准的。那时的博士生指导教师的确定，是看"人"，跟学校关系不大。博士生导师的资格审核虽是"高规格"，但如何招收、如何培养学生，教育部也还不大管；不像现在，在教育部眼里，高校和老师都是沆瀣一气，要骗国家、骗教育部的，甚至于要将硕士研究生的命题权都收归教育部，对待导师就像对待小偷或贪官污吏一样。在学校，导师的权力似乎也还比较大，特别是像北师院这样的学校，博士生导师很少（全校一共四位，有三位在历史系，另两位戚国淦先生、齐世荣先生；还有教育系的林传鼎先生），研究生处不像有的学校的研究生院，高高在上，导师仿佛是研究生院的打工仔。

当年的研究生招生目录，都要印出指导教师的名字。博士生招生广告，不少学校还会在《光明日报》上刊登。我就是在《光明日报》上看到"北京师范学院1991年招收博士学位研究生"的招生广告的。那年整个学院只招一名，学科专业是中国古代史，研究方向是隋唐五代史或社会经济史，指导教师是宁可教授；报名时间是1991年4月1日至20日，考试时间是1991年6月4日至5日；报名地点是北师院研究生招生办公室，用括号标出了具体地点阜外花园村，另有邮编和电话，并注明"有招生简章备索"。

博士生只考三门，中国通史、专业（一般是专业方向课，如隋唐史、经济史等）和外语。导师看重的，似乎也并不尽是考试成绩。

　　我在人大读书时，沙知先生就说过，招生，既是老师招学生，也是学生挑老师；有许多有相当学术基础的学生，是要投考跟自己研究的专题相接近，且学术上颇令自己佩服的老师（本校学生报考本校老师的研究生，是会很讨些便宜的，因平常的交往，师生彼此已十分了解了）。报考哪位导师，选择权是学生；但学生一旦决定报考，则主动权就转移到了导师手里。因此，学生在选定所要报考的导师后，一般都会在报考前去信征询，并随寄自己的习作。近读高凯军先生《我的大学梦》，他在1986年，也是在《光明日报》看到的北师院的招生广告。他原本想同时报考北师院宁可先生、河北大学漆侠先生和杭州大学徐规先生，并且"把自认为最得意的三篇论文、三篇译文"，复印三份，分别寄给了三位他想报考的导师。他是最终因三校考试冲突，选择了北师院。

　　学生选定导师后，一定会下功夫，深入全面地了解导师的学术情况，如研究专长、发表过什么论著、近期关心什么学术问题，等等。我决定报考北师院之后，沙先生就推荐我读宁先生的一些论著。他特别强调要读《述"社邑"》《汉代农业生产漫谈》等有关经济史和社邑的文章。后一文刊登于1979年4月10日的《光明日报》史学副刊，我不知从哪里找到了报纸，将此文作了剪报。他还说，唐末农民起义，大家耳熟能详，而对唐中期农民起义的了解，得益于宁先生《唐代宗初年的江南农民起义》一文的勾勒。

我因与宁先生同在一地，有地利之便，得以趋府拜谒。

我第一次到北师院，是在1990年5月顷。一进门，两旁杨树高耸，让人感到是一个宁静的小院子。当时，宁先生任敦煌学会的秘书长，秘书处设在北师院，侯雯老师经手具体事务。沙知师到新疆开会，命我去学会取钱。来年初，蒙宁先生首肯，我决定报考北师院的博士研究生；这也是借了沙先生命我到敦煌学会办事的机会，得以拜谒宁先生，并表达了想跟他读书的愿望。

那时，先生刚刚六十岁出头，精力旺盛。他的书房，是长条形的，两边靠墙，摆满了书架；靠窗，摆着他那张很大的写字桌，桌子往外、书架前面摆着大沙发和茶几。日后才知道，学生们经常到这儿上课。

他坐着一把半圆形、低靠背的老式木椅，桌上摆着一个挺大的烟灰缸。我总觉得他基本是烟不离手，一边聊天，一边吸烟，捏着烟的食指和中指都已被熏得微微泛黄。

我很拘谨。直到现在，我也一直觉得，宁先生会讲、会谈话，说起学界掌故，特别是说起他所喜爱的飞机型号，滔滔不绝，跟小孩儿一样，"得意之情，溢于言表"，但他不会聊天。他是在等你说、他接茬；可他是名学者、名教授，我们这样的后生小子，哪敢主动挑起话题呢。只能是他问啥、我答啥，哆哆嗦嗦；因为担心他看不上，又要努力表现出有一点学术基础。所以，这次拜见，究竟他问了些啥、我答的啥，我全无印象；太紧张了。只记得最后在出门前，他要看看我写的东西。我更紧张了，因为我没有发表过任何东西。这时，他说，"发表不发表，无所谓。你就拿来让我看看就行。"他想看一下我的硕士论文，我那时还没写完呢；他看我紧张，就说，"不急。等你写完了再给我看，来得及"。

人大历史系比较重所谓理论问题。五十年代以来的几个大的争论，如社会分期、资本主义萌芽，以尚钺先生为首的中国历史教研室以及国民经济学科的吴大琨先生等，都曾积极参与其中，有广泛影响。我们入学时，这些理论问题虽然已远不如从前那么热闹了，但深受尚先生影响的像郑昌淦、韩大成等先生，仍然十分关注这些问题。更年轻一辈的老师，在八十年代思想解放、西方思潮涌入，学术界、思想界提倡打破禁区的影响下，更关心西方学术界对马克思主义的批判和反思，如魏特夫《东方专制主义》，就引起了中国史学界的广泛关注。我们听课时，总能听到他们对这些问题的议论。商务印书馆出版的梅洛蒂《马克思与第三世界》（这本书很快就被视作与资产阶级自由化有关），就是教我们魏晋南北朝史课的已故马欣老师在课上介绍的。我甚至一度有种认识，觉得不弄清社会分期，具体的问题就没法研究，因为没有一个大的框架，具体问题就不知该摆到什么位置；不能"定位"，就没法说啊。就是在这样的氛围中，我就资本主义萌芽问题，写了篇习作。我第二次到宁先生家，就是送这篇习作。

不久，因为毕业论文的事，到沙先生府上。聊到报考博士研究生事，他说，宁先生对我那篇习作颇为欣赏。我听了，当然眼睛一亮。受到以马克思主义史学理论闻名于学界的老师的欣赏，我当然是高兴之极。沙先生大概也看出了我的"狂喜"，接着慢悠悠地说，"说你写得不错，倒也不是说就怎么怎么样了。他只是觉得文章写得有点理论味道"。"理论味道"，我一直记得。

入学后，宁先生在家里开史学理论课，谈到历史发展的动力，我又大放厥词，大意不过是说，"合力说"或"平行四边形说"太抽象；我认为，是社会需要推动着历史的前进，是历史的原动力。如果强调个人需要，那显然是唯心主义的；个人的需要社会化，变成为社会的需要，就会有人为了满足这个需要，来进行生产，因此，推动生产、推动技术进步的，是这种社会需要。我瞪着眼，很激动地看着宁先生说着；他听完了，缓缓地喝了口茶，又说了这个词，"有点理论味道"。至于我胡扯得对不对、有没有道理，他没搭理我。

聊到一些学术观点或学术问题，他时常会冷不丁地笑呵呵问我一句："这是不是个假问题啊？"这时，我多半是声音陡降八度，望着他，不好意思地笑。

　　这个"典"，也出自关于资本主义萌芽的习作。我的大意是说，所谓资本主义萌芽，是从生产关系着眼的；我们应该从生产力的发展水平来审视。没有工业革命，没有大机器生产，谈所谓雇佣关系，意义不大。"这是个假问题"，是我在文中对这个问题的定性。宁师看我议论不羁时，就常用这句话调侃一下。

　　当年跟我一起竞争考师院的，是温州师院的吉成名兄。他报考时，已发表过一系列有关唐代盐业的文章，我却只有一篇待刊于人大研究生学会主办的内部刊物《研究生时代》的那篇关于资本主义萌芽的小文。考试结束了，吉兄的外语成绩还比我高出不少。我心里非常忐忑。最终，当然是我如愿以偿了。倘若宁师不招我，我硕士是"定向生"，按教育部的规定，毕业后必须到边疆的几个省份去就业。我那时已经准备结婚，爱人在人大工作；如果不能顺利考入师院，我今后的工作和生活，真可谓"后患无穷"。

　　因为二取一，日后还生出许多传说。我是听宁先生说的。他说，外间有人风传，沙先生为了我能被顺利录取，特意深夜打车到宁师家说项，云云。沙、宁二师是多年老友，特别是八十年代以来，因为敦煌学会的事，交往更多；即使说项，亦不至此。此风传，可见宁先生当年录取我，确实是要冒一些被清议的风险的。清名，对他们那代人的重要，是我们以及我们以下的年青一代所不能完全理解的。他们那辈人口中常挂的一个词，是"爱惜羽毛"。他们是有种清高的。

这学期临近期末，沙先生从俄罗斯回来，组织了我的学位答辩。答辩结束，说起下学期到北师院上学的事，他提醒我，人大对老师，多是喊"老师"，北师院则多习惯喊"先生"。他要我入学后见到老师们，注意这点。他还开玩笑说，人大有革命传统，尚钺先生就拒绝别人喊他"先生"，也不愿人喊他"老师"；他希望人们喊他"同志"。

我9月5号报到。宁先生已经由人民医院转入西苑中医院，主要是疗养了。一人一间，还有两个单人沙发。当时，正是"文化热"，我去探望时，也专门向他请教过这个问题。后来宁师编集其论文集，我才发现，收入集中的有关文化史的三篇论文，都撰写于九十年代前半期。当时，他正在研究这些问题。

入学以后，学校在读的，只有我一个博士生，所以许多课都是跟硕士生一起去宁先生家里听。阎守诚先生刚从山西调来，可能因为听课的人多了，家里坐不下，才移到系里古代经济史教研室。

宁先生讲课很认真。像"史学理论"的课，他不知讲了多少遍（全国历史系的这门课程的设置和相关教材的编撰，他是积极提倡和推动者之一），但给我们讲时，仍要备课，教案是用十六开的红格稿纸写的，干净、清晰，笔画极工整；讲课时，也比较严肃，偶然插个小玩笑，很快就书归正传，很少抛开教案进行发挥，更没有信马由缰，放开了、扯哪儿是哪儿的潇洒。当年在历史系，我还听过齐世荣先生的课。齐先生就比较诙谐，但有时难免口气很大。一次，不知讲什么，涉及了近代史，他突然问是谁第一个上折，请慈禧垂帘听政的。学生中有人猜着说了几个名字，齐先生都拖着长调，说"不——对——"，很有些说相声逗哏的调儿；这时，有人说是张之洞，他又说："不——对——是他哥，张之万。"还有一次，讲到对《汉书》的研究，他问学生，哪位学者研究《汉书》成绩最大、有"汉圣"之称呢？学生们没人敢接茬，于是，他问谁是学秦汉史的，这下，杨生民先生的一位女学生躲不过去，答是王先谦；齐先生大摇其头，说"不——对——"。见再没人答，他告诉我们答案："杨树达"。他在说这两个答案时，都加一句"这是常识"；同时，他又大发感慨，觉得现在的学生不行，连这等常识都没有。像齐先生那样，出身外语、又以治世界史为专长的先生，对中国史能有如此好的修养的，实在是不多见。宁先生从没有用这样的口气说过这样的话。我当时想，这既与性格有关，也与他们所研治的中国古代史与世界史的专业不同有关吧。

　　宁先生很尊重学生的选题。他招收博士生的方向是两个，一个是断代隋唐史，另一个是中国古代经济史。他在聊天时，还说过这个话题。他说，学生选什么题目都可以，要尊重学生的选题，自己不会给学生命题作文；当然，这不是说自己学问大，什么题目都能指导，而是说学生是这个题目的专家。他的责任，就是请国内研究这个问题的专家参加评审和答辩。现在想来，在这个问题上，指导老师大概有两类，一类是只指导与自己擅长领域的论文，甚至还要更进一步，不仅命题作文，而且出思路、定结论；这是把学生变成了小工。另一类是像宁先生这样，充分尊重学生的选择，不拘一格，但如果遇到天马行空的学生，有时也会很麻烦。像我这样的中智之材，反倒比较合适，因为限于资质，放你狂奔你也奔不到哪儿去；但受命作某题，没有想法又不想做小工的活，那就比较麻烦。我觉得，能遇到这样的老师，是我的幸运。

博士论文的选题，在入学不久就经宁先生审定，确定下来了。但后来写得却并不顺畅，有许多问题没有想明白。三年实在太短，真是一眨眼，就临近毕业了，又该四处奔波找工作了，哪有心思放在论文上呢。这期间，宁师不断催促，让我写好一篇给他一篇。本来想写"藩镇与唐代政治"，最后压缩到中唐。即使如此，宁师仍觉得我写得"头重脚轻"，起首写兵制那篇分量较重，而此后的内容较轻。我当时没有理解，直到几年后修改《论唐代军队的地方化》一文时，才真切地意识到这点。我总觉得，像我这样本科、硕士之后，紧接着读博士的学生，对文史专业而言，三年的期限实在太短了，只能是个半成品；六到八年也许更合适些。

我常自诩有老人缘、小孩缘，很容易跟老人、小孩混熟。"老人，最容易摆平"，是我常常挂在嘴边的话。入学后，常往宁府跑，很快就跟宁先生处熟了，拘谨感也基本没有了，就开始在他面前满嘴跑火车，信口雌黄、乱评乱议，胡说八道。他经常微笑着听，不置可否，但只要议论到他的老师辈及其论著，他一定会及时纠正我。久了，我才意识到，宁先生虽然读大学时就是进步青年，成长于新中国，经历了所有的运动，但他从根儿上保留着旧时代读书人的一些旧道德。对老师辈（未必是自己亲炙的授业恩师）的尊重，正是表现之一吧。

宁先生成名甚早，在学术上的贡献有目共睹；在北师院，更是参与建院建系的元老级的老先生，所以学生们都很崇拜他。那时招的硕士也不算太多。我混得较为熟悉的，主要是杨生民先生、蒋福亚先生指导的秦汉、魏晋南北朝史的几位学生。一次在宁先生家上史学理论课吧，选听的学生较多，不限于中古的范围。有一个小女孩儿，老是问宁先生做学问有什么诀窍，宁先生当然是说没什么诀窍，但这小姑娘不死心，下次得空儿还问。一次她又问，我终于接茬了，"没诀窍。要有，早传给宁欣了"。逗得宁师大乐。

当时，不大时兴考博士生。一般都是硕士毕业就留校教书，进入研究阶段了。像郝春文先生就是这样，我入学时，他已教书好几年了。他经常在古代经济史教研室看书。教研室好像有笔专门的学科建设经费，可以用来买书，收藏有一些专业性很强的不常见的港台书和日文书，那时郝先生还不时托友人外购和复印，所以藏书量虽显得少些，但却很精。我常到教研室找郝先生借书。严耕望《唐代交通图考》刚出版不久，我想复印一部，他也想给教研室复印一部。当时的规定，博士研究生复印资料，毕业时需留在学校或系里，不得携离；这部书属"基本书"，我想带走。于是跟郝老师商量，我同时复印两部，一部留给教研室，一部我带走。用以复印的原版书，是他从北大历史系的朋友处借的。当然，最终这两部复印书都被史语所的原刊本取代了。

但从博士生的序列来看，我又算比较早的。比我晚列宁师门墙的像魏明孔等先生，常喊我师兄；其实他们念本科都比我早很多，出道甚早，无论是年纪还是学问，他们都是前辈、我是后学。

我入学之后，大概是隔了一年或两年，宁先生又招生。这时，魏明孔先生由西北师院来学校进修经济史。不知是他提出想考宁先生的博士，还是我怂恿他报考，反正，他决定进修结束后即正式报考。我呢，就老是替他从宁先生那里打听东、打听西的。大概是第二年的暑假，魏先生公差抵京，宁先生又在人民医院住院，我就陪魏先生去医院探望宁师。那天师母也正好在医院陪护。魏先生给宁师带了包土特产葡萄干，宁师坚决不要，连师母在一旁都有些作难了；我大概插科打诨，最终"说服"了宁先生。出来后，我很得意。我大概就办过这么一件可以称得上"师兄"的事儿。

在宁师八十华诞时，我曾写过一篇谈宁先生隋唐史研究的特点和贡献的小文，以为师寿。老师仙逝的今天，我又写下这篇佚事小文，追思先师。前一篇，是学生谈老师，在外人看来，难免自家喝彩；其实，宁先生的学问，学术史会评价、会定位、会记住，不劳后生小子喋喋不休。然而，师生间的情谊，却不是理性而略显冷冰的学术史所能反映的。我毕业时，宁师请北师大历史系的何兹全先生来主持答辩；现在，两位老师都驾鹤西去了。他们虽然都得享高年，但对学生而言，思之仍不禁黯然。师徒如父子，信矣。

2014年3月7日初稿，3月11日改定

附记：原刊《永远的怀念——宁可先生追思集》（上海古籍出版社，2015年）。小文写毕，呈郝春文先生。郝先生指出当时北师院共有四位博士生指导教师，除历史系的三位之外，还有教育系的林传鼎先生。故作了更正。本文颇类豆腐账，对老师的道德文章，未能阐扬于万一。又，近读《邓之诚文史札记》（凤凰出版社，2012）1959

年9月2日："《光明日报·史学》载署名宁可者《论唐租赋与户籍》一文，虽嫌杂糅，然于唐代之书外，更考及东西洋人著作，在今日为难能矣。"（1179页）

怀念森本淳君

前些时候——2009年的年末吧，天气正冷——收到北大历史系罗新兄的信，才知森本淳君走了。

我跟森本君虽无多少交道，但实在很喜欢他，喜欢他的诚实而不做作。

我第一次见到森本君，是在北大未名湖畔的健斋。那时，罗新兄参与整理刚刚出土的长沙走马楼三国吴简。那时，大家开始不定期地聚会，讨论这批新发现的简牍。一次，有两位日本友人前来，其中一位便是森本君。

在以后的日子里，大家常常见面。我很惊奇，他的汉语会那么好。同时，我也很惊奇，跟他的交流，完全不同于我想象中的日本学人的样子。此后不久，他便起程回国了。据说，他很不想回国，而是想在大陆谋一个教职的。再以后，便听说，他在日本似乎颇为艰辛，但不久，他陪日本吴简研究会的诸位先生来北大开会，一副很高兴、很快乐的样子，忙着为大家翻译。会议的当晚，日本学者宴请我们时，仍是他在翻译。他为一个词的翻译而卡住时，那副颇为着急，侧脸、仰首思考着，于是窘急而乐，随着大家一起大笑的样子，又让我释怀。

然而，不久之后，又听到了他在国内找工作颇为不易，以及他心情颇为沮丧的传闻。但我心里一直装着的，是他此前在北大时的那副高兴的样子。同时，我也总以为，即使他在日本工作不顺利，但也不至于到没有饭吃的地步；充其量，只是辛苦些而已。据说不少日本学者，在年轻时也都是这样东兼一课，西一个非常勤地做事，到中年后才会逐步稳定下来。有了这样的想法，所以并不很为他着急；而不断收到他论文的抽印本，知道他正在汉末三国史上用着功夫，并有成果不断问世，更使我觉得"一切正常"。不料现在，却听到了他的噩耗。

最近我女儿买过几本日本小说，比如《无影灯》《挪威的森林》等，我也跟着看，似乎觉得自己对日本人多了一些了解。我从前比较不大喜欢日本人；去了日本一趟，跟他们有了一些接触，才真切感受他们非常和善的一面。即使有所谓势利的一面，我也觉得是可以理解的了。因为不少交往，在交往之初，对双方而言，本来就不是感情之交，而是因事而交往；事没有了，交往当然会淡了。因工作关系而变为朋友关系，在哪里都是少有的。对森本君，我觉得始终是朋友，因为我们的交往，并非因事而起。他回国后的再返北大，一见面，便有一种"他乡遇故知"的感觉，觉得很亲。

　　说不上森本君的具体的事，心里却只是很难受。时时浮现出他的圆圆的、肉肉的脸，眯成一条缝的小眼……

　　面对比自己年轻的生命的消失，心里总不是滋味。近来，有几位比我年轻的学人前后离我而去，更增加了这种不是滋味的滋味。我真不知道，是自己行将就木，还是天妒英才！这让人想起寿则多辱的古语，虽然我还未到称寿的年龄。我平时总说，人老了，要戒三贪——贪生、贪色、贪财。对贪生，我尤不以为然，退休后的专事锻炼，总让我看不大上。看到年轻人走，更增加了我的这种不屑。但愿我将来年纪再大些，不要加入到贪生的行列，不要加入到职业锻炼的行列。

　　在森本君之前，已有罗新兄的学生刘聪君的离去。但森本的走，有些不同于刘聪的走。刘聪君的走，是无可奈何；森本君，是本可以不走的。

　　　　　　　　　　　　　　　　2010年3月，于北京

　　（原刊《追忆——森本淳の思い出》，追忆刊行委员会，2010年）

记祝总斌先生

——写在《两汉魏晋南北朝宰相制度研究》新版之际

祝总斌先生的《两汉魏晋南北朝宰相制度研究》新近由北京大学出版社印行了新版。承责编张晗兄寄赠一册，装帧、印制均极好。这应该是第三版了。第一版是1990年由中国社会科学出版社印的，小三十二开，锁线平装，任意从哪儿翻开，都会自然展开，不会合上，更不会断开；唯一美中不足，就是有四张"夹心纸"，但有两张在书末，所以并不扎眼。后来，该社将此书归入"社科文库"，印成了较为讲究的大三十二开，但打开却有些费劲；打开了，不用东西压着，就会自然合拢。北大的这一版，精装、锁线，用纸好、排版也好。疏朗、美观。与中华书局2009年为祝先生印制的《材不材斋史学丛稿》可相媲美。这样的印制，才配得上这样的书。宰相制度，是中国古代制度中最为重要的一项内容。有关这个问题的论著很多，但论深度、论贡献，我觉得，这部书是最优秀的。

至少从二十世纪五十年代到八十年代，学界都将宰相制度作为理解中国古代制度的一个枢纽。这跟学术界讨论专制主义、中央集权、皇权等问题密切相关，跟所谓中国封建社会的长期延续的问题，也有点关系。学术界在相当长的时期，对中国制度的发展有个认识，那就是皇权越来越强化、专制主义越来越严重；分析秦汉到隋唐的中央政治制度的演变——皇帝身边的内臣及机构，不断外化为朝廷的机构。祝先生这本书所着重分析的尚书、中书、门下，正是这样一个过程；到了唐初，这三省的长官成了"当然宰相"，参加政事堂会议——认为其动力或根本原因，就是皇帝与宰相的矛盾，或谓之君相矛盾。这成了一个基本的分析框架。对明清的中枢体制演变的分析，也基本是这个框架。港台影响比较大的一些学术论著，基本是对材料的收集、梳理，甚至是堆砌，延续的是五十年代以前的学术脉络——主要是政治系出身的学者的研究理路。祝先生认为，首先要对"宰相"下一个定义，即具有什么样的权力的人或机构，才能称之为"宰相"——他认为，必须具有两项权力，一是参政议政权，主要是能与皇帝议事，参与决策；二是监督百官执行权，即能直接领导政府部门进行行政运作。不能同时具有这两项权力，即不能被视作"宰相"。我们知道，所谓"宰相"，在中国古代大多数时候是个泛称；如果不进行定义，问题就无法进行深入讨论。有时说了半天、争了半晌，其实大家并不在一个平台上，是各说各话，这当然不利于问题讨论的深入。这个定义，在宰相研究史上，我认为具有里程碑的意义。这使得宰相制度的研究，提升到了一个更高的平台上。当然，这个定义是不是能贯通到两千年的帝制当中，还可以再讨论。我倾向于把宰相视作介于皇帝与行政或政府部门之间的一个机构（这个机构，有时是由几个相关的部门共同组成；就人员而言，有时是一个人，有时是几个人），它当然要参与最高的国是决策、重要人事任免的讨论；但对政府或行政部门的指使或领导，又具有弹性，有时是直接而有力的，有时是间接而较软弱、甚至无权直接下发指令。皇帝的终身性、世袭性，决定了这个"中间机构"存在的必要性；帝制的特点，又决定了皇帝的权力具有弹性。所以，不同时代，不同情景，宰相作用的发挥、权限的大小各有不同，需要"具体问题具体分析"。这倒未必能说明皇权或专制程度等问题。

这部书具体研究的是两汉魏晋南北朝，即汉到隋以前的七百年间的宰相制度。他用自己的定义，具体而细致地研究了三公、尚书、中书、门下这几个重要的机构，是不是宰相机构、是在什么时候、怎样一步步成为或不再是宰相机构的。所谓"具体而细致"，是指他将相关材料、特别是官文书，放到具体的政事运行过程中来加以分析和考辨。这正是近年学界所极力倡导的"活的制度史"的研究方法。正因为是这样的研究方法和研究视角，就导出了他在理论上的一个贡献，即这七百年间宰相制度演变的原因或动力，不是所谓君相之争，而是出于当时的政治需要。这就使原来的那种逻辑飘浮的解释，落到了实处；不是"事外求理"，而是体现在具体的运作中的"理在事中"。周一良先生曾高度评价此书，说："祝总斌研究汉晋到南北朝的宰相制度，以这段时期皇权相权的相互关系为线索，追溯了从汉代三公到唐代三省之间的演变，把八百年间中枢政权所在作了细致深入的分析。"（《毕竟是书生》，北京十月文艺出版社，1998年，第146页）关于此书的具体、中肯、准确的学术评价，可参祝先生高足陈苏镇先生的书评（初刊于此书初版伊始的1991年，收入其《两汉魏晋南北朝史探幽》，北大出版社，2013年）。

北大历史系中古史老先生的课，我几乎都旁听过；但听得最多的，是祝先生的课。我听过他开的史学史、法制史、两汉魏晋南北朝宰相制度史。他还开过魏晋南北朝史专题研究，不知何以我错过了。新版的这部书，就是他当年的授课讲义。1990年初版《后记》中，祝先生说："这是我多年讲授的专题课'两汉魏晋南北朝制度史'中，有关宰相制度的一部分内容，经过整理、扩充，1987年秋撰成此稿。"我在北大三教旁听这门课时，这部书正在印制过程中。课间请益时，祝先生曾说此书出版，送我一部。但印出来，没赶上祝先生开课，所以没能像其他学生一样，得其赐赠。他的学生韩树峰兄跟我最熟，力劝我拜谒索讨，我实在有点不好意思，于是，自购一册，并随手写了一则题记："1991年购于鼓楼社科出版社服务部。前此则于三教听祝先生授此课也。"据北大的同学说，田馀庆先生很乐于给学生赠书，但不大愿请学生吃饭；祝先生则正好相反。我得田先生赐书甚多，几乎每出一部即蒙他赐赠，但确实没吃过田先生的饭（在他晚年，某年元宵节前后与韩树峰、侯旭东二兄趋谒，闲聊间，蒙师母赐食汤圆。我想，这不能算）。祝先生日后也曾赐予其论著，但我却也从没吃过他的请。所以，这等传言，大概只有与他很亲近的嫡传生徒才能证实吧。

祝先生八十岁生日，正逢中华书局出版其《材不材斋史学丛稿》，中古史中心为他举办了贺寿座谈会。会上祝先生说，自己早年定的一个目标，就是能完成百万字的成果。他说，自己七十年代从法律系转入历史系，主攻魏晋南北朝史，但连卢弼的《三国志集解》都没用过。我想，这个"量化"的指标，是他对自己的鞭策和要求。况且，那时大家哪能知道"文革"何时结束，什么时候教学、科研能真正走上正轨呢。他在《我与中国古代史》（《学林春秋二编》，朝华出版社，1999年）中说，"开始一段时间，可以说是不得其门而入；逐渐摸索出一点门径的过程中，大量旺盛精力又被迫消耗在无谓的'运动''文革'之中。改革开放，好日子到来了，已垂垂老矣。"此可谓真实写照。这个指标，在当时看来，实在也是不易达到的。2006年，在各出版社经济效益不是太好、大家都不大愿意印行学术论著时，张国安兄积极张罗，几经努力，终于请三秦出版社为祝先生印行了两册（分别名为《中国古代史研究》《中国古代政治制度研究》）、共计七十余万字的《材不材斋文集》。在《后记》里，祝先生说："这是我1982年以来教学之余，所写古史文章的结集，内容上起先秦，下及明清，而以魏晋南北朝和古代政治制度史为主。"他在《我与中国古代史》中也说："从我的经历看，应该说直到八十年代五十岁时，才真正进入中国古代史'角色'，发表反映自己观点的文章。"从1982年到写这篇《后记》的2004年，也不过二十年的时间，加上1990年印行的近三十万字的《两汉魏晋南北朝宰相制度研究》，正好百万字。在进入"角色"这么短的时间内，能完成百万字的学术论著，并不容易。何况，论集所收，均为专门性的艰深研究，没有一篇是常识性的介绍。就研究所涉及的内容来说，既有法制史，又有史学史，还有思想史甚至文学史（他本是学文学出身）；既有他所倾力专攻的两汉魏晋南北朝，也有宋代、明代和清代。无论是断代，还是研究内容，跨度都很大，这也意味着作者必须付出更多的精力，才有可能真正掌握相关问题的基本史料和相关领域研究的基本状况（在一个领域里的深耕细作，与跨出领域之外的开垦，投入的精力是成几何倍增长的）。周一良先生在《我和魏晋南北朝史》中，曾从宏观上总结过祝先生的成果："祝总斌先生研究秦汉魏晋南北朝史能够观其会通，诚如司迁说'通古今之变'，他的宰相制度的研究是其一例。"（《郊叟曝言》，新世界出版社，2001年，第83页）

祝先生虽谦称自己"真正进入中国古代史'角色'"较晚，但事实上，他的知识面却很宽，特别是在小学方面下过大功夫。这在历史系他的师友中是有共识的。他的藏书也多，其中就有1972年以后的整套《考古》。这在一个以研究文献见长的学者的书斋中，是少见的。

俗语称"文如其人""字如其人"。这放在祝先生身上，是再合适不过了。他的字，精瘦有力，一丝不苟。讲课时板书，尤为好看和醒目。文字表达，精干乃至于有些硬。逻辑清晰、严密，常常是一二三、甲乙丙、123。这有点像语言学的论文，当然还没有到语言学论文每一段落都加标序号的程度。写作时，他常爱自设问句，但回答时，常用一"否"字。比如"实际情况是不是这样呢？否！"然后，详引史料，一一切加辨驳，清晰透彻，令人信服。

八九十年代的北大历史系，中古史最强。以魏晋南北朝史的研究来说，老辈是出生于1913年的周一良先生，中间是出生于1924年的田馀庆先生，最年轻的就是出生于1930年的祝总斌先生。田馀庆先生在《周一良先生周年祭》（《师友杂忆》，海豚出版社，2014年）中说："周先生在《毕竟是书生》中说到八十年代以来他在历史系与祝总斌先生和我三人'形成系内魏晋南北朝史方面松散而亲密的联盟'。此事是我与祝先生出于对周先生的敬重，希望他能领着我们开展研究而向周先生提出的，多少有拜师的意味。周先生当时用'松散的联盟'五个字一锤定音。至于'亲密'一词，是他根据后来十余年来我们在科研方面的联系而加上的，准确反映了实际情况，表达了他自己的感受，对我来说，也是荣幸。"这实在是一个难得的可遇而不可求的学术小环境。三位先生治史各有擅长。祝先生以研究制度史知名。事实证明，这也确实是非常适合他的一个领域。有像《两汉魏晋南北朝宰相制度研究》这样的成果，可谓良有以也，虽然，祝先生总有些予人以"掩映"在周、田两位先生之下的感觉。研究的课题，有难易和重要与否之别，但无好坏之分；能找到自己喜欢、同时又适合自己专长的学术专攻，实在是很重要的。

祝先生的为人，可谓"有口皆碑"。这不是形容，不是泛称，而是实录。私下聊天，他也极少月旦人物、评说是非。我总觉得，"人人背后都说人、人人背后都被说"，说人与被人说，是常态。我很乐意说人；人说我，我也无所谓。反正这又不是装入档案袋中的组织部门的评鉴，既不会影响一个人的地位和前程，也不会削减他的成就和贡献。本着这样的目的，跟祝先生请益聊天，我就难免觉得"不带劲"。说的话，可以给任何人听，那就不容易有亲近感（我这是典型的"小人之交"）。祝先生即使是对学生，也"不随便"，聊天时甚至让人感到他有些拘谨。同时，他又极为客气。我们趋府拜谒，他必定送下楼，有时还会陪着走至小区门口，方才转回。我总觉得，常去拜谒会增加他的负担。

他的谦退、平和，是出了名的。我听他的一位老学生说，某次拟赴外地参加学术会议，说好，是随田先生一道去的；临了，田先生有事还是身体不适，不能成行，他也随之取消了行程。问他，他说，有田先生，自己就可以不用说话（不发言）；田先生不去，他就得说话，于是，就索性不去。那时，我听了这事，颇有些不以为然——田先生去了，固然由田先生发言；田先生不去，自己发言，又有何妨呢。现在痴长了几岁，终于可以"感同身受"了。场面话，不能精彩，那就不如不说。会议，规模越大、规格越高，仪式性就越强；参加会的人，主席台就座的，也有不少是"陪客"，坐在台下的，就更像是民工。我曾开玩笑，这种会议，主办方完全可以雇民工坐台下充数，气氛会更热烈，成本还要更低，何乐而不为呢。至于宣读论文，更不必在意；有价值的论文，一定很快就会公开刊布（特别是现在这种考核，找部手稿都难，更不用说藏之名山了），实不必非与会才行。

祝先生直接指导的研究生并不算多，但通过听课受他影响的学生却比较多。甚至一些并非以秦汉魏晋南北朝为专攻的学生，也认为自己在学业上受了他很大的影响。

祝先生对学生的鼓励、提携也是出了名的。据说，他跟田先生都参加某博士生的答辩，面对几十万字的论文，田先生说，这其中能有多少东西是心得呢；祝先生说，就是抄成这么多（那时还是手写，既不能检索，也不能拷贝），也不容易。是否实有其事，姑置不论，这确实反映了两位先生的性格。平心而论，这部日后正式出版的书，确有心得，但也确有史料堆砌、表达啰唆、行文枝蔓的毛病，所谓有水分是也。年轻学子，得老师鼓励，自然容易对学问产生兴趣。但对学生鼓励太多，有时也未必是好事。这很容易让学生飘起来，于学问不知深浅，以为变成铅字就是成果，虽然这与老师当初的鼓励已无必然关系了。

我很荣幸，参加了祝先生八十华诞的座谈与贺宴；也很庆幸，有机会参与了他的两部论文集的编校工作。本书出版时，祝先生年近花甲，但身体却犹如壮年，编校等一切琐事均亲历亲为，没有机会为先生效力。现谨以此小文，藉这部已成名著的《两汉魏晋南北朝宰相制度研究》新版，恭祝先生身体康健，寿登期颐！

日前随韩树峰兄往中关园拜谒祝先生。除因胯骨损伤（他说这是因他个子小，长期骑二八自行车，车座较高所致。我疑心与他七十年代在江西鲤鱼洲劳动，常扛百十斤乃至二百斤麻袋的重体力劳动有关。他那时的体重也才一百来斤吧），不良于行，手有些颤抖（病因不明），他的精神状态甚好，头脑十分清晰，听力特好，谈话反应极灵敏。这次聊天，知道了他早年的一些情况。他1949年入华北革大，1953年毕业后分配到中央干部政法学院工作（曾短期至昌黎参加甄别志愿军的"三反"。在阜宁一带调查，为安全，得佩枪。他风趣地说，也曾在讯问资本家时，拍着胯上的盒子枪，威胁"不老实交代，毙了你"，但却惴惴然，生怕走火。与同事"破一大案"，所谓某人贪污数百万，乃子虚乌有也）。1954年调入北大法律系，教法制史；1972年调入历史系。"文革"结束，拨乱反正，邓广铭先生任系主任，他任副主任，协助邓先生工作，曾受命接洽外请老师如王利器、刘迺龢、胡如雷、宁可等先生来北大讲课。长期从事魏晋南北史的教学与研究，直至离休。他指导研究生，总是带着学生读《通鉴》，现在这似乎已成了魏晋南北朝史方向研究生的"必选科目"。

2017年5月，于新都槐荫室

（原载《澎湃新闻·上海书评》2017年5月31日）

记何龄修先生

　　何龄修先生欣开九秩。他身体虽时有小恙，却并无大碍。我受何先生提携关照，也转瞬近二十年了。

　　我1994年毕业分配入历史所时，历史所是在日坛路；不久，就又重新搬回院部大楼后面的小楼，我们社会史研究室是在二层右拐的第一间。一天，何先生来室，说，这是何公馆。见我不知，才细细讲解；原来，这是当年何先生住过的房间。社会史研究室是何先生的老友郭松义先生提议设立的。设立之初，只有主任郭先生和副主任商传先生。此后又陆续从本所及外单位调来了吴玉贵先生、定宜庄先生，从北师大历史系毕业分配来所的张印栋兄；我则是第六个进室的。这些先生中，郭先生、定先生治清史，且定先生又是何先生所格外敬重的王钟翰先生的学生；治明史的商传先生的父亲商鸿逵先生是何先生的老师，商传先生称何先生为老师，何先生则称商传先生为学弟——有了这样的关系，何先生常常是一上楼，便顺道转入"何公馆"。

那时的何先生，六十初度，似乎是刚刚退休，抑或尚未退休，精神极好，毫无老态。对年轻人，毫无前辈学者的"老师架"，极为平易。再加上何先生对学术界的掌故知道的极多，记忆又格外的好，所以听他聊起来，真让人如沐春风；特别是像我这样喜欢听掌故、探八卦的人，非常喜欢何先生来聊天。

何先生是1958年从北大历史系毕业来所的，其时历史所也刚刚成立不久，所以，有关历史所的事，他知道得很多。比如，翁独健先生对学界争论异常热闹的几朵金花，告诫年轻人，"要观战不要参战"（我读大学时，就曾听我的老师沙知先生说过，对所谓理论与考证，翁先生曾有"画鬼容易画人难"的妙喻）。王毓铨先生从历史博物馆来历史所，被领导安排由秦汉史转治明史；他极重视《明实录》和明人别集，认为是基本史料，而对《国榷》等书则较为轻视，更无论《明史》了，但在审读中华书局组织点校的《明史》后，说书中有不少好材料。这类掌故，何先生知道得很多，因为记性特好，所述极为可靠。如果他能在得暇时，将这些掌故一条条写出来，那真是一部极有意思的所史。

在我看来，何先生对历史所是非常有感情的。

他的一生主要是在历史所度过的。他退休以后，还经常返所，对年轻人的学业非常关心。杨海英兄就是一例。

她比我晚两年入所，2001年申报研究所的重点课题"洪承畴的后半生"，正出自何先生的鼓励；2006年以《洪承畴与明清易代研究》为题出版，她在《后记》中满怀深情地说，"在我入所伊始，（张捷夫）就指定何龄修先生任业务指导"，对洪承畴的研究，"（何先生）从思想、观点材料乃至行文遣句各方面都进行了不遗余力的指导。如果没有他耐心细致的指导并一再督促，本书如期完成是不可想象的。他还是本书各章节初稿的第一读者。得不到他的首肯，自己甚至没有信心往下写"。他对研究室的建设非常关心。退休多年，仍为清史室所主办的《清史论丛》审读稿件。我也不止一次听他谈起杨向奎先生"分兵把守"的治室经验——一个研究室，政治、军事、经济、文化等重要方面的研究不能有缺环，研究室人员要根据自己的爱好、特长，选定一个主攻方面，以求对一个断代能有全面、深入的研究。这个意见，对现在研究室的学术建设都是极有启发的。中国古代史是以断代史研究为基础来展开的。作为一个专业研究所，在研究人员编制较为充裕的情况下，如果某个断代的研究都集中在思想、学术、文化，而很少研究政治、经济、军事、制度，不能不说是一个很大的缺陷。

他也很关心历史所的建设。上世纪七十年代末历史所拟办《中国史研究》时，他就反对；他主张办一份能反映历史所的学术成果和研究水平的专业刊物。世纪之交，

《中国社会科学院历史研究所学刊》终于开始出版，这跟他多年的呼吁是分不开的。时任所长的陈祖武先生曾约请他担任即将面世的所刊的编委，但事实是他"名在孙山外"。这件事，何先生大概是不太愉快的，他在给某同事的公开信中提及此事："我为即将有所刊而高兴，出一本就有本所的一本成绩，将来有五本、十本就很可观了。至于当编委，我没有表态，我认为这是理所当然（不说天经地义），我不拒绝就够了。又不是征求我的意见，也不是什么天降大任，用得着我欣然接受，深表谢意吗？结果名单公布，贱名在孙山之外。我当然不能说是祖武要弄我，我只能认为林甘泉不喜欢我列名其中，或认为我不够格。我深幸自己在陈祖武约请我时没有表示受宠若惊，只当它反映一种事实，否则就表现太浅薄太丢脸了。"即使如此，我从没有听到过他的负气乃至怨怼之语。作为个案，这件事的真实原因已无必要深究，但以他的动辄提建议、提意见，好发议论、打抱不平的个性，我想他实在是应该属于不大受执事者待见的那类人吧。

当然，历史所的历史，毕竟是整个国家历史的一部分，更何况改革开放前的"学部"（中国科学院哲学社会科学学部的简称，即日后的中国社会科学院）与主管意识形态的中宣部的关系又是如此的密切。他给我讲过当年所科研秘书对学术研究的控制，讲过实际长期主持所务的尹达先生"鱼贯而入文坛"的名言……因此，将历史所的所史概括为"求真务实"，我想他是有微词的。对"所史"的认识，他是既不菲薄，也不美化，更不歪曲。在我所接触的历史所前辈学者中，我认为他是最为客观的一位。

何先生对老师极为尊重，且勤于拜谒。常常听他讲起有关他老师，如邓广铭先生、张政烺先生、商鸿逵先生、袁良义先生等的轶事。他到历史所工作后，又长期追随杨向奎先生，在学术研究组织工作如办室办刊等方面的认识都深受杨先生的影响。他先后写过一系列的文章来纪念自己的老师。他对前辈学者也极为尊重，如再三表彰孟森先生在清史研究上的卓越贡献，充分肯定陈寅恪先生对反清复明运动的研究。最令人感动的，我想就是他花大气力，对《柳如是别传》的校订。

陈寅恪先生哲嗣陈氏姊妹在三联版《陈寅恪集后记》中，对上世纪八十年代上海古籍出版社已经出版过的《陈寅恪文集》中所收各种，在收入新版时所做的工作，作过一个异常简略的交代："1980年出版的寒柳堂集，金明馆丛稿初编、二编，隋唐制度渊源略论稿，唐代政治史述论稿，元白诗笺证稿，柳如是别传诸集，此次出版时作了校对。"承担校对工作的是哪些学者、作了哪些校对，不得而知。《柳如是别传》是陈先生目盲后的巨著，而此前陈先生的研究工作重点主要是在中古史；主持上海古籍版《陈寅恪集》的蒋天枢先生亦不以治明清史名家，所以这部书在材料上存在着一些问题。上世纪八十年代，何先生曾写过《〈柳如是别传〉读后》，对陈先生晚年花极大精力撰著的这部难读的专著进行了中肯的评价，既揭示了该书的巨大学术贡献，也指出了在史料收集、解读方面存在的一些问题，实在可以作为这部书的导读来看。也许正由于此吧，三联书店在重新出版《陈寅恪集》时，何先生又将这部巨著细细校阅一过，订正了不少失误。也正因为何先生所做的这一工作，我虽早已购得上海古籍版的《柳如是别传》，仍然重购了三联版的这部《别传》。陈氏姊妹对校订者的态度，实在与其父陈寅恪先生相差甚远；陈先生在编订其《金明馆丛编初编》、再版《元白诗笺证稿》时，都特作"附记"以鸣谢助其校补者。

也许正是因为对受业老师、前辈学者所作的学术研究工作的尊重，何先生对整个清史研究史十分重视。他曾写过好几篇文章，从选题、研究方法、研究特点等多个角度，回顾和总结了清史研究的演变发展。比如，他认为孟森、朱希祖、萧一山、邓之诚等是第一代清史学家，商鸿逵、王钟翰、莫东寅等是第二代，郑天挺、谢国桢等是介于第一代与第二代之间的承前启后的一代；研究清史的方法或传统也不尽相同，孟森等重视正史，朱希祖等重视野史笔记稗乘，李光涛等则重视档案契约等（《悼念谢国桢先生》，《五库斋清史丛稿》，学苑出版社，2004年）。这样的归纳和总结，真可谓提领振裘，画龙点睛。对清史研究史的梳理，成为他学术研究工作的重点之一。

何先生称自己"好发议论"。比如，高校如火如荼展开学术量化管理之时，他就不无嘲讽地转述某先生的妙语，"中国人就喜欢多"。学术方面的议论，正可提高年轻人的学术鉴别力。对人事，也直言不讳。他曾言及八十年代的一起抄袭案。他说，只要是某人说的话，他就不信。但一旦涉及时政，则三缄其口，绝不乱说。一次，他戏谓我："你小子要活在五七年，早被批判不知道多少回了。"其实，倘若我生活在他所生活的那个时代，我也早就闭嘴了。在胡说与生存之间，我当然是会选择默而生的。他见我总是给领导提建议（不是意见），就劝我要少说；我说，我没恶意啊；他说，领导干部，就是喜欢听话的，老提建议，不行。他还常说，尹达老夫子说过，可以犯思想错误，绝不能犯组织错误。我觉得，何先生是真正了解"政治"的。

何先生很热心。中华书局在上世纪组织学者点校二十四史时，也包括了名列二十五史的《清史稿》，但与廿四史的处理略有不同，只标点而无校勘记。据当年参加工作的王钟翰先生说，原本是有校勘记的。中华书局启动二十四史及清史稿的点校修订工作后，何先生就热心地帮助中华书局推荐、联系点校者。我曾听所内其他前辈学者说，何先生很愿意替人看文章、修改文章，甚至热心地替人借书找材料。

何先生研究的一个重点，就是明清之际的政治史，即反清复明运动。清王朝得天下后，对这段史事颇多禁忌，相关史料有意无意多所湮灭，资料极少且极零散，即使在今天，许多书能够电子检索了，这个题目的相关材料也不是靠检索能收集来的。因此，研究这段历史，史料的收集颇难，辨别真伪、考证可信度则更难，不是简单抄录，将同类史料略加排比即可集事的。何先生长期致力于此，掌握的材料即使不是独步天下，恐怕也是最多者之一吧。也许正因为此，东北某高校的研究生作学位论文时，即公然抄袭他的论著。即使如此，泰州柳敬亭公园拟建中国评书评话博物馆，请他提供相关史料时，他也无保留地想把自己多年收集的史料贡献出来。他跟我谈及此事，我倒是劝他不必和盘托出，因为他正在撰写的一部相关专著，史料的排比、鉴别、考订正是其重要内容之一。他听后，略顿了顿，说，一个学者的水平，不仅仅在于收集史料的功夫，还在于分析材料、分析问题的能力；自秘材料，不是好学风。

我喜欢购书，更喜欢配书。一位朋友曾玩笑说，丛书内所收各书，原本多是并无关联的，何必非配齐呢。我却乐此不疲。在学术杂志或期刊中，我对有连续期刊号的杂志，基本不购置，因在图书馆极易找寻；我所措意的，是所谓"以书代刊"的重要杂志，如中华书局主办的《文史》、上海古籍出版社主办的《中华文史论丛》等。各断代史学会或一些研究单位所主持编辑出版的不少"论丛"，自不比出版社的实力，往往印数不多，配齐不易。我进历史工作后，很想配置清史室主办的《清史论丛》，但此时距第一辑出版的1979年，已有二十五年之久。当我跟何先生说起此事时，他马上将我久觅不得的第一辑赐赠。为此，我在1995年3月得到该辑后，写了题记："本论丛第一辑蒙何先生惠赠，第四、六、七购于西直门中国书店，第二、三、五、八及九二、九三年各本购于本所清史室，故幸而成全帙。"此后各辑，则蒙实际主持《论丛》编辑出版工作的李世愉先生惠赠。这部论丛，即使在历史所，除老辈学者外，拥有全份者，大概不会太多吧。

《五代会要》，中华书局据商务印书馆的《国学基本丛书》重印，是在上世纪五十年代；1978年，上海古籍出版社曾出过点校本，都已难得一见。一次，何先生问我有无此书，我说此书不易见，未能购置。他说，作唐史研究，怎么能没有这部书呢。下次上班，他送我一部。他的这部书是商务印书馆一九三七年印的《万有文库》本道林纸原版，有他购书时的题记："一九五九、六、七，地安门中国书店。"此次赠我，又特加题记，称："此书闲置近四十年，殊为可惜，今奉赠艳红弟存用，得其主矣。何龄修思冯甫，一九九六、四。"直到2004年4月，我才在灯市口中国书店遇到上海古籍出版社1978年出版的点校本。

"文革"刚结束，何先生返乡时，受领导指示，顺道了解《长江日报》报道的王素先生自学的情况。那时的王素先生想治明清史，于是何先生送了他一部道林纸本的《明史纪事本末》。后来王素先生考入武大历史系，随唐长孺先生治魏晋史，因专业不同，两人来往才渐少了。王素先生曾将自己撰著的《三省制略论》（齐鲁书社，1986）呈送何先生。此书印数仅1300册，且已印行十年，极不易得。一次何先生跟我聊王素先生早年的事，我便提及此书，称极不易见；何先生鉴于我学习唐史，便将此书慨然转送，并写道"转奉孟艳红弟存用，一九九六、五、三"。

三联书店委托何先生编集《孟心史学记》时，他让我从孟森先生的论著中收集一些"治史语录"，从其他一些学人的忆旧或日记中摘编"关于孟森先生的杂忆杂评"。在收集资料的过程中，我从《郑孝胥日记》、金毓黻《静晤室日记》等书中找到了一些学界尚存争议的有关孟森先生生卒年的资料。何先生知道后，立刻嘱我写成按语，争取将此事讲清楚。我以按语较长，附入似有不伦为虑；何先生说，"要写出来，你花了功夫，不能淹没你的工作"。他还在是书《编后记》中大费笔墨，强调我所作的点滴工作。其实，这项工作的发凡起例，完全是何先生；我只是他的指导下，按图索骥，做了一些力气活而已。

何先生曾对说："人都有浅薄之处，表现不同而已。"何先生不是圣人，但我总觉得，何先生是一位不大计较名利得失的脱离了低级趣味的正直的学者。在中国社科院这样的单位，这样的学者尤不多见。

编纂"大清史"，是通过两会代表提案的方式被提出来的。这个提案被转至历史所，要求历史所研究并提出处理意见上报，以答复提案委员。我记得历史所学术委员会为此专门召开会议，进行讨论。讨论的结果，是大家都知道的，没有否决该提案。但当时是有不少人明确反对的，何先生是反对最力者之一。此后"大清史"项目上马，据说主事者中一位何先生的朋友，曾几次请他出席相关论证会议，何先生都以自己反对此项目而婉拒；主事者称，"您来参加，就谈您的反对意见"（大意），但他还是没有参加。后来他应张玉兴先生之邀，审读了张先生所撰书稿；又应同事老友王戎笙先生之邀，帮王先生撰写了两条人物研究的概况。参与编纂"大清史"工作可获不菲津贴，了解何先生生活的人大概会知道，不积极参与这些工作，对何先生来说意味着什么吧。

无论是学术问题，还是学术活动，他都是少见的能坚持原则的学者。对清史室的维护、对《清史论丛》的维护，对清兵入关、李自成结局的争论，等等，他都从不骑墙、不含糊、不抹稀泥。

近二十年来，他在所里交往最多的年轻人，我是一个。我听他的谈话最多；无论是为人还是作研究，潜移默化，受他的影响最大，受他的提携和关照更不在话下。遗憾的是，我没有认真随他研习明清史，对他所研究的时代和题目，我懂得很少，因此我无资格来谈论他的学问和贡献（大概亲炙何先生之教多年的杨海英兄最有资格来说吧）。我只是想用这样语无伦次的简短的篇幅，谨为何先生八十岁寿！

谨记于2013年，暑中。2014年5月修订

题外的话：

小文原刊《清史论丛》2014年号（中国广播电视出版社）。这本以书代刊的出版物是杨向奎先生倡议，王戎笙、何龄修、郭松义、李世愉等几代清史室同仁付出了许多心血办起来的。自1979年创办以来，已出版了28本。前八辑由中华书局出版，后因经费紧张，台湾大学陈荣捷先生及辽宁古籍出版社资助，又出版了5辑。第14辑，改由河北教育出版社出版；第15辑以后，则在李世愉等先生的奔走下，改由中国广播电视出版社出版，基本保证了每年出版一辑。最近则在学科建设经费的补贴下，彻底解决了出版费用问题。

在创办《清史论丛》的同时，还创办过一本《清史研究通讯》，后转给中国人民大学清史所主办，这就是现在的《清史研究》。目前，随着创新工程的实施，中国社

科院又通过了新的学术考核标准，规定进入创新工程者，必须每年在核心期刊发表一篇论文。当然，核心期刊有一个名单；这其中有人民大学清史所主办的《清史研究》，而没有社科院清史室主办的这份《清史论丛》。二者的区别，不过是前者有刊号，后者无刊号而已。按照这一考核办法，清史室的同仁，就不能再给本所本室主办的《清史论丛》投稿，而只能给人大主办的《清史研究》投稿，这不是自己的专家学者，在给外单位及其所主办的杂志工作吗？这实在有些对不起苦苦支撑这个刊物、不致使她夭折的编者和作者。在全社会对学术量化管理多所批评、据说教育部已明确对量化考核要进行反省的今天，中国社科院却要"迎头补课"，真是匪夷所思。其实，学术刊物的重要，是因为它发表过的文章重要，是文章影响了刊物的重要与否，而不能反过来，认定刊物是核心，所以刊发的文章就重要。这个道理并不难理解吧。

　　谨借此小文，向《清史论丛》及其编者、作者致敬。

　　　　　　　　　　　　　　　　　2014年2月24日

陈智超先生八十华诞座谈会感言

题　记

2014年4月21日，历史所唐宋史研究室举办"庆贺陈智超先生八十寿辰"的座谈会。蒙主持其事的黄正建先生不弃，通知我与会，并告知届时陈先生会作"我的求索"的报告。

我是1994年7月入所工作的。此前，据我有限的知闻，似乎只给张政烺、胡厚宣、杨希枚、王毓铨、杨向奎五位老先生集体作过一次寿，《中国史研究》还为此特辟一期，作为贺寿之礼。那时，像陈先生这一辈学者，才刚刚退休，还正当年呢。

侯旭东晚我两年入所。那时，三十岁左右，是标准的年轻人。年轻，就不大安分。我们想组织一些促进所内年轻人学术交流的活动，于是，便以历史所青年史学沙龙的名义，请所内学者将自己已经撰成初稿的论文，拿出来进行讨论。我们还起了一个很堂皇的名字，"中古史研讨会"。讨论文稿是最主要的活动内容，其实形式也多种多样，比如侯公交游甚广，曾请不少学者来所作过报告。鉴于历史所跟高校不同，都是研究人员，甚少学生，所以一般我们都很无理地要求人家给我们提交一份成形的稿件，以期作一些具体而深入的交流。

混了若干年，进所时不到三十岁的我们，也渐进中年，或者美其名曰中青年，而我们刚入所时的中年学者，开始陆续退休。于是，我们就想在他们退休时，请他们作个学术报告，作为他们荣退的纪念。做得较为热闹一些的，大概是商传先生、吴丽娱先生和李世愉先生吧。我们一般都会先请他们的同辈学者或师辈学者先作一发言，意在告诉年轻后辈的学者，这位即将荣退的学者大致的治学经历、学术贡献。记得世愉先生荣退纪念，是请何龄修先生作的介绍。何先生极认真，拟了发言稿。的确，何先生的介绍极为精彩。

对已退休多年，大致是商传、李世愉这一辈先生的老师辈的老先生，我们也想作些活动，以纪念他们终身在历史所的学术工作。开其端的，大概就是何龄修先生。他七十五岁时，我们举办了何先生从事科学研究五十年的学术活动，请他作一报告，题目是《太子慈烺和北南两太子案》，这篇文章后来刊载于《中国史研究》2008年第1期。

临近陈智超先生八十华诞，我就听黄正建先生不止一次念叨过此事。他想继研究室庆贺张泽咸先生八十华诞座谈会之后，给陈智超先生也组织一次贺寿的活动。以陈智超先生的身体，以他一直在从事的薛居正《五代史》、《宋会要辑稿》的研究，我一直以为，陈先生会作一个学术报告。听到陈先生"我的求索"的题目，我仍然觉得，陈先生会谈他对这两部书的研究。揣着学习的心态来听讲，我丝毫没有想着自己会发言。

不料，陈先生"我的求索"，主要是谈他的人生经历和治学经历。这样的内容，当然不会持续很长时间。随后余下的不短的时间，就变成了每个人的发言。我还想，这实在是有些"本末倒置"——原本是应该请寿星老多谈的呀，结果却是我们这些后学在浪费时间。

发言顺序，除一位外单位的朱先生之外，我们大致是按年龄为序的。前面的前辈在发言，我却在暗暗发愁；毫无准备，自己实在不知该说些什么。特别是听完吴玉贵先生非常到位的总结，如陈先生坚实、深厚的文献学功底，超前的学术眼光（如早在上世纪八十代，就是水下考古、史料数字化等的积极的提倡者），还有呼吁用"抢救"的态度，采访像张政烺先生这一辈学者，以期为当代史学史留下珍贵的材料，等等，我就更愁。

轮到自己，我只觉得我的开场白最"精彩"。我说，先发言比晚发言好，越到后面越不知该说些什么了。随后的话，便是语无伦次，打发时间了。好在最后自己没有忘记祝陈先生健康长寿。会后，我才认真思考，补写了这样一篇文字，谨为老先生寿。

2014年5月8日

陈先生的学问、成就和贡献，在学术界已有公论，自不必由我这样的外行来饶舌。王力在给《古韵通晓》作序时，说做学问，一要有充分的时间，二要有科学的头脑；有充分的时间，可以充分占有资料；有科学的头脑，可以对所占有的资料进行科学的分析。我想，陈先生是两者都做到了。年轻时，虽然"运动"不断，但陈先生有祖父、父亲的长寿基因（对这一点，陈先生说，他的曾祖父享年不过四十多岁；早年陈援庵先生曾卜一卦，说他寿不过六十），又有超常的精力，从效率说，无疑更是增加了时间。陈先生早年在云南作科技工作，有着理工科的头脑，逻辑性极强，极有条理（这从他的《解开宋会要之谜》便可看出）。

我知道陈先生的大名，是在读大学的时候。他的父亲陈乐素先生、祖父陈援庵先生，是一个比一个有名的史学家。我老师沙知先生给我介绍入门书，首举《中国古代史史料学》（北京出版社，1983），封面署名中便有陈智超先生。上世纪八十年代，陈垣先生的旧著不断重印，我基本是见一本买一本；这时，也相继出版了《陈垣学术论文集》两集，其中的第二集，还是托沙知师代我在王府井的中华书局读者服务部购得的，购书发票至今还夹存在书内。这部书，是陈智超先生整理的，他写有《后记》。这时，我还买到薄薄的一本小册子《陈垣史源学杂文》（人民出版社，1980），不用说，整理者也是陈智超先生；他写了不短的《前言》。我斥"巨资"购置的，大概要算《道家金石略》（文物出版社，1988），琉璃厂莱薰阁，售价四十五元。陈智超先生在陈垣老先生的基础上，作了大量增补。就是这几部书，我对陈智超先生有了不能算少的了解。

我进所工作时，陈先生大概是刚刚退休，但还在返聘。又过几年，便完全退休了。退休，是个年龄限制，这并没有妨碍他的研究。我们研究所，他们这一代的学者中，不少人的研究成果都是在退休后完成、出版的。他们毕业于五十年代，出了校门，基本没有一天安生过。不断的运动，一个接一个，很少能有时间，更不可能从容地读史书；再加上大量的集体工作，更使他们不可能做自己的研究。中国文史研究，除少数基础性的工作，如点校廿四史、《资治通鉴》，编纂历史地图集、编集史料集等，需要大家群策群力、通力合作之外，大量的或绝大多数的深入研究，都只能是个人的工作。这跟每个人的爱好、擅长密切相关。这是这门学科的特点所决定的。他们到退休后，才算是真正有了自己的时间，才算能真正进行自己的读书、思考和研究。当然，也有些学者，退休就休了，将书卖个精光，颐养天年了。这也无可指责。研究，说到底是自己的事，有兴趣、有水平、身体允许，自然可以多做；做出来的成果，都是自己的，这是奠定自己在学术界、学术史上地位的东西，与他人无关，与各种待遇无关。况且，读了一辈子书，身无长物，百无一用，除了读书，还能做什么呢？明人说，不为无益之事，何以遣有涯之生。读书，实在是消磨时光的最有意思的方式。

有幸与陈先生较多接触，还是他受委托整理钱镜塘藏明代名人尺牍。据陈先生的老友何龄修先生说，陈先生精力极旺盛，办事极认真且极有效率。何先生举了他们合作时读校样的例子，说经陈先生读过的，几无错字。那时，陈先生跟何先生念叨，想找一位年轻人帮他点小忙，顺便也能带带年轻人。我入所后，跟何先生交往最多，何先生就向陈先生推荐了我。我一听，当然十分高兴。何先生见我很高兴，又赶忙提醒道，陈先生还会跟我聊一聊，再定。我想，这主要是想看我能否胜任吧。

一天，陈先生约我来所"考试"，大致问了我一些有关明代工具书及其使用之类的事。我读大学，何聪老师给我们讲"史部目录学"，很重视文史工具书；一入大学，我就买过一本吴小如、吴同宾编撰的《中国文史工具资料书举要》（中华书局，1982），没事就常翻翻。所以，我读的书很少，但书名却知道一些。大概陈先生认为我还能帮上点忙吧，我最终被"录用"了。其实，整个工作，我做的工作十分有限。查日记，2002年4月10日：

> 听何先生说，陈智超先生对我的工作颇有赞辞。但也许他看了我周二给他的东西，他会对我不以为然，有些东西我未能查出也。

5月8日：

> 一天都在人大图书馆帮陈智超先生查明代方志史料。

5月10日：

> 连着三天都在人大旧馆翻检方志。今晚查几条陈智超先生的要求，同时翻看了《万历会计录》。将《两浙名贤传》编一较详细页码，以便查找。

这一工作持续了数月吧。大概是陈先生提供线索，我按图索骥给他查核相关材料（上引疑有笔误的日记"今晚查几条陈智超先生的要求"云云，即此意吧）。我也记得陈先生给过我一些信札的照片，我好像也费了九牛二虎之力，释读了几封。但我大概没有独自完整地考释过一封信。只记得有一封信，我标出了写作的时间。陈先生问我为什么定在这一年，我左思右想，有点窘迫。他见状，忙安慰我，说我定的这个年份是对的，他只是想知道我的逻辑推导过程。这部书后来出版了，很贵；陈先生特意将考释的一校样复印一份送给我，方便我查阅。当然，还给了我不菲的酬劳。

这时，我刚搬进双榆树东里九号楼，塔楼的"两室无厅"——长条状的一间房子装书，有了一个从所里买的很大的写字台。我至今还能想起坐在书桌前左翻右翻，摆弄这些照片的情形，颇惬意。这以前，我是在饭桌上看书的。

就是这个时候开始，陈先生几乎是每出一部书，就送我一部。最早的一部，就是他刚刚出版不久的《美国哈佛大学哈佛燕京图书馆藏明代徽州方氏亲友手札七百通考释》（安徽大学出版社，2001）。这部书的定价（一百九十元），比我当时半个月的工资还要多些。最近的一部当就是刚刚出版的由他整理编集的陈援庵先生的《中国史学名著评论》。

历史所的学生很少，大家都是同事关系，虽然从年资、从学问，有前辈与后学的区分，但所里的老辈学者，对后学都很客气、很尊重（也偶有对新入所的年轻人指手画脚，路上遇到，便叫过来要传授治学经验的人，但很少）。这有好处，也有坏处。好处是各做各的，不会受到很多的干预；缺点是后学不主动求教，前辈也很少会主动教示。至少我在所里工作的这二十年，我所接触过的这些老辈学者中，很少有摆老师或前辈状，教训甚至呵斥后学的。

陈先生这一辈人，是历史所的老人。历史所创办不久，他们就分配来所工作。陈先生不仅极为平易近人，从不摆老师的架子，而且对后学的质疑甚至批评，虚怀若谷。

2002年11月，暨南大学举办纪念陈乐素先生百年诞辰学术研讨会。我写了一篇讨论《建炎以来系年要录》这部书的"原名"问题的小文。这个问题并不是我发现的，而是已由陈智超、梁太济两位先生作了许多的深入探讨和研究；我不过是抹抹稀泥，用古书大题、小题的题名方式来再作一个臆测而已。据说，梁太济先生看了，戏谓我是"各打五十大板"；陈先生后来又写《四论今本〈建炎以来系年要录〉的原名——史学方法论个案》（《中国史研究》2009年第1期），说"孟彦弘学弟发表《今本〈建炎以来系年要录〉的"原名"问题》，倾向于梁太济的论断"。大概我对陈先生的质疑更多一些。写这篇小文的时间，大致正是帮陈先生查检钱镜塘藏明人尺牍的相关资料的时候；我跟陈先生谈到过其中的一些意思，陈先生当即鼓励我写出来，"有不同意见很正常啊。写出来"。小文草就，即呈他指正，他虽然不同意我的意见，但也不以为忤，鼓励我携此文参加纪念陈乐素先生百年纪念学术讨论会（会后，小文被收入了会议论文集中，但我附加的"后记"不知何以被砍掉了。文中涉及的一些宋代典制如指挥等，我弄错了，蒙梁太济先生开示，才得改正）。陈先生的确是一位有学术胸襟的学者。

会议期间，他特意找来车子，带历史所的与会同仁到新会参观陈援庵先生的故居，还特别让我们参观了厓山。南宋被元军击败后，陆秀夫就是在这里背着皇帝蹈海的。

这次会议，我一直随侍陈先生和何龄修先生。他俩在火车的一段聊天，最令人忍俊不禁。记不得是去穗还是返京，他俩坐软卧，我就从硬卧蹭到他们的包房里来待着。午饭时，何先生从塑料袋里拿食物吧，突然感慨地对陈先生说，"你说这塑料的发明，是功大于过呢，还是过大于功呢？它的确给我们的生活带来了很大方便，但不易降解，也造成了白色污染啊。"陈先生说："那还是功大于过。"听着两位老人的对话，我就直想乐。"评价"，在他们的史学研究中是占有相当地位的。可细想，塑料已经发明了，不论是功大还是过大，造成的便利和麻烦都是"已然"了，我们已无可选择，这又不是发明塑料时进行论证。

两三年前，社科院资助老学者出版他们的学术论文集。陈先生选出论文，拟以《陈智超历史文献学论集》为题，申请资助。格于条例，必须有同行写推荐意见。一次返所，陈先生找我，命我写一份。我一听，诚惶诚恐；陈先生是老前辈，我是后学，我哪里有资格写呢。陈先生听了，笑着幽默地说，"我这把年纪，要找一个老师辈，去哪儿找啊。不用客气，就请你写了"。他认真地将书稿的前言、目录等相关材料都替我复印了一整套。我想将这篇读后的心得体会附在这里，谨向陈先生表达后学的敬意。

陈智超先生是著名的历史文献学家、宋史学家，以《宋会要辑稿》的研究、明代徽州方氏亲友手札的考释等论著蜚声海内外。特别是对《宋会要辑稿》的研究，曾得到现代宋史开山学者邓广铭先生的盛赞。所著《美国哈佛大学哈佛燕京图书馆藏明代徽州方氏亲友手札七百通考释》（安徽大学出版社，2001年）获本院第二届离退休人员优秀成果奖专著一等奖，《陈垣<元西域人华化考>创作历程——用稿本说话》（国家图书馆出版社，2008年）获本院第四届离退休人员优秀成果奖专著二等奖。

陈智超先生既有断代史的专深研究，又有历史文献专门史研究的广阔视野，因此他对历史文献的研究的广度和深度，所取得的丰硕成果，都是历史文献学界所罕见的。纵观他的历史文献学研究，可以看出有以下特点。

第一，他的研究范围很广，从横向上看，举凡诗文集、政书、金石、正史以及与历史文献有关的学术史，都作过精深的研究；从纵向上说，研究涉及从五代到清初的历史文献，时间跨度甚长。这样的覆盖面，保证了他对中国历史文献有一总体的认识和把握（特别是在宋以后，历史文献汗牛充栋，做到这一点，相当不易），同时，他又具有辽宋金断代史的功夫，这使他在研究具体问题时，能左右逢源，故多能作发覆之论。

第二，他的研究特别重视逻辑，论证问题能环环相扣、层层剥笋，加上他所掌握的丰富的史料，这使他的结论具有极强的说服力。这一点，突出地表现在他对《宋会要辑稿》的研究、对明代徽州方氏亲友手札的考释中。

第三，他的研究善于掘发问题的关键点，常能切中肯綮，并由此而推动了问题的深入。比如，对通行本《宋会要辑稿》的研究，就是因为他发现了《永乐大典》对所收书只有分而无合这一重要特点，并充分利用了《永乐大典目录》、徐松在命书吏从《大典》里钞出《宋会要》时所标注的《大典》的出处，对通行本《宋会要辑稿》进行了尽可能的复原研究，从而使学界对《宋会要》有了更深入的认识。再如对辑本《旧五代史》的研究，为了充分利用《册府元龟》，他提出了"标准本"的概念，以期能鉴别未标出处的

《册府》所收录的《旧五代史》。

第四，他对新史料有极强的敏感性，特别善于发掘新材料。这突出地表现在他对海外所藏稀见资料的掘发、整理上。如，对旅日高僧东皋心越的诗文集、旅日高僧隐元中土来往书信集的整理，以及对哈佛所藏明代徽州方氏亲友手札的考释等，都是因他的掘发、表彰、整理而为史学界所熟习，并得以充分利用的。

第五，他对历史文献学的研究方法极为重视，这不仅表现在对具体某类史料的整理时所概括出的具体的方法（比如对书信整理概括出了认字、认人、认时、认地、认事的"五认"，为今后信札的整理提供了"通例"），同时对历史文献学的理论建设也极为重视，进行了许多极具深度的思考，这无疑会大大推动历史文献学的发展。

他的一系列论著在学术界有着广泛而深刻的影响，但遗憾的是，这些论著散见各处，学者搜寻不易。现有机缘结集刊行，为后学的学习、利用提供了极大的便利，可谓有功于学界。同时，历史文献是与中国历史并列的一个二级学科。本论集的出版，对本院乃至全国历史文献学科的建设，必将起到极大的推动作用。

陈先生是我的师辈。他的许多著作，一直是我们学习、研究历史文献的必读论著。作为后学，我本无能力和资格给这样学术成就卓著的前辈学者写所谓的推荐的意见。所谓推荐，正是给了我一个重新全面温习的机会。

记吴宗国先生

——恭贺先生八十华诞

吴先生是我的恩师。

我本科在中国人民大学历史系读书。那时的人大历史系，中国通史讲两年，其中近现代史讲一年、中国古代史讲一年。古代史是几位老师按断代拼接着讲的，原始社会史，黄崇岳先生；先秦和秦汉史，郑昌淦先生；魏晋南北朝史，马欣先生；隋唐五代史，沙知先生；宋辽金元史，金文发先生；明清史，毛佩琦先生。一九八八年，我本科毕业，继续在系里随沙知先生读书。但系里给研究生开的专题课很少，我只记得周继中先生讲过监察制度。这门课排在下午，周先生几乎每次讲课都是微酌后红着脖子来讲的，所以印象格外深刻。研究性的课，大概就是韩大成先生讲的明代史料学了。鉴于这种情况，沙先生建议我到北大历史系旁听。我就是打着沙先生的旗号，找到吴先生的。

那时，吴先生正在担任北大历史系中国古代史教研室的主任。古代史教研室主任的主要工作，是不是就是给相关老师排课，我不得而知，但每学期新课表下来，吴先生都告诉我，有哪位老师、在哪个教室、讲什么课。那时不像现在，这类课程安排，能上网供人任意浏览；外校学生如果想了解这些详细情况，没有"内线"，绝无可能。关照我的，不是同学，而是身为教研室主任的吴先生。

有吴先生的关照，我听遍了历史系当时还在开的几乎所有中古史的课。我1994年毕业分配到历史所工作，次年，真正北大毕业的陈爽兄也入历史所。我们常常在返所时胡聊北大历史系的掌故和八卦，比如当时久播于学生之口的对中古史三位先生的"概括"，即王永兴先生是封建地主阶级史学家，张广达先生是买办资产阶级史学家，吴宗国先生是马克思主义史学家之类。同仁很奇怪，陈爽兄玩笑说，我听北大历史系的课比他还要多。

读研究生期间，我在人大听的课极少，但学分是需要修满的。这就很麻烦。如果要北大给我出学分，那北大历史系就要跟我收钱；如果不能拿到学分，我又不能毕业。我把这个苦恼告诉了吴先生。吴先生给我出了个主意，把我在北大听的课，算作是外请老师到人大讲（现在才知道，沙先生赴英国期间，七九级的隋唐史课，就是请吴先生来人大讲授的）。具体操作，就是把人大历史系研究生修学分的登录表，交给吴先生；吴先生填上相关课程，并请授课老师签名，交给我，我再交回人大，算成我的学分。如果没有吴先生"滥用公权",我真不知道自己的学分如何修满。

正因为有吴先生的关照和提携,我蹭了那么多课,不仅从来没有发生过听某门功课被责问、被轰出来的情况,而且我每每反客为主,表现得比本系的学生还要张狂。

吴先生为了让各个断代的研究生对中国古代史能有更直观、更深入的整体认识,而不会仅仅局限于自己所学的那个断代,培养学生的"历史感"(吴先生常讲,每门学科的研究者都应对这门学科有一个直觉的感受、认识和把握。研究物理,要有物理感;研究历史,也要有历史感),同时也为了让学生对学术界的情况能有更多的了解,第一次在系里为中国古代史的研究生主持开设了"中国古代史研讨"的综论课。大概因为刚留系教书的丁一川、陈苏镇两位青年教师的课时不够,他就请他们两位作这门课的助教。当时主要是选一些中国古代史上的重要问题,先让同学们熟悉相关学术界的研究成果、核查相关原始史料,然后写成初稿,组织讨论;有时也会请系内外的专家学者作报告(日后大概后一种形式较多,我们那时却是以前一种形式为主的)。我后来发表过的一篇讨论农业文明向工业文明过渡的所谓史学理论的文章,最初就是这个课的作业,在这个班上讨论过。日记1989年3月17日:

> 今天下午到北大上课,该我讲,题目是《中国没有从农业文明过渡到工业文明的原因》。似乎很得

意。……吴宗国先生作了总结。

作为旁听生，按理说，我应该缩着点。但事实，完全相反，几乎是每课必发言、发言必争辩。有一次讨论什么问题，跟瞿剑兄争执了起来，瞪着眼睛，脸红脖子粗。现在想来，实在是够招人烦的。绝大多数的争论，是对方不愿理你了，不是你真的把对方说服了。争论，其实是给第三方听的。有名人说，上帝给人两只耳朵、一张嘴巴，就是要人多听少说的。我常自嘲，自己耳朵背，听得少、吃了亏，只好多说一些来弥补；我如果能管住自己的嘴，早就当上领导了。其实，说到底，不过是自己爱出小风头而已，浅薄之极。

在确定硕士学位论文时，我也常向吴先生请教。如，日记1990年4月27日：

> 昨天到北大上课，和吴宗国先生谈及论文事，极有启发。

9月28日：

> 下午到沙知先生处，谈及论文，说我下论断太过武断，太过绝对。……关于论文，很想请教一下吴宗国先生。

其实，从跟吴先生上"中国古代史研讨"课开始，吴先生就一直对我多所鼓励。最后一学期，沙先生应孟列夫的邀请，到圣彼得堡读敦煌卷子。临近学校规定的论文答辩的最后期限，沙先生回来，给我组织答辩。这期间，正是论文修改、定稿的关键阶段，因沙先生不在家，我主要是向吴先生请教的。我对唐代的藩镇问题感兴趣，选定的毕业论文题目是唐代的宣武军；吴先生总是提醒我，要注意徐州、注意张建封；不断启发我，眼光要突破自己所研究的汴梁。我在论文中提出，唐后期中央对江南要实现控制，就要先控制住运河沿线藩镇；我概括为"节级控制"。这个认识，就是吴先生不断提醒、启发的结果。

1991年，我硕士毕业。我一毕业，沙先生即办理退休手续。

我想考博士。

现在北京的学术界，各单位治唐史的学者似乎比其他断代的学者为多。物以稀为贵，多了，就不值钱了。念唐史而想调个单位，大概都比较困难，因为哪个单位都不缺这个断代的人。那时学唐史的人不少，但指导唐史方向的博士生教师却并不多。北大历史系，指导唐史的老师是张广达先生；他在那场风波后，不得已滞留海外。中国社科院，有张泽咸先生，那年好像没招生。北师大的何兹全先生，虽主要治魏晋南北朝史，但也指导唐史方向（宁欣先生跟他读在职博士，作的就是唐史论文）；我也到何府拜谒过，但那年好像也不招。那年招隋唐史方向的，只有北师院的宁可先生。我最后选定报考的学校和导师有两位，一位是北大历史系田馀庆先生的魏晋南北朝史，另一位就是北师院历史系宁可先生的隋唐五代史。其实，在此

之前，我曾想考政治制度史的博士生。日记1989年11月
25日：

> 昨天中午碰到吴宗国先生。他告我说，祝总斌先
> 生和他申请的政治制度史的硕士生点批了下来，博士
> 点可〔晚〕些批下，看来我退路又有□□。

末二字，实在潦草，自己都已认不得；所谓"退
路"，是指我硕士是定向生，只有考博士才能改变这个
"身份"。遗憾的是，一年半后我毕业，这个博士点尚未
被批下来。

北大的考试、招生都进行得较早，好像是三月份。北
师院考试是在六月份。考田先生的魏晋南北朝史，名落孙
山，于是背水一战，全力备考北师院。

那时，宁先生是敦煌吐鲁番学会的秘书长，秘书处设
在北师院；沙先生家住城里，为学会一些杂事，有时命我
到师院跑跑腿。这种机缘，使我有幸拜谒宁先生，并向他
表达了想报考他的博士研究生的愿望。

报考前，适逢沙先生远在俄罗斯，所以，一切推荐信
等，都是请吴先生给我写的。推荐信中有一项，是说推荐
者与被推荐人之间的关系，我怯怯地问吴先生："这该怎
么填？"吴先生扫了一眼，说："当然是师生关系嘛。"
我听了，心里一阵温暖。

那年报考北师院的有两位，另一位是任教于温州师院
的吉成名兄，研究唐代盐业经济，已有论著发表。考完之

后，吉氏总分比我高23分，我通史和隋唐史两门，高出吉兄这两门21分。这样的分数，使我极为忐忑；哪一位被录取，都在情理之中。论总分排名，可取吉兄；论通史和专业课，我考得似乎又稍好一些。那真是有在火上烤的感觉。随后，就是面试。面试时，宁先生住院，由蒋福亚先生主持，再向宁先生汇报，决定去取。

我入学后，一次到蒋福亚先生家上课，他问起我跟吴宗国先生的关系，并告诉我，为我入学事，吴先生特意给他打过电话，极力推荐我，说我知识面较宽、勤于思考、有培养潜质，等等、等等。我听了，真是感激莫名。这些事，吴先生从来没有给我提及；我也不知道他与蒋先生有如此交情，否则我早就请他帮忙了。吴先生对学生的提携、关照、帮助，犹如家长对自家的子弟，从不会因为顾及自己的身份、地位等，便迟疑、推脱甚至袖手旁观。

如果用一句话概括吴先生，我想没有比"忠厚长者"更确切的了。不计名、不计利，提携后学、宽厚待人，在吴先生那儿，是真正做到了的。石云涛兄受基金资助，出版了一本讨论唐代藩镇幕府的书，请吴先生作序。前辈作序，当然是以鼓励、奖掖为主。荣新江先生约我写一书评。平心而论，石兄是有心得之见的，但写得实在是芜杂，有用没用的材料，大段大段抄录，堆在一起；倘能砍掉一半，一定会更精彩。于是我在写书评时便颇多苛刻之词。写成，交荣老师；荣老师说，约写书评，想怎么写，是书评者的权力，他不干涉，但他提醒我，这书是吴先生作的序。他要求我改，改得平和一些。我虽然改了，但那时心里仍是气鼓鼓的，当然不会改到位。过了些时日，《唐研究》印出来，一看，才意识到自己确实有失厚道。于是，约了陈爽兄，到蓝旗营吴府登门谢罪。吴先生见我们来，很高兴。坐了一会儿，我才很有些不好意思地吞吞吐吐说明来意。吴先生一听，反倒劝起我来，让我不要多想，全然没有令他难堪的不快。

吴先生终生治唐史，尤以研究制度史名家。他关于科举制与唐后期高级官僚世袭的论文，充分显示了一个历史学家的专长和睿智。这大概是治文学史而考订科举制的学者所做不来的。他的治学特点、学术贡献，应有专文来探讨。

现在的师生关系，似乎严格限定在研究生；只有当了研究生，才能算登堂入室，得列门墙，似乎连本科听过课都不算了。用这个标准，我只能作吴先生的私淑弟子。如果从听课、从受教、从学业影响、从蒙受提携来说，我完全是吴先生的学生。1991年10月初，我返乡结婚。返京后不久，即拜见吴先生。日记10月21日：

> 上午到吴宗国先生处，给他送喜糖、喜酒。

是什么糖、什么酒，日记没记，我也全然忘了。想来也不会是什么好糖好酒。我硕士研究生论文答辩，沙知先生请吴先生作答辩委员会主席；用北大学生习用的说法，吴先生是我的座师。我想用这样的一篇不像样的文字，恭为吴先生八十华诞寿！祝吴先生身体健康，万寿无疆！

　　2014年5月10日，参加于人大国学院举办吴先生八十华诞贺寿会后作

杂　感

"学术批评"议

　　最近，我发表了《〈全唐文补编〉杂议》，主要是对陈尚君先生所编撰的《全唐文补编》与《全唐文》作了核对，将重出之篇，列为一表，以方便大家使用，同时，也略作议论。小文发表后，蒙读者不弃，有所转发和评论。其中，网友@考书阁君评论称："陈尚君做的问题尚且如此，二十四史重订又能订出个什么结果，真是让人有想都不敢想的可怕。"其实，古籍整理的问题固然不少，但不必如此悲观，更不必"推而广之"。因此，我读后，即在其下引余嘉锡先生的一段话，发了几句议论。不知何故，这段话不翼而飞。此后，也有朋友戏言，说我是盯上了陈尚君先生。其实，陈先生的学问及学术贡献，在学术界早已有定论；小文也不是对陈先生学问的评价（我也远没有这样的学问和能力）。不过，我也想借此对所谓的学术批评发几句议论，与同仁共勉。

　　余嘉锡先生的《四库提要辩证》是专门针对《四库

总目提要》而发的。在此书的《序录》，他曾说过这样一段话：

> 余治此书有年，每读一书，未尝不小心以玩其辞意，平情以察其是非。至于搜集证据，推勘事实，虽细如牛毛、密若秋荼所不敢忽，必权衡审慎，而后笔之书。一得之愚，或有为纪氏诤友者。然而纪氏之为提要也难，余之为辩证也易，何者？无期限之促迫，无考成之顾忌故也。且纪氏于其所未读，不能置之不言，而余则惟吾之所趋避。譬之射然，纪氏控弦引满，下云中之飞鸟，余则树之鹄而后放矢耳。易地以处，纪氏必优于作辩证，而余之不能为提要，决也。

这段话说得极为中肯。我的学问，远不及余先生于万一；我就《全唐文补编》所做的工作，也不过是翻书检核而已，一力气活也，绝然谈不上学问。对陈先生的这一工作，我也没有作整体的评估——我本想统计一下，该书引用了多少篇墓志、多少篇敦煌吐鲁番文书、多少篇零句（拟将两行以下视为零句）、有多少篇是从习见如两《唐书》、《资治通鉴》等史书中摘出，等。此事本来是在高考结束后，让小女承担，不料她做了一星期，便推三阻四，不肯再做下去；我也懒得动手，于是作罢。因此，小文不过是通过标出与《全唐文》的重出，使大家在使用《补编》这部分材料时，仍要注意与《全唐文》相关篇目的比勘。

当然，在比勘的过程中，《全唐文补编》也确实胡翻了一遍；就直观的感觉而言，我推想陈先生大概有"贪多"之念。比如，墓志、敦煌吐鲁番文书，完全可以摒而不录，因为唐代的这两类材料，数量极大，且几成专门之学。特别是当周绍良先生主持编撰的《唐代墓志汇编》刊布后，更要"急流勇退"，将墓志一类尽数删去（将来可专门作墓志的补辑）。这一点，不仅表现在《全唐文补编》，也同时表现在《新五代史新辑会证》（复旦大学出版社，2005）。在我看来，后者已远远突破了对原书进行"辑"的范围，变成了以《册府元龟》为主的五代史料的汇编（关于此书，将来有机会再详细谈）。

从前因为肆口批评一位朋友的论著，引起朋友的反感，我曾为此写过一段话：

> 面对批评或商榷，原作者常常会认为批评者或商榷者没有读懂乃至误解了自己的文义，而批评者或商榷者又往往从自己的认识或逻辑出发，认为自己已经理解了原作者的精义。解决这一争执最好、也是最为恰当的方法，就是请学界同仁来评骘；双方文章都已发表，已成公器，正可作为他人研究相关问题的线索。

> 其实，论著已经发表，其学术水平和学术价值自会有学界公论，原不必理会书评。如果论著价值不

高，即使某书评将其评价得再高，也不会提升论著本身的学术价值；如果论著价值甚高，即使某书评刻意贬抑，不仅不会掩蔽论著本身的光辉，相反它只会彰显评论者的无知和无识。

我在《〈全唐文补编〉杂议》之末，也说过类似的一段，称：

编者曾就《全宋诗》的编纂情况发表过意见，指出"以专治一人一书的态度来评价这些大书，显然有失公允，希望严厉的批评者能站在编修者的立场上予是谅解和宽恕"；"应该理解此类大书编纂的过程和方法，不要轻率作出过分的非议"。要求批评者"站在编修者的立场上"，也许批评者不易做到。比如，就敦煌吐鲁番文书来说，编者一方面说，这已各成专学，补全文者一般可不必采及，但事实上又多所采录，虽然编者可将其采录者视作"少数特例"，但于我了解编者的立场而言，终究有些无所适从。其实，在我看来，批评者既可以也需要站在编者的立场，了解编者的逻辑，同时，应该且必须跳出编者的立场，能站在旁观者的角度，客观、冷静地审视编者的工作。无论是编集者还是批评者，都是学术工作和学术积累的一部分，都要接受学术史的检验。缺点和错误，不会因不予指出而消失；贡献和光芒，也不会因不当批评而被湮没。这是批评者所差可自慰的吧。

如此喋喋不休，无非是想说，第一，批评与原著并无关系；第二，批评者并不比被批评者高明，事实常常是相反。批评或指摘，诚如余嘉锡先生所言，是"树之鹄而后放矢"，这要比学术创作容易得多，正所谓"说比做易"也。因此，千万不要读了批评的文章，便过度引申，以为被批评的著作毫无价值或价值不大，更不能进而引申到怀疑原著作者的学问和水平。此可引贺昌群先生对唐长孺先生的批评为例。

五十年代，唐长孺先生出版其《魏晋南北朝史论丛》后，汪篯先生大概发表过书评，对此书多所称赞吧；贺昌群先生为此写过一篇《对汪篯先生〈评魏晋南北朝史论丛〉的意见》（《贺昌群文集》第三卷，商务印书馆，2003），以唐先生的兵制研究为例，认为"烦琐的考据多于问题的分析"，"这一系列的问题，唐长孺先生在这本书的有关文章里，都不曾从历史发展上加以分析或解答，这是令我们对这部书感到失望的地方"。"唐长孺先生过度地使用许多烦琐的考据，反而失掉了本文中考据的正确性，许多处考据，其实是可以删减的。"固然，贺先生的批评，有浓厚的时代背景，但这些批评也未必完全由时代所致。学术史已经证明，唐、贺两位，都是治中国中古史的大家。这些批评是否中肯，也只有学术史能证明。

其实，一切，都要以学术史的评判为准。

就历史学而言，评论或书评，不可能像文学评论那样，脱离开文学创作而发展成为一门独立的学科。最多，它只能成为史学史或学术史研究的一个部分。历史研究要受制于材料，再好的想法、再高明的意见、再高瞻远瞩的指引，如无材料支撑，一切都只能是个泡，在阳光下很炫目，终究会破。好的史学理念，要化为对学术研究的切实的指导，还必须有示范性的作品；没有示范性的作品，任何高明的史学理论都只能是空中楼阁。

2012年5月28日

学术刊物的匿名审稿制

现在一般的专业刊物，可能大多实行匿名审稿制。这与从前主要由编辑部来决定稿件的使用与否，是一大进步。请专家匿名评审，首先，所请的人必须是"专家"；其次，从理论上说，应当至少同时请两位专家，如果两位意见不一致，则请第三位，以最后决定采用与否。但这里也有问题。正因为所请的是研究这一领域或这一方面的"专家"，这些专家便有太多的自己对这一问题的认识。所有的认识都是主观的；对与自己不同的认识，专家难免会认为该文不值得发表，有时还会有较为严苛的批评，甚至情绪性的评价。这一点，是匿名评审无法避免的，就像一张纸的正反面。好在，天下不止一份刊物；这家刊物不用，可另投别家。是好文章，终究不会被淹没。

从评审专家的角度来说，他一定要尽量克制自己的情绪化的评判，尽量把自己放到一个中立的立场上来看这篇与自己研究息息相关的论文，虽然这很难完全做到。但是，他的审稿工作是编辑部聘请的，他只对编辑部负责；即使他说了过分的话，也是在编辑部说的，具有隐秘性和私人性。我们也不要将某些专家在审稿时的情绪性话语视作"语言暴力"，因为如果编辑部不将这些过激话语原封不动地转给作者，则专家是欲施暴而不得的。直接对作者负责的，是杂志的编辑部。作者在收到退稿通知后，可向编辑部询问专家的审稿意见，编辑部也有责任将此意见转达给作者。但是，编辑部在转达专家意见时，应该将其中一些情绪化的话略加删削，将实质性的意见转达即可。

有时，专家的审稿意见会因某些偶然因素被作者知悉，甚至被公布。这既给审稿专家提了醒——在审稿时，一定要注意自己的表达方式；同时也给编辑部敲了警钟——在向作者转达专家审稿意见时，一定要注意方式方法。至于有的学者认为："讨论匿名评议如何进行，评议人如何对编辑部和作者负责，尤其是，在学术腐败沛然不可抵御的当下，同为学者的评议人的学术良知如何确立，是一个严肃的问题，在目前和今后相当长时期内都具有普遍意义。"恐怕有些言重。第一，评议人只对编辑部负责，不对作者负责。第二，评议人表达不当，与学术腐败无关（我想评议人不会是接受了编辑部或某人的贿赂才会作出如此评议的吧；行贿者怎么知道某作者要投这一刊物而不是别的刊物，又怎会知道编辑请的是这位专家而不是别的专家。至于编辑部，倘若认为不合发表，退稿即可，何必要多此一举。因此，我想，这充其量是学霸，而非腐败）。第三，学术评议，确实应秉持学术良知，但"良知"颇难界定，过甚则易流于诛心；更重要的是，用"良知"无法解决问题——只有从制度入手，如编辑部应如何遴选专家，如编辑部应同时请两位甚至两位以上的专家同时进行匿名评审，如定期公布审稿专家的名单（当然不能公布哪位专家审的是哪篇稿子），等等，才是减少此类问题的有效途径。

人文学科的学术评价比较复杂。一方面，大家见仁见智，某公认为某文好，某公又会认为此文乃一派胡言；但是，另一方面，绝大多数的学者对绝大多数的论著的评价又有高度的趋同性。我想，这有一个过程吧；在这个过程中，会有争议，但也正是在这一争议中，评价才得以逐渐趋同。撰写了好文章的作者，大可不必担心自己的好文章会被淹没吧。

其实，在我看来，目前学术期刊真正存在的问题，不是实行匿名专家审稿带来的问题，而是不少学术期刊不实行匿名审稿，使稿件的使用与否完全操之于编辑的问题。现在，单位的评价体系，是认刊物、认字数，而不认文章本身，使这一问题人为地变得更加严重了。所以，才会有学者戏称，教授的职称是编辑给的。当然，国内学术刊物的编委会多是摆设，并不真正承担审查、讨论稿件的责任。也许，学术刊物的编委会负责制要比目前普遍实行的主编负责制更好一些吧。

2008 年年末，有感于某教授就专家匿名退稿意见所发议论而发的议论

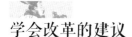

学会改革的建议

敬启者：接N先生来信，通知开会，谢谢，谢谢！在理事中，我不过刚刚挤进来，资历为零，本无资格就学会事胡说八道，但想到机会难得，于是老调重弹，祈各位见谅为幸。

在刚刚结束不久的T史学会年会召开前，我曾就学会改革事，向几位先生建言，现在不过是重新复述。

一、建议考虑理事会的性质，以及根据性质确定理事后选人产生办法。

如果将理事会定为推动全国T史研究的展开，那么，（1）理事的人选，就应该以地区为单位，要确定各区的名额，由该地区的T史学会会员进行选举产生；（2）各地区的候选人的产生，不再使用协商提名，而要直接选举；（3）要规定任期（可连任一届），期满全部改选或至少改选其中的三分之一；（4）各区的候选人选出后，提交会员大会投票通过(过半数)。

如果将理事会定为可以代表T史学会的研究水平，那么，理事的产生办法就要作相应调整：（1）凡愿意为理事者，只要征得现任两名理事联名推荐，即可成为候选人；（2）候选人在理事会中投票，过三分之二者，即确定为正式理事候选人；（3）正式理事候选人提交会员大会表决，需过半数；（4）现任理事到退休年龄后，自动转为名誉理事，不再具有投票权。

二，关于会长、副会长。

建议：（1）明确规定副会长的人数；（2）明确规定会长、副会长的提名程序（建议，只要征得理事会5名理事联署，即可成为会长、副会长候选人；候选人产生后，在理事会上选举或提交全体会员大会选举，据得票数，依次为会长、副会长）。

最近一期T史学会通讯，称会长退下后，自动成为顾问。这实无必要，也失体统。建议取消。

三，关于开会。

T史学会年会，在开会时，要尽量减少官场作风。建议：（1）大会开会，不再设主席台，只设发言席、主持人席。（2）大会学术发言，应先由与会会员申请，会务组尽可能予以安排；如果申请人数过多，大会无法安排，则要将不予安排发言的理由告知申请者。改变过去由会务组安排大会发言的情况，以增加会员开会的热情，增加会员对学会的向心力。

照相时，除赞助或主办单位领导，循官场惯例，仍安排坐中心之外，其他所有会员，都依年龄为准，年长者落座，其余随意站立（几次开会，会长坐中心，而师长辈白发苍苍站后面。这在一个学术性的学会，不能尊师重道，令人齿冷）。

我想，改革的目的，一是要加强学会的学术气氛，二是要鼓励会员参加自己学会活动的积极性，三是将学会在推动T史研究方面的作用落到实处。要避免一般会员认为学会不过是争理事、争会长；开会不过是会长、副会长、理事们在作学术表演，而与普通会员无关或关系不大的成见。

我所提的所谓方案，只是我个人闭门造车的结果，是否与民政部的相关规定相吻合，是否具有可操作性，都是未知之数。我建议，是否可以组织若干理事，就改革事进行调查研究，广泛征求意见，以便能草拟一个方案，报请理事会来讨论？

有先生认为，学会不过是个群众组织，不必过于较真。还说，我不应将在历史所行不通的方案拿到学会来作试验。此言差矣。国家大事，我们说了不算；我们自己的事，能在一定的范围进行一些改革，何乐而不为呢。实在不能像刚刚完成的换届选举一样，会长、副会长等额选举，投票之后，连票都不公布——当晚参加投票的，都是理事，而且人数极为有限，不公布投票结果，真是岂有此理！因为在此前，我已就学会改革事，与Z先生发生了争执；这时，如果我再固执己见，要求公布票数，实在也有些招人讨厌了。但是，理事会选会长的票都不予公布，颇有些滑稽。

对于选举，我坚信可以执行。况且，我的以上建议，也并非马上要在全部会员中进行直选。我最反对的，就是安排，就是背后操作。人事上的安排和操作，最主要就表现在候选人的提名和产生。所以，无论怎么选，候选人一定要公开、透明、开放；要给每一个想成为候选人的人，提供一个公平的机会。

我自己实际是旧制度的受益者。我们现在的理事，有一些事实上是在单位内部进行的小循环。我们所的W先生退下后，给我让出名额，我来替补。因此，有先生认为我滥竽充数。我希望改革之后的理事会，使我这样滥竽充数者失去滥竽的机会。

说来说去，不过还是那几句，听的人，大概都烦透了。真是不好意思。有说得欠妥乃于错误之处，请大家指正。

2012年4月6日

科研管理的量化之弊

目前在科研、教学管理上的最大的弊端，莫过于学术成果的量化管理。许多行政管理人员认为虽然过分量化欠妥，但不能没有量化。对此，我不敢苟同。首先，学术研究的最终目的是要推动学术的进步。十本平庸的著作并不能折算为一篇有贡献的论文，这就如同重复一万次高度为一米的跳高并不能被认为是打破了奥运纪录一样。我们追求的是那一次有质量的一跳，而不是低水平的重复次数。从这个意义上说，所谓量化对学术发展和学术进步是没有意义的。其次，任何制度都有消极的一面。我们对任何一种制度的选择，应该本着"两害相权取其轻"，而不是"两利相权取共重"。学术的量化管理也应作如是观。量化可以奖勤罚懒，但是，我们学术管理的目标是要促使十个懒汉都各写出十篇平庸的文章呢？还是要为一个大师的出现创造良好的学术环境和学术氛围呢？我们放弃量化，可能出现不了大师而白白养了懒汉，但至少有这种可能；

而目前的量化管理，扼杀大师的可能性却要远远高于培养大师的可能性！当然，我们的前提是，在学术研究中，懒汉不会因为量化管理而成为大师。在1949年以前的学术界，没有实行严格的量化管理，并没有妨碍学术研究的进步，没有滋生大量的懒汉，相反却出现了一批大师。我们总不能说，现在有大师潜质的人变得更不道德、更不敬业、更不追求学术成就了吧。

　　目前的学术管理之所以会选择量化管理，其原因我想主要有两个。第一，就是为了评比，为了经费！国家这几年财政状况好转了，但是对科研、教学的投资似乎并没有采取增加日常经费的方式，而是采取了课题制、津贴制、建设中心制等等这样的办法。要得到课题、拿到津贴、成为中心，就要进行由行政部门组织的各种评比。评比就得有指标，于是量化管理日盛一日。如果能将经费日常化，定岗、定编、定经费之后，校务、系务即由教授会来负责管理，我想量化就不会如此之盛了。第二，目前的人事制度导致了量化管理的盛行。从现象上说，现在国立的科研院所和高校，在人事上是只能进不能出，校方或系方即使明知某人为懒汉，也无可奈何，于是只得将津贴分档，通过量化来"奖勤罚懒"。现在的教授分等，也是这样的逻辑。如果是私立单位，或者是人事进行了根本改革，解聘懒人即可，不必非得要量化。导致这一现象最根本的原因，是校务、系务、研究所所务的管理，并没有真正做到教授治校、治系、治所。我们目前实际是在用行政管理的方式来进行教学、科研管理，教学、科研究部门的"衙门化"是普遍现象。只要这一体制不改，管理的方式就不会有根本变化。抄袭这类学术界丑闻之所以层出不穷，根本原因也在于此——用行政手段不可能根绝抄袭，只有让学者真正自己管理自己，才可能杜绝。

学术量化最严重的后果，就是学术的泡沫化。这是目前科研、教学管理制度的产物。在制度变更以前，我们不得不适应制度，这是我们的无奈；但如果以这一制度有其有利的一面为由而自觉维护这个制度，那就是我们的可悲了。

其实，学问是自己的事。拿了终身职，不做事，那也就算了，不必强求。不能为了强迫懒人多写两篇来应付考核，就把那些本来静着心认真念书的人给鼓捣得躁起来。我们是要用量化强迫一位不入流的人多写两篇垃圾，还是让本来可以写出少量一流作品的学者迫于应付考核而不得不掺水多写三流的作品呢？——说这样的话，是有一个前提，即，能写出又好又多的作者，不用量化，他也能写得又好又多。比如钱穆，不用量化，他也会拼命写。

总之，在学术管理上（未必适合所有行当），我觉得要以容忍懒人、容忍混子为代价，来保证那些能出一流作品的作者最终写出一流的作品，因为我们反观学术史，就可以发现，本来也并不是每一篇作品都有学术史的价值的。再说，做学问，本来就是自己的事，是自己追求成名成家的事，不必强迫每个人都成大师——也强迫不来。退一步说，学问，是自己的爱好，不关别人事；相反，有人拿这个东西变成了现金，也跟自己的爱好无关。倘若主要是将做学问当成自己的职业，那当然会对混子不平衡了。

2012年

学术考核与学术管理

"中国社会科学网"公布了2013年核心期刊要览。据说，院里拟从明年起，规定进入创新工程的科研人员，如未在这些核心期刊发表论文，将一票否决，退出创新工程。就我所了解的中国古代文史研究方面的情况来看，这个名单存在一些问题，比如有《安徽史学》《史学集刊》，而一些久盛名的学术刊物如《文史》（中华书局主办）、《中华文史论丛》（上海古籍出版社主办）却名落孙山。在人文地理类，有陕西师大主办的《中国历史地理论丛》，却没有中国地理学会历史地理专业委员会主办的《历史地理》；甚至出现了北京联合大学旅游学院主办的《旅游学刊》、上海师范大学旅游学院和上海旅游高等专科学院合办的《旅游科学》，这是欠妥的（有些学科本身研究水平较低，则可付阙，宁阙勿滥。阙，不是我们的责任；滥，则是我们遴选失当）。就中国古代史各断代史研究而言，有中国人民大学清史所主办的《清史研究》，却没有历史所清史研究室主办的《清史论丛》。《清史论丛》自1979年创办以来，以书代刊，已出版27本。八十年代后半期，因经费紧张，暂停四年，不久即由研究室同仁个人多方筹资复刊，基本每年一本，定期出版。她在清史学界的地位、分量，至少不比《清史研究》差（《清史研究》原名《清史研究通讯》，也是历史所清史室主办，后让于人大清史所，方易今名）；唯一的不同，就是《清史论丛》没有刊号。如果按照目前确定的考核办法，清史研究室的同仁，就不能再给本所本室主办的学术刊物《清史论丛》投稿，而只能给人大主办的《清史研究》投稿，这无异于我们社科院养着的专家学者，却在给其他单位及其所主办的杂志工作；这是为他人作嫁衣。同时，在全社会对学术量化管理多所批评的今天，我们没有必要过分强调量化；事实上，十多年来，在高校纷纷量化管理时，我们始终没有量化管理，这已是我们在学术管理方面的一个亮点（北京大学历史系至今未按期刊级别量化考核教员）。我们不必再走回头路。

一流刊物发表的并不都是一流的论文，而一流的论文即使未在核心期刊发表，也不会因此而有损于其作为一流论文的学术价值。作为国家级的科研单位，我们应就论文说论文，不应以发表的刊物说论文；是我们的科研人员在支持全国各刊物，而不是全国刊物来核定我们的科研水平。作为国家级的最高科研单位，这个自信，我们应该有而且必须有。

其实说到底，至少就人文学科的研究来说，研究人员都想写出有水平、有分量的论著，以期于扬声立万，成名成家。从这个意义上说，研究是科研人员为自己工作，而不是在为单位工作。如果有想法、有能力，即使没有量化管理，他也一定会将自己的研究心得写出来；如果没有想法、没有能力，量化管理逼出来的论著，也多半是些平庸的凑字数的作品，不会有任何学术价值。与其通过量化管理逼出一些平庸之作，不如鼓励有想法、有能力的学者静下心来，精雕细刻，完成自己的传世之作，而不必将一篇大文章拆成三篇小文章，计算刊出周期，穷于应付。1949年前，没有实行量化管理，却涌现了一批著名学者、产生了一批经典论著，我想，根本原因即在于此。

本院社会科学创新工程的最终目标，应该是将本院建设成为世界一流的人文、社会科学的研究机构。要达到这个目标，就要将各研究所建设成为世界一流的研究所，在各学科的研究中处于领先地位。其实，在人文和社会科学领域，中国社科院是当之无愧的国家队和领头羊。就学术刊物而言，我院各所主办的学术刊物，都是当之无愧的核心期刊，甚至可以说是核心中的核心。我们要做的，是如何影响、引领全国的人文社会科学的刊物往前走。我们要做到，（一）质量至上，确保我们刊发的文章是高精尖的成果，有最高的学术含量；（二）在学术规范方面，如实行匿名专家评审机制、建立各学科学术论文撰写的技术规范等，作出示范。换句话说，我们不能根据像《中国人民大学报刊复印资料》这样的摘引数据，来确定什么刊物是核心期刊，而要直接根据论文的质量、水平和贡献，来给现有的学术期刊进行审查、评鉴，并引导、示范他们如何办好学术刊物。为此，我建议由各学部承担起这一工作。工作程序，可以研究所为单位，提出本所所涵盖学科的综合性和专门性学术核心刊物（既包括有刊号的，也包括以书代刊的），上报各学部；各学部组织专家进行审核、评鉴，并进行增删。我们审核、评鉴的标准，就是学术水准，与征引、摘编等无关。这样，我们就可以完全突破像南京大学等单纯依靠征引数据等偏重于理工科的评级方式，建立我们的评鉴机制。质量，才是人文社科类学术期刊最为重要的依据。我相信，我们的这一方式以及由此评出的核心期刊，必定会在学术界产生重大影响，同时，也必定会突出中国社会科学院作为国家队的形象和地位。这既是指导全国如何办好学术刊物，也是在引导全国各学科的学者应该向哪些学术刊物投稿。

多年来，社会上对国家办中国社会科学院一直存有质疑之声，认为高等院校完全可以取代我们的作用，教育部也在有意无意跟我们争夺对学术的评判权、对学术界的影响力。但本院在学部成立之初，就集中了各学科一流的学者；各所主办的学术刊物多是本学科久负盛名的老牌学术刊物，教育部还不可能在短期内将我们的学术影响力争夺过去。本院各所主办的这些学术刊物，要继续发挥她的作用。同时，在实施创新工程的今天，可以鼓励各所再另办主要用于刊发本所研究人员学术论文的刊物，如历史所办的《中国社会科学院历史研究所学刊》（现已出版了八辑）；学术专著，则以专刊的形式出版，如历史所曾出版过"中国社会科学院历史研究所专刊"，并据其内容分为甲乙丙丁等若干系列（如研究类、资料类、翻译类等）。前几年近代史所也出版过类似专刊。这其中做得最久、最好的，是考古所。现在可以将此经验推广，并在书的扉页加上"中国社会科学院创新工程"字样，以突显我们创新工程的成绩。各所扎扎实实做上五年，成果必可观。届时，我们完全可以召开全国性的学术成果展示会和研讨会，总结创新工程的成果，向国家汇报。

除此之外，有的研究室还主办有本学科的刊物，如历史所清史室主办的《清史论丛》，在学术界有极好的口碑，有极为重要的地位。这些刊物，可纳入"中国社会科学院创新工程"的范围，并在扉页作出标识。当然，为保证质量，这些刊物也要上报院各学部；各学部也要像对待其他刊物一样，进行审核、评鉴。质量差者，即勒令停办。

如果院里认为有必要进行适当的量化管理，我建议不执行核心刊物一票否决，可以暂时按学部评定的刊物等级来评分，并依研究者的等级（进入创新工程者，可分为首

席研究员，执行研究员、副研究员、助理研究员），分别
规定相应的合适、优秀的分数。应鼓励研究人员给本院、
本所、本室所主办的各种学术出版物投稿，特别是标识为
"创新工程"的出版物。

　　作为国家级的最高人文社会科学研究机构，中国社
会科学院的定位应该是，第一，是国家的智库。要告诉领
导集体，该做什么、如何去做。我们要出思想、出方案，
积极引导、影响国家作出科学决策。第二，研究中央指示
研究的一些重大理论问题，如丰富和发展马克思主义。第
三，做人文社会科学各学科的领头羊，即规划该学科应该
怎样发展，应该研究什么问题、怎么研究，并做出示范性
的成果。通过创新工程，我们应该而且一定能达到这样的
目标。

　　我院学科可以大致区分为人文学科和社会科学。前者
主要是文史哲各所，即考古所、历史所、近代史所、语言
所、文学所、外国文学所、哲学所等；后者如法学所、财
贸等各所。在管理上，人文学科与社会科学应加以区别。
基础学科，要强调长远规划、学科建设、培养人才，要鼓
励研究人员静下来，心无旁骛，踏踏实实做出一些能传
之久远的学术成果。据说，科学院像数学所这样的基础学
科，是以三至五年为一考核周期的。本院人文学科各所，
正可以将创新工程的周期（目前是五年），作为考核的周
期，即以五年作为一个整体来加以考核。如果完不成预定

目标，可以规定必须空一个周期（五年），才能再申请进入创新工程。以这样的方式进行考核，也许与学科建设更为契合。

从国家层面来看，简政放权是一个趋势。作为国家级的最高人文社科研究单位，我院各研究所几乎涵盖了全部或主要的人文社会科学学科。各学科、各专业之间的差别很大，各研究所也都是以独立法人单位存在的。因此，应以研究所为基本的管理单位，本着"院管院事、所管所事"的原则，基本事务由所来决定。比如，研究所的进人，现在院人事局要请专家进行审核，但实际是流于形式。其实，这个工作应由研究所的学术委员会来承担，即各研究室申报给研究所（可规定须该室副研以上无记名投票过半数通过，方可报给研究所。这是最有效的学术审查，因为同一个研究室的同仁，专业相近，有关学术信息了解最多，对求职者情况的了解也最为全面）；研究所审核，提请所学术委员会通过（哪个研究室需要进人、可以进哪一个人，放在所学术委员会上去讨论、平衡，然后投票）；院里备案、协调即可。总的来说，院要制定规划和规则，是备案，是指导者、监督者和协调者，而避免成为直接操作者。

当前院里的工作，结合国家整体的改革，建议考虑以下几点。第一，两院院士正在强调退休甚至退出机制。院士退休以及去行政化、利益化，应该是大势所趋。我们的学部委员应该明确规定退休年龄，如暂定七十周岁，退休即自动转为名誉学部委员。我们如果不积极主动去做这一工作，将来两院院士都有相关规定后，我们会很被动；我们毕竟是内部的学衔。第二，去行政化是必然趋势。本院是实行去行政化最早的单位（原来的研究室主任均为处级，九十年代即予取消）。在此基础上，我们应大张旗鼓地宣布，我们拟进一步加强科学管理、民主管理，让各研究所制定研究室主任和学术委员会委员的产生方式，以显示本院响应中央，进行相关改革的决心和进展。具体而言，研究室主任要有明确任期（与所长同进退），由所党委和所长提名、研究室无记名投票通过（过半数）；学术委员会委员，也由所党委和所长提名，由包括副研以上的高级研究人员投票通过（过半数。未通过的人员，再另提名、另投票）。这样的改革，可以激发研究人员的向心力和认同感，积极参与研究所的建设；所党委和所长酝酿研究室主任和学术委员会人选时会更加慎重，征求意见变得更有实际意义（提名若要获顺利通过，事先必须认真征求同仁意见）。同时，也可以使研究室主任与学术委员会逐渐分离，使新任所领导班子能更顺利地更多启用年轻人来承担各室的行政工作，培养一批学术和行政俱可胜任的人才。这或许可以成为我院在学术管理上的创新，为全国学术研究机构乃至高等院校的改革提供借鉴，无形中也会扩大我院的影响，加强我院的地位，突显我院的重要性。

当然，如果能更进一步，研究所所长的人选由院党组和院长提名，获该所副研以上或正研以上的研究人员过半数票支持，才能获正式任命，则是更具有实质意义的改革了。

我完全是书斋里的人，与社会基本脱节，对实际事务完全外行。我只是根据自己的认识和理解，呈报一些想法，不当之处一定很多，祈谅为感。

2014年1月6日

附记： 2011年顷，中国社会科学院实施创新工程。进入工程者，进行量化考核，每人每年必须在院方规定的核心期刊发表一篇论文，且是一年一考核。为此，我曾致函某执事，表示异议。当然是泥牛入海，毫无声息。且不论这个核心期刊的名录是否合理，人文学科，一年一考核，即闻所未闻。去年在核心名录中发表两篇论文，如果今年没有，则须退出创新。一位同仁投稿后，去年该刊最末一期刊出其论文，但在今年截止填报前，他尚不知其论文被刊出，于是被勒令退出。所里交涉，据说院方称，不能为某一人而破例。呜呼哀哉。近又规定，本院各所所办刊物，刊发的论文，本所同仁不得超过十分之二。完全不了解，各单位、各学会所办刊物，主要是为展示本单位、本学会同仁的学术成果。谁能想到，执事者均为博士、教授，却仍是外行领导内行呢。夫复何言。

　　因为是"上书"，要劝诱，所以就难免有迎合之气，有自吹之语。此尚祈学界同仁见谅。

历史的意义

一位伟人说，忘记历史就意味着背叛。但是，被遗忘的历史却比比皆是。

秉笔直书，被人视作中国传统史学的一个优良传统——其实，准确地说，这是历代史家所要追求的目标；正因为难以做到，所以才将其列为重要的目标之一。历史上，后代篡改前朝历史的事例，实在太多；有意湮灭，更是常见之事，最典型，也最为人所熟知的，便是清代修四库全书时，对书的删、改乃至于禁毁。从这个意义上说，历代的统治者，似乎本来就不想把历史的真相原原本本地留给后人。

其实，即使把历史的真相留给后人，对当时的参与者而言，恐怕也没有多少意义。比如，段祺瑞执政府时期发生的"三·一八"惨案，惨死者四十余人。当时不少有正义感的人都为此写过文章，不少人写过不止一篇，比如周作人，从惨案发生的次日起，就先后写过《为三月十八日国务院残杀事件忠告国民书》《对于大残杀的感想》《可哀与可怕》《我们的闲话》《关于三月十八日的死者》《陈源口中的杨德群女士》《新中国的女子》《恕府卫》《论并非文人相轻》《恕陈源》《论并非睚眦之仇》《死法》等，直至"三·一八"百日忌时发表《六月二十八日》。他在三月二十五日往女师大参加刘和珍、杨德群追悼会时，写挽联道："死了倒也罢了，若不想到二位有老母倚闾，亲朋盼信；活着又怎么着，无非多经几番枪声惊耳，弹雨临头。"

鲁迅1926年的文章收集在他的《华盖集续编》中，其中为"三·一八"写的，有《无花的蔷薇之二》《死地》《可惨与可笑》《记念刘和珍君》《空谈》等。在《无花的蔷薇之二》中，他写道："中华民国十五年三月十八日，段祺瑞政府使卫兵用步枪大刀，在国务院门前包围虐杀徒手请愿，意在援助外交之青年男女，至数百人之多。还要下令，诬之曰'暴徒'！"文末记："三月十八日，民国以来最黑暗的一天，写。"《记念刘和珍君》最为著名，因为该文收入了中学生的《语文》课本：

> 我向来是不惮以最坏的恶意，来推测中国人的，然而我还不料，也不信竟会下劣凶残到这地步。况且始终微笑着的和蔼的刘和珍君，更何至于无端在府门前喋血呢？

> 然而即日证明是事实了，作证的便是她自己的

尸骸。

　　但段政府就有令，说她们是"暴徒"！

　　但接着就有流言，说她们是受人利用的。

　　惨象，已使我目不忍视了；流言，尤使我耳不忍闻。我还有什么话可说呢？我懂得衰亡民族之所以默无声息的缘由了。沉默呵，沉默呵！不在沉默中爆发，就在沉默中灭亡。

　　然而就是这样的重大事件，除了因为我们中学课本中收了《记念刘和珍君》而得知刘和珍、杨德群两位先烈之外，其余的45人，我们又能记得几位呢？！这不由得让我们再次忆起鲁迅在《记念刘和珍君》中说的话——时间永是流驶，街市依旧太平，有限的几个生命，在中国是不算什么的。

　　即使所有的47位死者，我们都能一一记起他们的名字；但对他们而言，失去的是生命，对他们的亲人而言，失去是他们的至亲。他们的痛，只能随着他们的生命的离去才可能消失。而对于我们八十多年之后的人，面对的只是冰冷的"47"这个数字。也许，历史学家可以写几篇论文，写几部书来研究这一事件，但对于那些死难者，这些又有什么意义呢？！——历史，也许只对历史学家有些意义？倘若我们不能借助历史学家的研究而进行认真反思，那么，历史学家所做的工作，意义又在哪里呢？！

　　冰冷的历史，对参与者来说，意义何在啊？！

2010年6月

无　奈

　　周氏三兄弟可以说是中国当代史的一个缩影。三兄弟中，鲁迅、周作人的文学成就最高，学问也最好；周建人则走的是政治的路。鲁迅、周建人的政治地位最高；当然，鲁迅是死后的哀荣，周建人在活着时已是民主党派的重要领导人了。周作人因为失足，当过汉奸，时人即很惋惜，颇有"卿本佳人、奈何做贼"之叹。当然，这是"后话"，我们不提；这里想说的，是年轻时的鲁迅和周作人的性格。

　　性格，说起来难免会流于虚，特别是对我这种不懂心理学的人。所以，还是说点具体的事例。

　　1919年6月8日，周作人发表了一篇《前门遇马队记》（《谈虎集》，河北教育出版社，2002）：

　　　　中华民国八年六月五日下午三时后，我从北池子往南走，想出前门买点东西。走到宗人府夹道，看见行人非常的多，我就觉得有点古怪。到了警察厅前面，两旁的步道都挤满了，马路中间立站许多军警。再往前看，见有几队穿长衫的少年，每队里有一张国旗，站在街心，周围也都是军警。我还想上前，就被几个兵拦住。人家提起兵，便觉很害怕。但我想兵和我同是一样的中国人，有什么可怕呢？那几位兵士果然很和气，说请你不要再上前去。我对他说，"那班人都是我们中国的公民，又没有拿着武器，我走过去有什么危险呢？"他说，"你别要见怪，我们也是没法，请你略候一候，就可以过去了。"我听了也便安心站着，却不料忽听得一声怪叫，说道什么"往北走！"后面就是一阵铁蹄声，我仿佛见我的右肩旁边，撞到了一个黄的马头。那时大家发了慌，一齐向北直奔，后面听得一阵马蹄声和怪叫。等到觉得危险已过，立定看时，已经在"履中"两个字的牌楼底下了。我定一定神，再计算出前门的方法，不知如何是好，须得向那里走才免得被马队冲散。于是便去请教那站岗的警察，他很和善地指导我，教我从天安门往南走，穿过中华门，可以安全出去。我谢了他，便照他指导的走去，果然毫无危险。我在甬道上走着，一面想着，照我今天遇到的情形，那兵警都待我很好，确是本国人的样子，只有那一队马煞是可怕。那马是无知的畜生，他自然直冲过来，不知道什么是共和，什么是法律。但我仿佛记得那马上似乎也骑着人，当然是个兵士或警察了。那些人虽然骑在马上，也应该还有自己的思想和主意，何至任凭马匹来践踏我们自己人呢？我当时理应不要逃走，该去和马上的"人"说话，谅他也一定很和善，懂得道理，能够保护我们。

1921年6月10日，他又写过一篇《碰伤》（《谈虎集》），其中说道：

近日报纸上说有教职员学生在新华门外碰伤，大家都称咄咄怪事，但从我古浪漫派的人看来，一点都不足为奇。在现今的世界上，什么事都能有。我因此连带地想起上边所记的三件事（指上面作者讲的，自己希望有副钢甲，甲上有尖刺，猛兽碰到，自己不必动，它们便负伤而去；佛经里说几种蛇，人一见便死；《唐代丛书》中收有《剑侠传》，可以飞剑取人头——引者），觉得碰伤实在是情理中所能有的事。对于不相信我的浪漫说的人，我别有事实上的佐证，举出来给他们看。

……

听说这些碰伤的缘故，由于请愿。我不忍再责备被碰伤的诸君，但我总觉得这办法是错的。请愿的事，只有在现今的立宪国里，还暂时勉强应用，其馀的地方都不通用的了。例如俄国，在一千九百零几年，曾因此而有军警在冬宫前开炮之举，碰的更利害

了。但他们也就从此不请愿了。……我希望中国请愿
也从此停此，各自去努力罢。

我翻了一下张菊香主编的《周作人年谱》（南开大
学出版社，1985），前一篇讲的是他在1919年6月5日
的遭遇。那一年是"五·四运动"的发生之年——距今
正好是九十周年，前不久我们还在纪念；其实，每年的
"五·四"，我们都是要纪念的。学生演讲，被军警包
围，之后便是马队的冲击。后一篇所涉及的事情是，1921
年6月3日，北京十五校学生为维持教育事业，进行请愿，
国立八校教职员向政府索薪，在新华门遭军警殴击，伤十
余人。也真是奇怪，他遇到的这种事，都发生在六月份。

鲁迅也写过类似的文字。比如，《无花的蔷薇之二》
（《华盖集续编》）中讲到1926年3月18日发生在段祺瑞
执政府门前的"三·一八"惨案：

> 中华民国十五年三月十八日，段祺瑞政府使卫兵
> 用步枪大刀，在国务院门前包围虐杀徒手请愿，意在
> 援助外交之青年男女，至数百人之多。还要下令，诬
> 之曰"暴徒"！
>
> 如此残虐险狠的行为，不但在禽兽中所未曾见，
> 便是在人类中也极少有的，除却俄皇尼古拉二世使可
> 萨克兵击杀民众的事，仅有一点相像。

在这场怪案中，鲁迅的学生刘和珍等人被杀了，于
是，他又写下了《记念刘和珍君》——这篇文章，我在读

中学时，是被选在《语文》课本中的，不知现在的课本还选不选：

　　可是我实在无话可说。我只觉得所住的并非人间。四十多个青年的血，洋溢在我的周围，使我艰于呼吸视听，那里还能有什么言语？长歌当哭，是必须在痛定之后的。

　　我将深味这非人间的浓黑的悲凉；以我的最大哀痛显示于非人间，使它们快意于我的苦痛，就将这作为后死者的菲薄的祭品，奉献于逝者的灵前。

　　……

　　真的猛士，敢于直面惨淡的人生，敢于正视淋漓的鲜血。这是怎样的哀痛者和幸福者？然而造化又常常为庸人设计，以时间的流驶，来洗涤旧迹，仅使留下淡红的血色和微漠的悲哀。在这淡红的血色和微漠的悲哀中，又给人暂得偷生，维持着这似人非人的世界。我不知道这样的世界何时是一个尽头！

　　……

　　我向来是不惮以最坏的恶意，来推测中国人的，然而我还不料，也不信竟会下劣凶残到这地步。况且始终微笑着的和蔼的刘和珍君，更何至于无端在府门前喋血呢？

　　然而即日证明是事实了，作证的便是她自己的尸骸。但段政府就有令，说她们是"暴徒"！

　　但接着就有流言，说她们是受人利用的。

　　……

　　惨象，已使我目不忍视了；流言，尤使我耳不忍闻。我还有什么话可说呢？我懂得衰亡民族之所以默无声息的缘由了。沉默呵，沉默呵！不在沉默中爆发，就在沉默中灭亡。

　　……

　　时间永是流驶，街市依旧太平，有限的几个生命，在中国是不算什么的，至多，不过供无恶意的闲人以饭后的谈资，或者给有恶意的闲人作"流言"的种子。至于此外的深的意义，我总觉得很寥寥，因为这实在不过是徒手的请愿。人类的血战前行的历史，正如煤的形成，当时用大量的木材，结果却只是一小块，但请愿是不在其中的，更何况是徒手。然而既然有了血痕了，当然不觉要扩大。至少，也当浸渍了亲族，师友，爱人的心，纵使时光流驶，洗成绯红，也会在微漠的悲哀中永存微笑的和蔼的旧影。陶潜说过，"亲戚或馀悲，他人亦已歌，死去何所道，托体同山阿。"倘能如此，这也就够了。

1933年，鲁迅又写了篇《为了忘却的记念》（《南腔北调集》）；这是为纪念1931年1月被国民政府密捕后杀害的"左联"的五位青年作家——李伟森、柔石、冯铿、殷夫和胡也频，当然真正的原因是因为他们的共产党人的身份：

不是年青的为年老的写记念，而在这三十年中，却使我目睹许多青年的血，层层淤积起来，将我埋得不能呼吸，我只能用这样的笔墨，写几句文章，算是从泥土中挖一个小孔，自己延口残喘，这是怎样的世界呢。夜正长，路也正长，我不如忘却，不说的好罢。但我知道，即使不是我，将来总会有记起他们，再说他们的时候的。

从周作人的文字中，我看到的是无奈——马是畜生，不知道什么是共和，什么是法律；对请愿，他希望中国请愿从此停止。从鲁迅的文字中，我们读出了气愤——"中国要和爱国者的灭亡一同灭亡"，"墨写的谎话，决掩不住血写的事实"（《无花的蔷薇之二》）。"当三个女子从容地转辗于文明人所发明的枪弹的攒射中的时候，这是怎样的一个惊心动魄的伟大呵！中国军人的屠戮妇婴的伟绩，八国联军的惩创学生的武功，不幸全被这几缕血痕抹杀。"（《记念刘和珍君》）"这次用了四十七条性命，只购得一种见识：本国的执政府前是'枪林弹雨'的地方，要去送死，应该待到成年，出于自愿才是。"（《空谈》，《华盖集续编》）他在引用罗曼·罗兰的话说，"共和国不喜欢在臂膊上抱着他的死尸，因为这过于沉重"（《"死地"》）。"四十多个青年的血，洋溢在我的周围，使我艰于呼吸视听，那里还能有什么言语？长歌当哭，是必须在痛定之后的。我将深味这非人间的浓黑的悲凉；以我的最大哀痛显示于非人间，使它们快意于我的苦痛，就将这作为后死者的菲薄的祭品，奉献于逝者的灵前"。这是鲁迅、周作人兄弟二人性格上的不同处。这种不同，反映在了他们的种种为人处世中；日后兄弟的失和，性格的不同未必不是因素之一。

然而，在鲁迅气愤中，我们读出的仍然是他的无奈——真的猛士，敢于直面惨淡的人生，敢于正视淋漓的鲜血；直面和正视之后呢？"我以我血荐轩辕"，还是无可奈何啊。可见，面对这样的事情，兄弟二人的内心深处，都是无奈。只是，周作人用诙谐出之，鲁迅是以气愤表达的。

我虽然是研究历史的，但却时时不能理解，为什么近代以来的知识青年总是那么地关心国事，为了国家，不惜牺牲生命？同样，执掌国事的官员，他们也是国家公民的一分子，为什么却总是不能容忍手无寸铁的知识青年对国事的关心呢？也许，在执掌国事的人看来，他们太幼稚，常被人利用；但是，执掌国事者手里有报纸，有书局，完全可以撰文写书，进行有效的"反利用"啊，何至于要动刀动枪动马队呢？——终于，共产党人悟出了一个解决之道，这就是毛主席所概括的"枪杆子里面出政权"。周氏兄弟的无奈，就是没有懂得这个道理吧。

2009年6月5日，子夜，于灯下

《色·戒》观后

　　《色·戒》因为床上戏而颇为人批评，特别是女主角的大尺度暴露。不过，我倒是觉得，这几场床上戏对我们理解这部电影实在是大有助益。如果剪了，会使这部电影变得较为苍白。这几场床戏也并不是简单的重复，而是反映了女主人公的思想感情的变化。第一次，是她为了任务，要勾引；第二次，仍然是出于完成任务，半推半就，但已经在投入；第三次，则反映出她的矛盾，一方面，她是情报人员，要除掉这个人，另一方面，她的情感投入得却更多了。但她仍没有忘记自己是情报人员。戏后，他让她带一封信给某人；她出来马上就找到了组织，拆开来看。她明知道，他是敌人，他很会虚情假意，但她仍然对他动了心。当她知道，他是为她作钻戒时，她动摇了。在最后的关键时刻，她让他走。她出来，坐上车。这时，她从领口下翻出毒药，但她看了看，没有吞。随后，便是面对死。她的不吞，表明她已彻底放弃了情报人员的身份，想着要跟他长相守了。殊不知，他并没有改变，仍要置她于死地。在他眼里，感情是没有的；有的，只有他自己，自己的情欲、自己的生命。如果没有这三场戏，我们很难理解，这场美人计何以会以失败告终，何以会在最后的时刻，她放过了他。这反映的，是人性与战争的冲突和矛盾，反映的是个人与国家的冲突和矛盾，最终说明的，是在国家安危这一大背景下，个人的渺小和无奈。

她是大时代下小人物的悲哀。她自始就是一个工具。开始是国家利益的工具，她为了提供刺杀他的机会，她要先行与同仁同房，以积累她是一个有夫之妇的经验。但当她完成由处子而妇人的过渡时，他却离开了香港。她的牺牲是无意义的。后来，同仁们在上海再次找到她，她仍然是工具。她给父亲的信，被组织看后即销毁了，但她不知道。这让人不免怀疑，组织说，事成后送她到英国，是不是真的。随后，她出现在了他家，目的仍然是勾引他。她与他在上海的第一次床戏，她是被他强暴的；这又是她为国家所作的牺牲。随后的两场床戏，说明了她由工具到自我感情介入的变化。这一介入却注定是一场悲剧。这场悲剧的根源，就在于她始终是一个工具。可以说，她是为了国家，牺牲了自己的肉体；为了爱情，牺牲了自己的性命。贯穿这一主线的，就是这几场床上戏。如果将这几场床上戏全予剪掉，这部电影不就变得十分单薄而苍白了吗？

如果要坚持正确的政治立场，对男主人公的刻画，通过这三场床戏，也就可以充分说明，敌人是不会手软的，即使对他心动的女人。一旦危害到他的利益，他就会置之死地而绝不怜悯。这反映的正是敌人的立场——其实，女主人公的所有底细，早已被他的秘书悉数掌握了，但他的秘书在他宠爱她时，没有汇报，更没有动手。这说明，如果他像她对待他一样，也放她一马，是完全能够做到的。但是，他没有。这不就足以说明敌人的凶残吗！

所以，这部电影，不是对抗敌志士的抹黑，不是鼓吹对敌手软。恰恰相反，通过动情的抗敌志士的结局，提醒我们，不能对敌心软。这不正说明，对敌人的怜悯，就是对自己的犯罪吗？难道非得将人刻画成机器，才是成功的吗？其实，这样的机器型人物，已经够多了，我们已经记不住了。倒是李安的处理，让我们动心，让我们记住了。

《海角七号》，我没有机会看过——据说，此戏登陆，须动刀子。据说，理由是，有歌颂日本殖民历史之嫌。其实，在殖民时期的人，他们有自己的历史和感情。就像有人很怀恋七十年代一样，在殖民地时期生活过的人，也难免会对自己的历史有所怀恋。这是他的历史。我们站在政治的立场，从爱国的角度，当然应该且必须批判日本的殖民活动；但是，我们却很难把每个在殖民时期生活过的个体的感受，统统抹杀。这实际是国家认同与个人感情的矛盾和冲突。在这个矛盾和冲突中，个人是无奈，是尴尬。这就像抗战胜利后，傅斯年等人恢复北大，对沦陷时期在敌伪统治下做过事的人，均予除名一样。我们既可以理解傅先生——他在抗战期间远走大西南，生活困顿，饱受战争之苦；同时，我们也应该理解那些留在沦陷区的人，并不是每个人都能够撤走——周作人这样的大教授可能是能走而不走，但广大普通百姓，我想大多是想走而走不了吧。他们留下来，不做事，又如何生存？！当时的人，对他们有歧视，是可以理解的。如果事隔多年，我们仍然歧视他们，那实在是不应该的。如果政府有绝对的力量，拒敌于国门之外，他们也可以免受这样的尴尬了。但在这个时候，我们只能听到对政府抗战的歌颂，对普通百姓在沦陷区生活的批评。其实，这个责任是国家的责任，不应也不能转嫁到个人的身上。

个人的情感与国家的利益，未必总是一致的。在国家利益面前，个人的感受实在是太渺小，也太无奈了。我们必须批判胡兰成当汉奸，但我们不应该指责张爱玲爱上胡兰成。这是两回事，虽然不能断然割开。

顺便说一句，《色·戒》的后两场床戏，拍得非常美。我看了，实在丝毫没有感受到猥亵或不健康。肉与肉，并不见得都不健康啊。

2010年秋

评职感言

题　记

2009年末，我第五次参评正高职称。在此前不久，朋友们在网上办了一个名为往复山堂的内部网，胡聊瞎扯。参评前，朋友们在山堂嘘寒问暖，预祝我如愿。当然，是落选了。这是我在参评前后，分若干次写下的文字。之一之二云云，不过是写帖的顺序。

之一

人家有获奖感言，我有评职感言。看了这个题目，以为我已经评上了，所以才有感言。其实，我是即将要参加评职，是参评感言——这也是属于标题党。

明天要到所里述职，参评研究员。我是在2000年被评为副研的，2005年开始参评正研，至今已是第五次参评了。我对参评时的"述职"很有些看法。按说，只要参评者正式提出一次，执事者便可在自己认为该给的时候给就行了，何必要参评者年年述职。但也有人认为，述职是参评者的权利；据说参评者中，有力争述职权利者。苦也，苦也。有人觉得，述职有受辱之感。我倒没有这种感觉，只是觉得分寸拿捏不易——太吹自己了，评委会反感；太平实了，又不足以耸动评委，觉得你学问好、贡献大，从而把票投给你。

我是老运动员了，感触的确不少。我评副研，评了五次；这次参评正研，也已五次。可谓经验丰富。我评上副研时，曾经说过："我没评上时，觉得评上的人中有不如我的。现在我评上了，说没评上的人比我强，似乎有些虚伪，但确实也觉得没有评上的人，有不比我差的。"现在运动了五次，心情基本也是如此。跟老一辈的学者，比如张政烺等，自然无法比；即使跟我身边的人比，也颇感汗颜。比如，W、H，他们在当正研时，大概也是我这个年纪。在这个年纪，他们的学问、成果，都不是今天的我所能比的。当然，我也可以向下比。去年评上的人中，有几位实在不怎么样。如果他们能当正研，我就应该当大师了。

周二在所，听人说某女士对自己的级别很不满，原因是她上副高跟我是同一年。资历相同，却比我低一级，故而不快。我一听，说道："我本以为自己是资深副研，含金量是颇高的；跟她同年，我立马觉得大为贬值了。"

对今年我的评职，H跟C颇为乐观。其实，在感谢他们的乐观之余，我对上与不上，已大体能平心对待了。既然不能在三十岁时出风头当上研究员，那就五十岁当吧；早两年晚两年，实在没多大区别。再说，即使自己很在意，自己也说了不算啊；既然自己说了不算，萦心何为。人为刀俎、我为鱼肉，等着吧。

说这么多，是不是正说明我很在意呢？我想，这说明我没有完全不在意，但也确实不大在意。之所以选择这个时候说，因为过了明天，无论是评上了，还是没有评上，上述的感言都没法说了——说话的时候有时比说的话还要重要。

之二

上午到所里述了职。

评委的构成，所领导、各室主任，外加两位外聘评委，一位是人大国学院的，另一位清华历史系的。清华那位，似乎已连着两年不参加了。

述职、投票，是一门学问。如果参评者不大为评委所熟悉，又是位女的，那么，述职非常重要。我评副研时，室主任在解决内急时顺便回室一趟，很感慨地说："W某，说得真好。"那年W君跟我一起参评。一评委对他的印象极好，说："他学问入门了。他述职时，强调研究先秦史，要先从清人的著作入手。"我对C说："明年我述职，我要说，治唐史，光看《通鉴》不行；还要看《旧唐书》；只看《旧唐书》也不行，要新旧《唐书》对着看。"

但像我这样的人，述职已不重要。我有"死票"——投我的，一定会投；不投我的，我把自己献给他，他也不会投。在这种情况下，只有一个办法，耗！再耗几年，大家觉得，"该解决了"，也就解决了。

但是，说到底，还是要靠学术吧。小H比我晚来所两年，跟我同年上副研；而上正研到目前已比我早了两年。这诚如观音的那位朋友所说，不给，那是评委的耻辱。小H的成果量多质高，又在学界久负盛名，所以，解决就顺理成章了。说到这里，我又要引G先生的话，要苦练内功才是。

之三

我发这两个帖子时，还没有消息。刚才得到消息，我落选了。谢谢各位老友的关心！虽然没能评上，但赚足了大家的关心，值了。同时，也实在有些滥用了老朋友们的关心，不好意思。其实，评上了，当然高兴；评不上，一切照旧。谢谢各位！

　　这事，似也不必太悲观。学术与政治之间吧。关键是我有死票，盯死不给我的，绝没有回旋余地。为人太差，反感我的人太多（未必是得罪）——这时可以体会到乱说话、得罪人，不是好事了。不过，我即使装成哑巴，也不会在第一次参评时就被评上。为了早一两年，一辈子装孙子，一是装不来（时间太久了），二是不值当（老不说话，研究员是当上了，离八宝山却不远了）。这是说政治。就学术而言，我的确没有那种能震住人的东西。不过，就职称而言，也有可自慰之处。与其他单位无可比性，即以本所同仁比，虽然我入所比C兄先一年，但C兄长我一岁、本科高我一级、副高早我一年。他也尚未解决，何以就非要先解决我呢。再说了，烂教授多了，再多我一个，也无所谓。我是不是把自己打扮得太高大了呢？

　　其实，落选了，心里是不大舒服。特别是看到不如自己的人上去了，很是恨恨。但转回头一想，用H的话说，将来咽气时，肯定咽的是研究员的气——迟早总是要上的。人缘好，早上两年；人缘差，差上两年。如此而已。再说，看着一些傻蛋都当了，自己也当，光荣感、自豪感陡然降低。

　　有山堂真好，有山堂的这帮朋友，真好！

之四

接着无聊。

评职要靠论著。我评副研时，攒过一本《中国隋唐五代军事史》，是所谓百卷本中国通史之一。这本小册子，实在不算东西，所以出版时用了个笔名。跟我一起参评的一位，也是这么一本；与我不同的是，我是一人独攒，他是三人合攒，于是他标明自己是第一作者。他比我晚一年到所，却比我早两年当副研。去年评正研，某小伙子上了，提交的代表作之一是某史研究；名为"研究"，实是研究综述。今年我与人合作，攒了一本官制的书。周二，在室里跟C兄谈评职事时，老太太脱口而出："这算吗？！"

说到著作，最亏的是C兄。他刚毕业不久，就将自己的博士论文出版了，于是用在了评副研上。我的博士论文始终没有出来，却也当了副研。如果C兄在当副研之后再出版那本书，现在评研究员时就可以用这本书了。

其实，事后一想，在评委眼中，哪个人上都是应该的；哪个人没上，也不会觉得就怎么样。所以，作为当事人，不能把自己太当回事，但也不能把学问太不当回事。

之五

终于未能评上。有朋友提醒要安慰一下家属。职称是自己的事，跟家属无关。我老婆更无所谓。她虽是一被我戏称为三流的杂志编辑，但人家是给人发稿的，像我这样的作者，她根本无所谓。在我们定级前，每人要报自己的成果。我刚打印出来，她上楼来取衣服，顺口问我干嘛呢；我赶紧呈上，让她过目。本想让她看看，咱也写了些东西（为浑水摸鱼，故意用编年体，不分论文、书评，按年往下排，以便显得多些）。不料她一看，拿笔一一将所有书评等删去，边删边说："这都不能算。你写这干嘛！"我女儿闻声，也上来，接过她妈删过的目录，无限同情地对我说："爸，您生活太安逸了。这么多年，就写这么点啊。您得用功啊！"娘俩一唱一和，搞得我惭愧无似。

所以，在她们眼里，我当了研究员，也不会觉得我学问好到哪里；不当，也就那样。不过，这次评完职称，她们娘俩都一致认为我人品太差——我女儿小学一年级，选班干部；她回来跟我们说，她抬头一看，举她人的手，"像小树林一样"。我老婆评副审，是全票通过。我也诚恳地作了自我批评："我比较浅薄，总爱显摆，总想说话。一说话，不是建议，就是批评；还爱臧否人，语涉刻薄。于是，得罪人在所难免。我哪都好，就是嘴不好！"其实，评职称，也无所谓压力。好多人拿出去开会说事，大可不必；与职称比起来，与会同行更注重文章吧。当然，为了评上，可以想出一堆理由，但千万别自己就信以为真了。

之六

昨天下午到所里开会——明治大学一个代表团来，作一报告，心堵的感觉一扫而空。大家见了我，都用无限同情的眼神看看我；某评委，说"不好意思"，好像欠了我似的。我连连安慰道："没什么，没什么。都是朋友，尽力就行了。一人一票的事，你也只有一票。"评上了，好像欠了人；没评上，好像人欠了我。这感觉也不错。晚上回家，喜形于色，老婆十分诧异地看着我说："下午领导给你特批一名额啊？！"我一听，差点背过气，怒吼道："你妈生你就是为给我添堵的！"老婆不搭理我了（我理解成她面了，不敢吭气了，哈哈哈）。

吃　请

　　我对吃很无品位。这主要是因为没有"见世面"的机会，所以既不知道什么是珍馐，也不知道各地的风味，甚至在饭后，觉得还不如在家吃碗面条更实惠。一次，有位外地的同学来京，我们约了几个吃饭。结账时，我吓了一跳，四个人居然吃了三千元；买一部《明实录》，找人打完折才五千。惊得我连呼太贵，并马上要求看菜单，好在我的一位同学及时制止。出来后他告诉我，有参、有翅，就这个价。我忙问什么是参、什么是翅，他又详加指点，我才知道，长得和吃起来都像是粉丝的那碗东西，便是翅；黑乎乎一团，吃起来有些怪味的是参。于是，我曾一度征询友好，今后请客，是否可按请客的标准，打个七折给我现金；这样，主人既请了客又省了三折的钱，我则可得到比吃进肚子更大的实惠，岂非双赢！但我申请了几次，都被无情拒绝。既然得不到现金，我于是便欣欣然每次都盼着有人能请我吃饭。

　　我之好吃人请，居然也还有人愿请我，也许与我吃请的态度不无关系。第一，无论哪位叫我，我从不找任何借口推脱。一位大学同学出差来京，连着两天晚上吃饭，我都按时出席（第二次我是从北京的西北乡下赶到城西南的"准乡下"）。老婆挤兑，我充耳不闻。第二，当人通知我吃饭时，我从来不问有什么人参加。我有一位老友，常常在接到邀请时会习惯性地问："还有谁呀？"为此我曾屡屡批评他："谁去你就去、谁不去你就不去啊？——你不要管有谁参加，也不要问别人去不去。你只管你自己，想去就去、不想去就别去。"噎得他挠挠头、摸摸脸，再恨恨地翻我一眼，无言以对。

　　常去吃请，也需要给自己找个过硬的理由，否则会觉得不好意思。理由总是有的，但至少要说服自己才行。思之再三，终于想通，那便是，我手里没有任何资源，想请我的人，一定是出于纯真的感情；这样的好心人请我吃饭就是看得起我，我若不去，岂非给脸不要脸！？想到此，我便心安理得地每请必到、有饭必吃。以至新搬来才几周的邻居，几次见我出去，都说："我发现你饭局挺多呀！"我虽然连连拱手谦虚道"惭愧、惭愧"，可心里却在一个劲地暗喜。当然，美中不足的是，做东的、吃请的、作陪的，总是那几个再熟悉不过的面孔。如果我有本事能扩大饭源，做到"吃饭基本靠请"，也算是给家里作了贡献——挣得虽然少，但咱连饭都不吃家里的，虽未能开源，也总算是节流了吧！到那时，老婆就不好意思再埋怨我对家庭的贡献率几乎为零了吧。

可话又说回来，想吃请且能吃请，还需要有副过得去的身体。否则，那就只有徒唤奈何了！但我很怀疑，有上面那么充分的理由，即使身体不允许，我能否降得住自己赴宴的热情。

2008年春